Uniklinik

Satz: Fotosatz Rizner, Salzburg
Printed in Austria by Wiener Verlag, Himberg
ISBN 3-7017-1135-6

Jörg Uwe Sauer

UNIKLINIK

ROMAN

Residenz Verlag

Aus dem Gesagten ergibt sich auch, daß es nicht Aufgabe des Dichters ist mitzuteilen, was wirklich geschehen ist, sondern vielmehr, was geschehen könnte, d.h. das nach den Regeln der Wahrscheinlichkeit oder Notwendigkeit Mögliche.

Aristoteles, *Poetik*, Kap. 9

KRANK, so dachte ich, hier ist alles und jeder krank, und zwar unheilbar krank. Das Kranksein gehört an dieser Institution zum guten Ton, ist diesem sogenannten Denkort *a priori* inhärent. Seit Jahren hatte sich hier nichts mehr verändert, alles ist erstarrt, stehengeblieben, festgefahren, in Beton gegossen, so dachte ich auf meinem Stuhl. Die Einrichtung war seit langem unverändert, das Schema der Aufstellung der Stühle und Tische seit Ewigkeiten das gleiche, hier würde sich nie etwas ändern, auch in zwanzig oder vielleicht dreißig Jahren nicht, ja bestimmt nicht einmal in vierzig Jahren, so dachte ich auf meinem Stuhl. Ich hätte diesen Termin erst gar nicht wahrnehmen sollen. Diese Ansammlung von abgrundtiefer Dummheit und geistiger Unfähigkeit, wie sie sich in dieser Cafeteria manifestierten, diese praktisch schon geradezu professionelle Debilität zeigte mir mit aller Deutlichkeit die Begrenztheit des menschlichen Geistes auf, ja in gewisser Weise sogar in aller Offenheit eine wirklich allumfassende Geisteskatastrophe menschlicher Existenz, so dachte ich auf meinem Stuhl in dieser Cafeteria. Wir warteten nun schon über eine Stunde auf den Herrn Professor. Er wollte uns um vierzehn Uhr *ct* mit seiner Anwesenheit beehren, nun war es bereits nach fünfzehn Uhr. In dieser völlig vergeblichen Wartezeit hätte man einige in jeder Hinsicht wichtigere Dinge tun können, stattdessen wurde die fast völlige Auslöschung des Geistes durch ein letztendlich stupides Wartenmüssen betrieben. Gerade sagte der Assistent des Herrn Professors, nur um uns die Wartezeit auf seinen Dienstherrn etwas zu verschönern, er habe jetzt gerade seine Hölderlinstudien fortgesetzt, die zu seiner Habilitation führen sollen; er sei gewissermaßen, so der Assistent, an einem alles entscheidenden Punkt angelangt, er untersuche nämlich, warum Hölderlin sich nicht umgebracht habe, warum er, also Hölderlin, nicht den Freitod gewählt habe, sondern wider alle Vernunft seine Existenz praktisch vierzig Jahre lang in diesem Turm in Tübingen fortgesetzt habe, wo er doch allen Grund und sogar die Möglichkeit gehabt hätte, seine gescheiterte Existenz für immer auszulöschen; er hätte doch nur, so der Assistent, aus dem Fenster springen müssen, der Hölderlin, so der Assistent. Er selbst habe vor Jahren diesen sogenannten Hölderlinturm in Augenschein nehmen können, er habe ihn sehr beeindruckend gefunden, was er nicht von allen Türmen sagen könne, obwohl, dort unten in Tübingen gebe es *nur diesen einen*, so klärte uns der Assistent auf. Insgesamt sei er während seiner Hölderlinstudien zu dem vorläufigen Endergebnis gekommen, Hölderlin, also dieser bemerkenswerte Dichter und Übersetzer aus dem Griechischen, sogar nur aus dem Altgriechischen, dieser Hölderlin sei sicher in seinem Turm der Glücklichste gewesen, von uns allen, so der Assistent mit dem Löffel im Joghurt rührend. Diese These formulierte Peter Weiss schon neunzehnhundertsiebzig, so dachte ich auf meinem Stuhl. Der bereits völlig ergraute Nachwuchswissenschaftler informierte uns nun über seinen Studienaufenthalt in den USA, wo er sich freilich nicht nur seinen Hölderlinstudien hingegeben habe, sondern sich unter Anleitung eines Professors aus Österreich mit Klopstock beschäftigt habe. Alle an diesem Tisch dieser Cafeteria dieser Universität Sitzenden kannten bereits diese Erzählung, so dachte ich. Und wirklich: Er habe, so der Assistent, von diesem Wiener Professor in den Staaten die Anregung erhalten, für ein Hölderlinforschungsprojekt einen praktisch fast unbekannten Foucaulttext honorarfrei ins Deutsche zu übersetzen, vom Französischen ins Deutsche, obwohl es bereits eine Übersetzung ins Italienische gebe, dortselbst, in Italien, sei Foucault eigentlich völlig unbekannt, doch man habe paradoxerweise gerade dort unten mit einer Foucaultgesamtausgabe begonnen, in italienischer Sprache; wegen verschiedener Querelen habe man die Fortführung dieser Ausgabe des Foucaultschen Werkes aber abbrechen müssen, so der Assistent in seinem Joghurt rührend. Der Stimmenimitator, so genannt, weil er die Stimme Marcel Reich-Ranickis mit geradezu größter Perfektion nachzuahmen verstand, konnte sich wieder nicht beherrschen, den stark veralterten, schon seit Jahren nur noch zum Gähnen reizenden Kalauer anzubringen, gerade jetzt, wo Eco durch sein *Foucaultsches Pendel* selbst in Italien diesem Foucault zu einer ungeahnten Popularität verholfen habe, gerade da, zu diesem Zeitpunkt, müsse ausgerechnet in Italien die Foucaultgesamtausgabe abgebrochen werden, so der Stimmenimitator hier in dieser Cafeteria dieser Universität, auf den Herrn Professor wartend. Und der Assistent, in einer Vorstufe geistiger Umnachtung oder praktisch gewissermaßen in deren Endphase, parierte diese Äußerung mit den erläuternden Worten, *dieser* Foucault sei ein ganz anderer als *jener* Foucault. Der eine gehöre sozusagen dem neunzehnten Jahrhundert an, während der andere eben genau dem zwanzigsten Jahrhundert angehöre, noch genauer: angehört habe, da beide bereits verstorben seien. Beide dürfe man außerdem nicht mit La Rochefoucauld verwechseln. Da man gerade über französische Autoren rede, erinnere er sich an seine Pariser Studentenzeit, so der Assistent, den Löffel zum Mund führend. Besonders habe er während seines Studienaufenthalts an der Sorbonne feststellen müssen, und hier spreche er wirklich aus eigener Erfahrung, so der Assistent, wie schlecht die Versorgung mit deutschsprachiger wissenschaftlicher

Literatur ausgerechnet in dieser ehrwürdigen und traditionsreichen Institution sei. Er habe einmal dort an der Sorbonne im Rahmen seiner Hölderlinstudien, die er selbstredend auch in Paris nicht vernachlässigt habe, einen Passus in Hegels *Phänomenologie des Geistes* nachschlagen müssen. Eben dieses wirklich wichtige und überall anerkannte Werk sei aber in der Tat in der Bibliothek der Sorbonne in der Originalfassung nicht zu bekommen gewesen; zwar spreche er, der Assistent, praktisch wie kein zweiter an dieser Fakultät fließendes Französisch, aber mit Hegel auf französisch könne er aus wissenschaftlich-methodischen Gründen nichts anfangen, da Hegel tatsächlich auf deutsch geschrieben habe, und er nun mal, also der Assistent, grundsätzlich, wenn er seine wissenschaftlichen Abhandlungen anfertige, nur Originalliteratur benutze. So zitiere er beispielsweise Platon nur aus dem griechischen Original, aus dem altgriechischen naturgemäß. Er wolle nun aber auf Hegel in Paris zurückkommen; er habe damals vergeblich versucht, Hegels *Phänomenologie des Geistes* in einer der mindestens tausend Pariser Buchhandlungen zu bekommen. Hegels *Phänomenologie des Geistes* habe sich auch nicht in den Antiquariaten entlang der Seine auftreiben lassen, Paris habe sich damals praktisch völlig hegelfrei präsentiert; zu der Zeit, als er in Paris studiert habe, sei es nicht einmal möglich gewesen, dieses wirklich wichtige philosophische Werk Hegels kurzfristig auf postalischem Wege zu beschaffen, ganz zum Schluß sei er, der Assistent, sogar noch in der riesigen, fast schon mit der Fülle ihres Bücherangebots jeden Lesenden oder wissenschaftlich Arbeitenden erschlagenden Buchhandlung in der *Gare de l' Est* gewesen, doch selbst dort habe er Hegels *Phänomenologie des Geistes* nicht an sich bringen können. Die Buchhandlung in der *Gare du Nord* habe Hegels *Phänomenologie des Geistes* ebenfalls nicht bevorratet, jedenfalls nicht auf deutsch. Er halte es für ein typisches Zeichen eines totalen gesellschaftlichen, ja auch kulturellen und vor allem wissenschaftlichen Verfalls der sogenannten *Grande Nation*, die es nicht einmal fertigbringe, eines der wichtigsten, praktisch sogar *das* wichtigste wissenschaftliche und philosophische Werk in einer von Zigtausenden von Bibliotheken und Buchhandlungen ständig vorrätig zu halten, so der erregte Assistent. Er solle mal versuchen, Hegels *Phänomenologie des Geistes* hier im Ruhrgebiet irgendwo käuflich zu erwerben, dachte ich auf meinem Stuhl. Und tatsächlich berichtete der Stimmenimitator von seinen mißglückten Bemühungen, der *Phänomenologie des Geistes* habhaft zu werden. Er sei, so der Stimmenimitator, von einem Professor eines anderen Fachbereichs schon vor Jahren darauf hingewiesen worden, wie wichtig gerade dieses wissenschaftliche Werk sei; so habe er, der Stimmenimitator, nachdem er in der Mensa gewesen sei, um einen Fogosch zu essen, den es aber dort, wie zu erwarten war, an jenem Tag nicht gegeben habe, sondern erst einen oder zwei Tage später, nachdem er somit der Mensa den Rücken zugekehrt habe, sei er praktisch fast sofort in die Universitätsbibliothek geeilt, um sich Hegels *Phänomenologie des Geistes* auszuleihen, was ihm aber leider nicht gelungen sei, da Hegels *Phänomenologie des Geistes* in der Universitätsbibliothek naturgemäß nicht vorhanden gewesen sei, weil dieses Werk entweder von einem völlig inkompetenten Erstsemester in letztendlich totaler Verkennung der notwendigen wissenschaftlichen und philosophischen Vorbildung ausgeliehen worden sei, oder, was sicherlich das rechte Licht auf einen in jeder Hinsicht in seiner Ganzheit dem Verfall preisgegebenen sogenannten Wissenschaftsbetriebes werfe, weil Hegels *Phänomenologie des Geistes* nur deshalb nicht ausleihbar gewesen sei, da jemand Hegels *Phänomenologie des Geistes* entwendet habe, gewissermaßen aus der Universitätsbibliothek gestohlen habe, so der Geisteswissenschaftler, zur Bekräftigung seiner These seinen Getränkepappbecher in einem Zug leerend. Nun habe er, so der Stimmenimitator weiter, systematisch alle Buchhandlungen in der Nähe der Universität aufgesucht, doch ohne Ergebnis. Sogar in einer sehr traditionsreichen Essener Buchhandlung, die seit Jahrhunderten bestehe, habe man Hegels *Phänomenologie des Geistes* nicht geführt. Er sei noch in Duisburg, Dortmund, Bottrop und Gelsenkirchen gewesen, ohne Hegels *Phänomenologie des Geistes* erstehen zu können; im Gegenteil sei er durch die fast völlige Inkompetenz vieler Buchhändler sichtlich verstört gewesen; als er in einer Buchhandlung in der Nähe des Bochumer Bermudadreiecks an das Brueghelregal verwiesen worden sei, habe er seine Hegelstudien sogar vorerst total beendet, da er, so der Stimmenimitator, in diesem Land, in diesem völlig festgefahrenen und somit auch völlig statischen Universitätsbetrieb für sich, und namentlich auch für Hegel, keine Zukunft mehr sehe. Wenn er erst einmal Zeit dazu fände, würde er sofort Italienisch lernen und nach Italien gehen, dort sei das Denken freier, so der Stimmenimitator. Italien – dort, wo so viele hervorragende Geister gnadenlos gejagt worden sind, wie Bruno, Dante, Galilei und Gramsci, so dachte ich auf meinem Stuhl auf den Herrn Professor wartend. Indessen meldete sich der Kulterer zu Wort, dessen Spitzname von seiner Mitarbeit an der Kulturseite einer einflußreichen, aber gerade deshalb mittels ihrer allgegenwärtigen Inkompetenz die Kultur nur verhöhnenden Tageszeitung herrührte. Er, der Kulterer, war der Ansicht, die Menschheit schaffe es immer wieder, jedwede Geistesgröße total zu zerstören. Deutschland sei auf diesem Gebiet der Geniezerstörung führend, da brauche man erst gar nicht an Salzburg oder gar Wien zu denken, fuhr der Kulterer fort. Ihm persönlich sei der Fall eines herausragenden Autors bekannt, der das *Absolute Buch* habe schreiben wollen. Über Jahrzehnte hinweg habe dieser Materialien dafür in Schuhschachteln gesammelt, einige in der Tat gelungene Kapitel verfaßt und sie ihm selbst vorgelesen. Kein Verlag habe jedoch das Manuskript annehmen wollen, deshalb sei dieser Autor in einer Heilanstalt verendet, so der Kulterer. Der Assistent hatte eine andere Version jener Vorkommnisse in seinem Gedächtnis abgespeichert: Diese Existenz sei eben nicht wegen mangelnder Anerkennung des Literaturbetriebes in der Heilanstalt gelandet, so der Assistent wörtlich formulierend, sondern weil er seine Frau erst erschossen und dann sogar, um die Leiche unkenntlich zu machen, diese mit ungelöschtem Kalk bedeckt und in einer Grube nahe des Kalkwerks verschwinden lassen habe. Aufgefallen sei dies freilich erst, als seine zehnjährige Geliebte ausgepackt habe. Dieser Autor habe nach seiner Einweisung in die Essener forensische Psychiatrie noch fast zwei Jahre lang im dortigen Pavillon Adenauer vor sich hinvegetiert, bevor er, wie viele andere Patienten dieser Heilanstalt auch, Selbstmord begangen habe, so habe er in der Denkbar gehört, so der Assistent. Wahrscheinlich sei sein Werk, das *Absolute Buch,* auf irgendeiner Müllkippe, vielleicht in Castrop-Rauxel, verschimmelt und damit gänzlich vernichtet, so der Kulterer das Thema abschließend. Ein total idiotischer Gedanke, das *Absolute Buch* schreiben zu wollen, obwohl ich in Wien ein ähnliches Projekt in Angriff genommen hatte; die Schuhschachteln hatte ich jedoch allesamt vor meiner Abreise, nicht Flucht, vernichtet. Wir warteten jetzt schon über zwei Stunden auf den Herrn Professor. Inzwischen setzte sich auch Mathilde zu uns an den

Tisch, nicht sehr zur Freude des Kulterers, da Mathilde seine Artikel in schärfster Form angriff. Seine von unglaublicher Ignoranz gekennzeichneten Schreibereien in diesem Vereinsblatt seien die Apotheose des Kulturtotengräbertums. Er sei ein Wrack, und dabei denke er, er sei eine Geistesgröße, so die junge Kettenraucherin schroff. Wenn sie seine Artikel dermaßen schlecht beurteile, weshalb lese sie diese denn dann immer, so der Kulterer fragend. Sie habe diese Endstufen sämtlicher menschlicher Geisteszerrüttung schon seit Jahren nicht mehr gelesen, beteuerte die junge Kettenraucherin. Der Kulterer hätte besser Burgschauspieler werden sollen, dann wäre seine Inkompetenz in kulturellen Fragen nicht weiter aufgefallen, dachte ich. Anschließend mußte ich, von meinen Gedanken überwältigt, auf meinem Stuhl eingenickt sein. Als ich wieder aufwachte, war der Herr Professor, auf den wir zwei oder drei Stunden gewartet hatten, bereits anwesend und zerfetzte wie immer die deutschsprachige Literatur von ihren Anfängen bis zur Gegenwart. Als ich dem Gespräch wieder folgen konnte, war sein Opfer gerade Thomas Bernhard. Er habe kürzlich eine schlampig geschriebene Magisterarbeit über Thomas Bernhard lesen müssen, diese habe ihn in eine melancholische Stimmung versetzt, so der Herr Professor, fast könne man Selbstmordabsichten hegen, wenn man sich mit dem Bernhardschen Werk befassen müsse. Dieser Mensch, also Thomas Bernhard, habe einfach zu lange in diesem Salzburger Internat, in dem fast alle Zöglinge Selbstmord begingen, zugebracht. Er habe in einer Schuhkammer das Geigen üben müssen, und gleichzeitig habe er ununterbrochen von den Selbstmorden der anderen Zöglinge in diesem österreichischen katholisch-nationalsozialistischen Schülerheim hören müssen. Das habe sein ganzes literarisches Schaffen von Grund auf durchdrungen; diese substantielle

Bösartigkeit, diese permanenten Wiederholungen, diese gigantischen Übertreibungen, diese massenhaft vorkommenden Selbstmorde, die Abschweifungen, der fast unlesbare Stil und die viel zu häufige indirekte Rede in seinen Prosawerken seien die auch für den dümmsten Literaturwissenschaftler noch eruierbaren Zeichen totaler geistiger Verrottung, so der Herr Professor. Ebenso der Fall Grass. Dieser habe allenfalls in jedem seiner Bücher nur *einen* guten Gedanken zu Papier gebracht, in der *Blechtrommel* die Idee, die ganze Geschichte von einem Insassen einer Heilanstalt erzählen zu lassen, und in *Ein weites Feld* die Übereinstimmung der Daten zweier zernichtender Ereignisse am dritten Oktober, der Heirat Effi Briests und der deutschen Wiedervereinigung, was ja strenggenommen nicht einmal Grass'sche Einfälle gewesen seien, so der Herr Professor, während Mathilde Rauchringe in die Luft blies, der Assistent seinen Joghurt löffelte, der Stimmenimitator auf die Uhr schaute, der Kulterer schmollte und ich auf meinem Stuhl nachdachte. Prinzipiell reiche *ein* guter Einfall pro Buch nicht aus, so der Herr Professor weiter, und das habe er diesem Grass auch wörtlich gesagt, als sie einmal vor einem Fernsehauftritt zusammen den Fahrstuhl hätten benutzen müssen, so der Herr Professor, dieser Grass habe ihn aber scheinbar gar nicht wiedererkannt. Dabei habe er selbst noch der Grass'schen Vertragsunterzeichnung für ein Semester als Poet-in-Residence hier direkt an dieser Universität beigewohnt. Damals habe er jedoch diesen Grass noch nicht für so dreist gehalten, die Niederträchtigkeit zu besitzen, den halben Fontane erst gänzlich abzuschreiben, um diesen als neuen Roman praktisch mit links auf den Buchmarkt zu werfen; überhaupt werde die Problematik der Intertextualität in der Literatur zu einer immer größeren, bald wisse selbst er nicht mehr, von wem ein Werk verfaßt worden sei, so der Herr Professor. So habe ihm selbst neulich ein Student ein Machwerk zur Beurteilung überlassen, welches fast zur Gänze aus Anspielungen auf das Werk Thomas Bernhards bestanden habe. Jener junge Autor, dessen Namen er naturgemäß vergessen habe, habe es, von der absoluten Phantasielosigkeit, Figuren und erzählerische Einfälle von anderen Autoren zu benutzen mal abgesehen, nicht im mindesten vermocht, den doch anerkennenswert komplizierten Satzbau Bernhards – bei dem bekanntlich ein Satz oftmals der Länge nach über eine Seite hinausgehen könne, wie zum Beispiel der zweite Satz in *Die Ursache,* diesem autobiographischen Werk Bernhards, das durch seine andauernde Wiederholung der Wortkombination *österreichisch-katholisch-nationalsozialistisch* schon ganz automatisch zu längeren Satzgefügen neigen müsse, die immer weiter und immer weiter verschachtelt und gestreckt werden, die auch sinnlos in die Länge gezogen werden, selbst da, wo man schon längst mal einen Punkt hätte machen können oder wo zumindest Thomas Bernhard einen Punkt hätte machen können, dort stehe dann doch wieder nur ein Komma oder höchstens ein Semikolon, sehr selten auch mal ein Gedankenstrich, praktisch nie wörtliche Rede, ihm sei jetzt hier an diesem Denkort so *ad hoc* keine Stelle gegenwärtig, wo Thomas Bernhard mal wörtliche Rede benutzt habe, außer naturgemäß in seinen Theaterstücken, die ja ganz ohne Dialoge, und damit auch ohne wörtliche Rede, gar nicht existieren könnten, sonst genaugenommen gar keine Theaterstücke wären, im Gegensatz zu den Prosatexten, die in der Tat ohne wörtliche Rede existieren können, die jedoch auch immer einen Dialog enthalten, sei es der Dialog mit dem Leser oder ein innerer, und aufgepaßt, nun kommt das Ende des Satzes – nachzubilden, so der Herr Professor dozierend, während der Assistent entgeistert erforschte, auf welchen Teil des Satzes sich das Verb *nachzubilden* bezog. Geistesabwesend kratzte der Kulterer sein von einem ekligen Hautausschlag entstelltes Gesicht. Er wollte sich ebensowenig wie der Stimmenimitator seine totale Unkenntnis des Bernhardschen Werkes anmerken lassen, auch Mathilde betrachtete mit seltsam entrückter Hingabe einen qualmenden Zigarettenfilter in einem Getränkepappbecher. Nur ich dachte hier auf meinem Stuhl in dieser Cafeteria dieser Denkanstalt an meinen ersten Kontakt mit dem Werk Thomas Bernhards, welcher beim Watten mit Peymann und Midland im Café nahe dem Heldenplatz in Wien stattfand. Midland wattete normalerweise nicht gern, wir mußten ihn zum Watten erst überreden. Beim Watten unterhielten wir uns naturgemäß über Literatur. Midland vertrat die Ansicht, gerade die deutschsprachige Literatur zeichne sich durch besonders große Langeweile, Phantasielosigkeit und Zerrüttung des Geistes aus, dies sei ihm, Midland, besonders während der Lektüre der Werke Frischs, Dürrenmatts und sogar Bölls aufgefallen, so Midland. Diese Leere des Geistes werde in ihrer Totalität vielleicht nur noch vom Werke Goethes übertroffen, wenn man mal von Schiller absehe, der naturgemäß aus jeder ernsthaften Diskussion herausfallen müsse, da Schillers Werke sämtlich keine Literatur seien, sondern nur Manifestationen eines vollständig zerrütteten Hilfsgeists, so der Engländer weiter beim Watten. Shakespeare dagegen habe seinen Geist von seinen Fesseln befreit, so Midland, unbekümmert Goethe beim Watten ausschlachtend. Er müsse sich vor seiner nächsten Inszenierung noch eine Hose kaufen, so Peymann. Er setze demnächst Thomas Bernhards *Der Schein trügt* in Szene, informierte uns der Theatermacher beim Watten im Café nahe dem Heldenplatz. Er plane etwas völlig Neues, er werde statt der beiden abgehalfterten Mimen die Figuren Hitlers und Stalins auftreten lassen; es könne sicherlich vereinzelte Lacher geben, wenn beispielsweise Stalin sich abschminke und zu Hitler sage *Wir sind ein Wrack und glauben wir sind eine Geistesgröße.* Der Theatermacher brach in prustendes Gelächter aus, während ich dachte, dieser Satz ist grammatisch falsch. Aber das war vermutlich Absicht, dachte ich beim Watten. Midland regte an, im Stück den Kanarienvogel Maggi durch die Schäferhündin Blondie zu ersetzen. Peymann warf ein, selbst daran gedacht zu haben, nur mache da mit absoluter Sicherheit der Tierschutzverein nicht mit, so der Theatermacher. Nach dem Watten gingen wir noch einen Fogosch bei diesen unerträglichen Eheleuten Auersberger in der Gentzgasse essen. Zwei Tage später unternahm Midland seinen Selbstmordversuch. Ich mußte während meiner Erinnerungstätigkeit hier auf diesem Stuhl dieser Cafeteria dieser sogenannten Universität erneut eingenickt sein, denn als ich aufwachte, waren alle schon gegangen: der Herr Professor, der Assistent, der Stimmenimitator, der Kulterer und Mathilde. Niemand hatte mich beim Weggehen geweckt. Wir hatten uns zum Holzfällen verabredet. *Holzfällen sei hier in dieser völlig erstarrten Pseudorepublik die einzige Möglichkeit, sich eine Erregung zu verschaffen,* so der Herr Professor immer. Deshalb gehen wir einmal wöchentlich in einen eigens für uns Geistesschaffenden bereitgestellten Wald zum Holzfällen. Große Intellektuelle faszinierte die Natur schon immer: ich denke an Aristoteles, Hegel, Schelling. Ich ging aber heute nicht in den Wald zum Holzfällen. Stattdessen spazierte ich mit meiner Holzfällerausrüstung – dicke Handschuhe, Axt, Bogensäge, Fuchsschwanz und Kerbeisen – in die Essener Fußgängerzone, um in einer Buchhandlung eine Baudelairegesamtausgabe zu erstehen. Eine Baudelairegesamtausgabe war nirgends zu bekommen, nicht einmal eine Flaubertgesamtausgabe. Auch die Beschaffung einer Rimbaudgesamtausgabe gelang nicht, man wollte mir aber unbedingt einen Rambobildband verkaufen. Abends traf ich Mathilde überraschend im Café am Viehofer Platz, wo sie gerade geistesabwesend ein Kartenspiel mit ihrem Stechblick fixierte. Sie habe, so Mathilde, praktisch gar nicht gewußt, daß auch ich zum Holzfällen mitgekommen wäre, sonst sei ich ja auch immer lieber hier im Café beim Watten als beim Holzfällen; außerdem, so die junge Kettenraucherin weiter, habe sich der Herr Professor beim Holzfällen schwer verletzt; man könne, aber das sei zu diesem Zeitpunkt noch nicht mit Bestimmtheit zu sagen, fast von einem Selbstmordversuch sprechen; er, unser Herr Professor, sei einfach trotz mehrfacher Zurufe unter einem fallenden Baum stehengeblieben und liege nun in der *Uniklinik,* so Mathilde mich informierend. Wir bestellten jeder einen *Grabbe* und watteten eine Weile zusammen. Mathilde schien unter Schock zu stehen. Als ich sie später zur Bushaltestelle begleitete, war sie voll wie ein Ei und schmetterte italienische Arien. Ich versuchte, ihr den Mund zuzuhalten und setzte sie in den erstbesten Bus. Obwohl dieser Tag noch relativ angenehm ausklang, war ich später der Meinung, gerade *dieser* Tag habe die Zerstörung meiner Geisteskraft, und so auch meine gänzliche Auslöschung, ein beachtliches Stück vorangetrieben. Am nächsten Mittag war die Atmosphäre in der Cafeteria unserer Universität die deprimierendste. Alles wurde vom Unfall unseres Herrn Professors überschattet. Gegen zwölf entfernten Vertreter der Ermittlungsbehörden zur Sicherstellung von Beweismaterial, wie es hieß, sämtliche Medien aus dem Büro des Herrn Professors, Manuskripte, wissenschaftliche Werke, Dissertationen, Disketten, Lexika und Splattervideos, und transportierten diese in Bananenkartons ab.

Man ermittle in alle Richtungen; weshalb bleibe ein Professor unter einem fallenden Baum stehen – Unfall, Mord, fahrlässige Tötung, Totschlag, Selbstmordversuch, sogar Selbstmord, alles sei drin, so der Kommissar, berichtete uns der Assistent niedergeschlagen. Unser Herr Professor habe die ganze Nacht auf der Intensivstation der Uniklinik zubringen müssen, er liege im Koma, habe das Bewußtsein verloren, werde natürlich künstlich ernährt, so der Assistent zerstreut und gedankenverloren. Seine erlittenen Verletzungen seien laut ärztlichem Bulletin doch schwerwiegender, als man es zuerst von ärztlicher und vor allem auch von unserer Seite her in der Plötzlichkeit des hereinbrechenden Ereignisses hätte denken können, so der Assistent. Mathilde, die die einzige war, die das unvorhersehbare Geschehen des Unfalls des Herrn Professors fast unmittelbar miterlebt hatte, da der Assistent, der Kulterer und der Stimmenimitator die Zeit des Holzfällens im Café am Holzplatz mit Watten zubrachten, weil sie ihre Fuchsschwänze mitzunehmen vergessen hatten, und so naturgemäß fast nichts am vorhandenen Baumbestand hätten ausrichten können, weshalb sie es vorzogen, gleich zu watten, statt dilettantisch sich ohne professionelles Werkzeug zum Holzfällen zu begeben, Mathilde also – beinahe hätte ich den *Roten Faden* verloren – fing sogleich, nach dem Rauchen einiger Zigaretten, mit der Schilderung der Ereignisse an. Zunächst aber begann sie mit der Beschreibung des Kampfes mit dem ihr von der Holzplatzverwaltung zugeteilten Baumes. Sie habe, so Mathilde, zuerst ihre dicken Handschuhe übergestreift, um ihre Hände vor Verletzungen zu schützen, sie habe daraufhin sofort mit der Axt eine Kerbe in die ihr zugeteilte Buche geschlagen, um die Bogensäge ansetzen zu können. Sie habe aber vorher etwas verschnaufen müssen, ihre Lungen hätten sich erst wieder mit dieser guten, sauberen, würzigen, unbelasteten Waldluft füllen müssen, bevor sie in der Lage gewesen sei, weiterarbeiten zu können. Holzfällen sei eben etwas vollständig anderes als Geistesarbeit. Dann habe sie die Bogensäge angesetzt und mit dem Sägen begonnen. Sie habe so eine Weile gesägt, bis wieder naturgemäß das Gewicht des Stammes des ihr zugeteilten Baumes auf die Bogensäge gedrückt habe, ein Weitersägen damit praktisch unmöglich gemacht habe, sodaß sie das Kerbeisen habe benutzen müssen, um durch das Schlagen des Kerbeisens in den Spalt der Buche die Bogensäge vom Druck des Stammes zu entlasten, damit sie weitersägen könne. Sie habe, als sie mit dem Holzfällen vor einiger Zeit begonnen habe, von Kerbeisen nichts gewußt, so habe sie sich unendlich mit dem Sägen abgemüht, bis sie letztendlich zufällig diese Erzählung von Peter Weiss, *Fluchtpunkt* heiße sie, glaube sie, gelesen habe, in der Peter Weiss die Tätigkeit des Holzfällens und eben auch das Benutzen des Kerbeisens beschreibe, so Mathilde erläuternd. Sie habe daraufhin mit der Bogensäge weitergesägt, der Herr Professor habe sich wohl in der Zwischenzeit seiner ihm zugeteilten Buche zugewandt, die sich etwa dreißig Meter entfernt befunden haben mag. Genaues habe sie im entscheidenden Moment des Ereignisses des Unfalls des Herrn Professors auch nicht gesehen, da sie zum Sägen den Kopf nach unten halten müsse, auf die Säge und den Stamm achten müsse. Sie habe nur gehört, wie eine sich in der Nähe befindliche Gruppe des Fachbereichs Vierzehn mehrmals lautstark verkündet habe, das *Fallen* eines Baumes stehe nun unmittelbar bevor; an und für sich im Wald naturgemäß kein abnormer Vorgang, so habe sie gedacht. Sie sei erst mißtrauisch geworden, als der Herr Professor zum sofortigen Verlassen seines Standortes von mehreren Gestalten nachdrücklich aufgefordert worden sei.

Der Herr Professor habe aber wie angewurzelt an seinem Ort ausgeharrt, und dann sei alles sehr schnell gegangen, und sie sehe aufgrund ihrer starken Kurzsichtigkeit sowieso nicht alles genauestens, sie habe jedoch deutlich genug den fast unmittelbaren Fall des Baumes auf den Körper des Herrn Professors wahrnehmen können, so Mathilde weiter berichtend. Obwohl sie vom Sägen völlig ausgepumpt gewesen sei, habe sie nicht gezögert, sofort zum Café zu rennen, da sie seit dem Konsum zahlreicher Splattervideos eh keine zermatschten, zerstückelten und blutenden Körper mehr sehen wolle, und primär sicherlich, um Hilfe für den Herrn Professor herbeitelefonieren zu können. Im Café am Holzplatz, wo aus unerfindlichen Gründen nur ein Apparat vorhanden sei, habe diesen gerade der Kulterer mit Beschlag belegt, der wohl dort unbedingt mit seiner sogenannten Kulturredaktion habe telefonieren müssen, sodaß sie, da sie völlig aus der Puste gewesen sei, wenn man das mal so *leger* ausdrücken dürfe, sich also überhaupt nicht habe artikulieren können; sie habe gewissermaßen nicht sprechen können, sie habe ihr Anliegen nicht zur Sprache bringen können, ihr Unbewußtes habe hingegen automatisch funktioniert, sie habe, ohne zu überlegen und ohne an die Sicherheitsschuhe mit den eingearbeiteten Stahlkappen, die sie just zu diesem Zeitpunkt getragen habe, zu denken, den Kulterer, um ihm den Telefonhörer entwinden zu können, in die Genitalien treten müssen, so Mathilde, erwartungsfroh in die Runde blickend. Eine Mischung aus Entsetzen und Fassungslosigkeit machte sich auf unseren Gesichtern breit, nur der Kulterer blickte verlegen zu Boden. Er trage, praktisch aus Sicherheitsgründen, beim Holzfällen immer einen sogenannten Tiefschutz, wie man ihn aus dem Eishockeysport kenne, weshalb diese Aktion seiner Gesundheit nicht in dem Maße geschadet habe, wie man vielleicht annehmen könnte, so der Kulterer kleinlaut. Mathildes Unbewußtes hat da scheinbar seinen Durchbruch erlebt und ist ohne Hemmungen an die Oberfläche gelangt, so dachte ich auf meinem Stuhl; Mathilde hat den Kulterer doch schon immer gehaßt. Sie habe dann völlig außer Atem den Notruf gewählt und augenblicklich ihre Sprache wiedergefunden. Nach der telefonischen Anforderung des Notarztes sei sie leicht verwirrt zu ihrer Blutbuche und ihrem Werkzeug zurückgekehrt, ohne sich um den in einer Ecke des Cafés am Boden sich vor Schmerzen krümmenden Kulterer zu kümmern. Sie habe sich neben ihren Baumstamm gesetzt, um erstmal ein sogenanntes Lungenbrötchen zu verzehren. Aus ihren Augenwinkeln heraus habe sie aber die Szenerie weiter beobachtet. Mehrere Mitglieder diverser Fachbereiche sowie Holzplatzwart Wittgenstein hätten durch gemeinsames Anheben des zu Boden und somit auch auf den Herrn Professor gefallenen Baumstammes versucht, den gerade bereits erwähnten Herrn Professor aus seiner bemitleidenswerten Lage zu befreien, was ihnen nach mehrfachen Versuchen letztendlich gelungen sei. In diesem Moment sei nun auch schon der Rettungswagen mit ohrenbetäubenden Sirenen und irritierendem Blaulicht in jenem Waldstück eingetroffen. Drei Notärzte seien aus dem Fahrzeug fast schon gesprungen, hätten unserem Herrn Professor Injektionen und Infusionen verabreicht, denselben an einen Tropf gehängt und nach dieser Erstversorgung auf eine mitgeführte Bahre verbracht. Man habe den Herrn Professor zusätzlich mit einer Decke versorgt und auf der Bahre auch noch festgeschnallt; wahrscheinlich, damit er nicht von der Bahre falle, wenn diese in voller Fahrt des Rettungswagens sich losmache, durch die sich zufällig öffnende Hecktüre entweiche und mehrere hügelige Straßenzüge oder einige belebte Straßenkreuzungen durchrolle, so Mathilde vermutend. Unmittelbar darauf sei ein Streifenwagen eingetroffen. Das Team der beiden aussteigenden Kriminalisten habe sich sofort geteilt, der eine habe den gefällten Baum begutachtet, der andere auf die Rettungswagenbesatzung eingeredet. Später, während des Verhörs, sei sie vom Kommissar über den Grund des Polizeieinsatzes aufgeklärt worden: In letzter Zeit hätten sich hier auf dem Waldgelände mehrere Unfälle ereignet, da in Fragen des Holzfällens völlig inkompetente Universitätsangehörige die elementarsten Sicherheitsvorschriften verletzten; er komme sich hier im Wald praktisch wie im Busch vor, *wie im Busch,* so der Kommissar wörtlich, so Mathilde. Überall lägen Äxte und andere, selbst ihm unbekannte Werkzeuge herum, ja die Leute von der Spurensicherung hätten tatsächlich eine noch intakte Marderfalle in unmittelbarer Nähe des Unglücksortes gefunden. Er selbst habe einen emeritierten Professor für Neue und Neueste Geschichte unter Androhung von Waffengewalt zur Herausgabe seiner Kettenmotorsäge zwingen müssen; dieser rührige Dilettant habe die in Betrieb befindliche Motorsäge in der rechten Hand gehalten, während er mit der linken Benzin in den bereits geöffneten Tank habe nachfüllen wollen. Außerdem habe sein Kollege einen offensichtlich Zusammengeschlagenen in dem Café dort oben gefunden. Dieser wolle allerdings keine Anzeige erstatten. Aber, *warum* bleibe jemand unter einem fallenden Baum stehen, diese Frage müsse man sich jetzt stellen, *warum?* Und er werde sicher noch einmal auf sie zurückkommen, um *ihr* noch ein paar Fragen zu stellen, habe der Herr von der Polizei zu ihr gesagt, so Mathilde. Er sei von diesen Vorfällen schockiert, so der Assistent, er sei praktisch nun außerstande, seine Hölderlinstudien fortzusetzen, immerzu schweife er mit seinen Gedanken ab und müsse daran denken, wann denn unser Herr

Professor seine Geistesarbeit an diesem Denkort wieder werde aufnehmen können. Momentan könne man dazu nichts Konkretes sagen, da die Intensivstation der Uniklinik, wie auch alle anderen Intensivstationen, nur von Angehörigen des jeweiligen Patienten betreten werden dürften, der Herr Professor jedoch habe, seinen Informationen nach, gar keine Angehörigen. Auf das ärztliche Bulletin dürfe man nicht allzuviel geben, Verfasser ärztlicher Bulletins könnten ja nicht die Wahrheit schreiben, sondern müßten diese in grundlegend optimistische Worte kleiden, so heiße es etwa immer nur, es gehe ihm den Umständen entsprechend gut, wenn jemandem drei Gliedmaße durch die Räder eines Eisenbahnwaggons abgetrennt worden seien, so der Assistent. Im übrigen müsse man sich an diesen neuen *status quo* erst gewöhnen – der Herr Professor in der Rolle eines Patienten auf der Intensivstation; gestern zur selben Zeit habe der Herr Professor noch seine Sprechstunde abgehalten, heute dagegen verarzte man ihn selbst, unseren Herrn Professor, so der Assistent. Aber an neue Situationen habe er, der Assistent, sich immer recht schnell gewöhnen können. Im Rahmen seiner Hölderlinstudien habe sich einmal eine kleine Katastrophe ereignet. Er habe während seiner Hölderlinstudien wie aus heiterem Himmel erfahren müssen, Hölderlin habe den *Oedipus* des Sophokles aus dem Griechischen übersetzt gehabt, genauer: aus dem Altgriechischen. Er habe damals das ganze Kapitel über das Verhältnis Hölderlins zu seinem Vater, seinem Stiefvater und seiner Mutter fast gänzlich überarbeiten müssen, dies seien wenigstens über dreihundert Seiten gewesen; er habe naturgemäß erst einmal drei Tage und drei Nächte saufend zugebracht, er habe einen *Grabbe* nach dem anderen verputzt, so der Assistent wörtlich, er habe den ganzen verfluchten Kram hinschmeißen wollen, für ihn sei das in jeder Hinsicht eine Geisteskatastrophe gewesen, er habe sich mit konkreten Selbstmordgedanken durch die Gegend schleppen müssen, und das wochenlang. Wenn damals der Herr Professor nicht gewesen wäre, wenn dieser ihn damals nicht zum Holzfällen mitgenommen hätte, wenn dieser ihm nicht einen neuen Lebensinhalt, ja eine Daseinsberechtigung gegeben hätte, er könnte nicht einmal ahnen, in welche Richtung sich seine angeschlagene Existenz ihren Weg gebahnt hätte, davon könne er sich praktisch gar keine Vorstellung machen. Vielleicht wäre er heute statt Geisteskraft in dieser Denkanstalt eher Friseur, Schuhverkäufer oder gar Lizenzspieler bei Wattenscheid 09, wenn der Herr Professor ihn damals nicht gerettet hätte, so der Assistent. Auch der Stimmenimitator sei, so versicherte er uns glaubhaft, schon einmal in einer ähnlich ausweglosen Situation gewesen. Er habe bereits vor seinen Plänen, Italienisch zu lernen, den Wunsch gehegt, sich der französischen Sprache zu bemächtigen und sich dieselbe in einem universitären Sprachkurs anzueignen. Sogleich in der ersten Stunde habe die Französischlehrerin in einem völlig überfüllten Seminarraum einige Wörter der französischen Sprache gelehrt und dieselben an einer Wandtafel verewigt. Nun sollte er *ich bin* in die französische Sprache übersetzen. Er habe aber unter einer temporären Geistesschwäche gelitten, deshalb diese Aufgabe nicht erfüllen können. Er habe irgendwie eine Sperre, eine Barriere, etwas *Gebarrtes* gehabt, und vor allem habe er sich vor über hundert Leuten absolut lächerlich gemacht, da die entsprechenden Vokabeln – *je suis* – ausgerechnet direkt vor seinen Augen an der Wandtafel plaziert gewesen seien. Alle hätten gelacht, so wie er es noch nie erlebt habe. Ein sogenannter Kommilitone habe sogar noch die Stirn besessen zu behaupten, er sei nur zum Französischunterricht erschienen, weil die aus Paris stammende Lehrkraft vornehmlich durchsichtige Röcke trage, dabei sei ihm dieser Sachverhalt vorher nicht zu Ohren gekommen, tatsächlich sei ihm dieser augenscheinliche Sachverhalt eben erst in jenem Moment bewußt geworden. In der Tat habe die Französischlehrerin einen sehr dünnen weißen Rock angehabt, unter welchem ein blauer Slip durchschien. Im deutlichen Gegensatz zu ihm selbst habe die Sprachgewaltige ihre *Contenance* bewahrt und die vermeintlichen Kommilitonen darauf hingewiesen: Ihr Benehmen gegen den dumme Junge ist sehr *'äßlisch!* Unter dem prustenden Gelächter der anderen habe er seinen sofortigen Rückzug aus dem romanischen Sprachraum eingeleitet und sich ein Fachbuch über Selbstmordmethoden zugelegt. Längere Zeit habe er sich gar nicht mehr getraut, diese Geistesanstalt wieder zu betreten. Das mit den transparenten Röcken habe er wirklich nicht gewußt, darauf könne er uns sein Ehrenwort geben. Wir wollten es nicht unbedingt; er gab es uns trotzdem. Mathilde blickte etwas konsterniert, da sie heute einen stockdurchsichtigen, schwarzen Pullover trug, unter dem sich jedoch ausreichend schwarze Unterwäsche befand. Der Kulterer war sich sicher, noch nie so intensiv über das Thema Selbstmord an sich nachgedacht zu haben, da er wirklich laufend nur mit seiner Kulturarbeit für das Pressewesen beschäftigt sei. Er überhörte dabei Mathildes spontanes *Pffff!*, ohne mit der Wimper zu zucken. Warum ist der Herr Professor nur unter diesem fallenden Baum wie angewurzelt stehengeblieben?, fragte der Assistent erneut. Und diese Polizeibrutalität! Man habe die Werke Novalis', Tiecks, Schleiermachers, Brentanos und Arnims aus dem professoralen Refugium entfernt und mit Schwung in Bananenkartons regelrecht geworfen. Hämisch habe der Kommissar gefragt, wer denn noch so altes Zeugs lese? Das seien die Frühromantiker, habe er geantwortet, so der Assistent. Der Kommissar habe daraufhin entgegnet, der Professor sei doch wohl für romantische Gefühle viel zu alt, so der Assistent angewidert berichtend. Der Herr Professor werde wohl das ganze Semester über ausfallen, vermutete der Assistent; er werde deshalb das zweifelhafte Vergnügen haben, die Lehrveranstaltungen des Verunglückten übernehmen zu müssen. Das Seminar *Das Peter Weiss'sche Drama Die Verfolgung und Ermordung Jean Paul Marats dargestellt durch die Schauspielgruppe des Hospizes zu Charenton unter Anleitung des Herrn de Sade*, das Proseminar *Essen als literarischer Ort bei Robert Ludlum* und vor allem die gefürchtete *Grundkursvorlesung* die immer zu großer Langeweile, aber auch manchmal zu einem außerordentlichen Tumult führen könne. Er habe einmal in Vertretung des Herrn Professors aus dessen Manuskript vorlesen müssen: *Ein einzelnes durchgestrichenes Wort Goethes hat mehr Wert als alles, was Sie je schreiben werden.* Die studentische Menge im Hörsaal habe daraufhin gekocht; er habe ernsthaft um sein Leben bangen müssen, man habe ihn mit Gegenständen beworfen, beschimpft, zum Ungeziefer erklärt. Selbst hinterher in der Mensa und in der Cafeteria habe er sich ohne Drohungen seitens der Studentenschaft nicht mehr aufhalten können, da habe ihm auch der Verweis auf die Autorschaft des Herrn Professors nichts genutzt, der Herr Professor sei in jeder Hinsicht unbehelligt aus dieser Affäre hervorgegangen. Sicherlich müsse er jetzt als Vorbereitung sämtliche Texte des Herrn Professors durcharbeiten, um wenigstens dieses Mal eine solche Hörsaalkatastrophe vermeiden zu können. Er habe bei oberflächlicher Durchsicht der Vorlesungsmanuskripte, die er vorausschauend schon vor der Durchsuchung dem Büro unseres Herrn Professors entnommen habe, durchaus einige besonders gemeine Kommentare zu den Werken Isabel Allendes und Jostein Gaarders entdeckt, die man sicher in dieser Totalität nicht so stehenlassen könne, obwohl er diese Autoren selbstverständlich persönlich auch für völlig niveaulos halte. Nicht jeder jedoch könne sofort bei Mallarmé anfangen. Erst durch diese unheimlich große Anzahl wirklich schlechter Werke könne man ein herausragendes Kunstwerk in seiner ganzen geistigen Größe erkennen. Diese These habe er auch schon an der Sorbonne vertreten, obschon fast niemand dortselbst das Werk Mallarmés gekannt habe, allenfalls noch schlimmer sei die geistige Situation in den USA gewesen, da viele bei der namentlichen Erwähnung dieses großen Poeten dessen Namen mit einem Einkaufszentrum verwechselten, sie hätten *Mall Armay* verstanden. Mathilde dämpfte inzwischen ihre abgelutschte Zigarette in einem leicht gefüllten Getränkepappbecher aus. Ihr gehe der Unfall des Herrn Professors auch irgendwie nahe, sie werde schon ganz melancholisch, so Mathilde. Wenn man sich das so vorstelle, während man hier den akademischen Diskurs pflege, ringe unser Herr Professor um sein Leben, angeschlossen an mehrere Maschinen, wo er doch den Aufenthalt in der sogenannten freien Natur, ja sogar die Natur an sich, immer so genossen habe. Jetzt rede sie sogar schon in der Vergangenheitsform, so Mathilde besorgt. Sie sei schon zur Gänze verwirrt. Sie redete und redete, bis der Assistent seinen heutigen Joghurt weggelöffelt hatte. Seine Hölderlinstudien könne er trotz des immensen Arbeitsaufwands, der nun zu Beginn des neuen Semesters durch den Ausfall des Herrn Professors auf ihn zukomme, nicht einfach so auf sich beruhen lassen. Wenn man erstmal seine Studien zu einem bestimmten Thema unterbreche, verliere man sehr schnell den Anschluß an die internationale Forscherelite, dies könne er sich nicht leisten. Irgendwann wolle er ja schließlich den Herrn Professor in seiner Stellung ablösen. Das kann ja schon sehr bald sein, dachte ich auf meinem Stuhl. Er meine naturgemäß, falls unser Herr Professor mal emeritiert werden sollte, konkretisierte der Assistent seinen etwas mißverständlich wirkenden Gedankengang. Vor dem Benefizfußballspiel zugunsten der Aachener Heilanstalt müsse man unbedingt nochmal zum Holzfällen gehen. Er vermisse den Aufenthalt in der freien Natur trotz des schweren Unfalls des Herrn Professors in derselben in der Tat sehr. Er hoffe, wir würden ähnlich denken und geschlossen mitgehen, am besten schon morgen, er werde am morgigen Tag mit seinem Automobil zur Universität kommen, somit brauchten wir nicht mit all den Werkzeugen die öffentlichen Verkehrsmittel zu benutzen; letztens in der Tram sei er mit seiner Bogensäge den mißtrauischen Blicken der anderen Fahrgäste ausgesetzt gewesen, er habe seine Axt, sein Kerbeisen und seine Handschuhe in einer Plastiktüte verstaut gehabt, seinen Fuchsschwanz habe er an dem Tag eh vergessen gehabt, trotzdem sei er verständnislos angegafft worden. Das sei bedauerlicherweise genau gestern passiert, so der Assistent nun mit stark deprimiertem Unterton. Wenn er seinen Fuchsschwanz nicht vergessen hätte, hätte er nicht mit dem Kulterer und dem Stimmenimitator im Café am Holzplatz gewattet, sondern hätte sich wahrscheinlich in der Nähe des Herrn Professors aufgehalten und hätte diesen, bevor der Baumstamm auf demselbigen aufgeschlagen wäre, noch von jenem Unglücksort entfernen können. Alles sei praktisch nur geschehen, weil er, vielleicht bedingt durch einen Synapsenstau, unter einer plötzlich punktuell auftretenden Geistesschwäche gelitten habe, die dann letztendlich dazu geführt habe, den Fuchsschwanz zu vergessen, so der Assistent, eine fundamentale Schuldzuweisung an seine eigene Person richtend.

Der Dekan höchstpersönlich habe einige Vorwürfe, zwar nicht an ihn selbst gerichtet, aber doch immerhin ausgesprochen. Für das Holzfällen habe der Dekan absolut kein Verständnis gezeigt. Er habe die Meinung vertreten, man bezahle diesen Professor seitens des Landesamtes für Besoldung und Versorgung ausschließlich für die Zurverfügungstellung seiner Geisteskraft; *niemand,* und der Dekan habe mehrmals das Wort *niemand* energisch betont, hätte von diesem Professor das Verrichten irgendwelcher körperlicher Arbeit verlangt, ob dies in dessen Freizeit geschehen sei, wäre völlig unerheblich. Er könne sich auch überhaupt keinen einleuchtenden Grund vorstellen, warum jemand, der im Vollbesitz seiner geistigen Kräfte sei, unter einem fallenden Baum stehenbleibe. Außerdem habe dieser Professor immer noch keine Krankmeldung abgegeben, aber dieses Verhalten kenne man ja bereits. Die Arbeitsmoral an diesem Denkort nehme stetig weiter ab, tendiere praktisch gegen Null. Dieses Land sei eben total heruntergekommen, nur noch ein Schatten seiner früheren Existenz, eine Zumutung für jeden Geistesschaffenden. Er selbst werde nach Ablauf des Semesters wieder eine Weile denkend in Italien zubringen, in Bologna, Florenz und Urbino werde ihm der geistige Wiederanschluß an das übrige *denkende* Europa gelingen. In Italien müsse man selbstredend nicht zum Holzfällen gehen, um an die frische Luft zu gelangen. Dies sei übrigens ein typisch deutscher Gedanke, sich an einem Wald nur erfreuen zu können, indem man denselben abholze. Er verstehe auch nicht, warum ausgerechnet diesem Professor diese Paradoxie nicht aufgefallen sei. Wahrscheinlich sei dieser angebliche Starakademiker wieder vollständig in seine rückständigen Forschungen vertieft gewesen, in seine antiquierte Gedankenwelt, sodaß ihm dieses Paradoxon, das normalerweise für jeden Dreijährigen durchaus auffällig sei, nicht bewußt gewesen sei. *Che razza di paese!* – was ist das nur für ein Land, in welchem noch nicht einmal die Professoren, die schließlich für ihre geistige Tätigkeit bezahlt würden, nachdenken wollten oder könnten. Er habe dieses Land schon immer gehaßt, so der Dekan. Dieses unser Land sei in seiner geistigen Rückständigkeit so hassenswert, daß es schon wieder liebenswert sei. Gar kein Verständnis könne er deshalb für ausländische Studenten aufbringen, die hier in diesem völlig rückständigen Land studierten, obwohl sie überall sonst bessere Möglichkeiten hätten und sich so ihre Karrieren selbst verbauten. Selbst er habe seine besten Jahre an diesen ewiggestrigen Universitäten in diesem ewiggestrigen Land vergeudet. Vor seinen Auslandsaufenthalten habe er von systematischer Forschung nichts gewußt, ja wahrlich nichts wissen können, da hier in diesem Land Forschung, die diesen Namen auch verdiene, gänzlich unbekannt sei, so der Dekan. Er habe ihm entgegnet, so der Assistent, Heidegger habe in seinem Spiegelinterview von neunzehnhundertsechsundsechzig ausgeführt, wenn man *wirklich denken* wolle, könne man dies nur *auf deutsch,* oder auf altgriechisch. Selbst französische Denker hätten ihm, also Heidegger, persönlich bestätigt, auf französisch könnten sie gar nicht denken, sondern immer nur auf deutsch, oder eben auf altgriechisch, diese Sprachen *sprächen.* Der Dekan habe diese seine Bemerkung mit schallendem Gelächter quittiert, *Heidegger – der Führer des Führers!* gesagt, nochmals laut gelacht und ihren wissenschaftlichen Disput beendet, indem er ihn, also den Assistenten, wie einen desorientierten Erstsemester einfach so stehengelassen habe, um unter unappetitlichem Gelächter zum Dekanatsbüro abzugehen, so der Assistent berichtend. Ich holte mir ein Käsebrötchen; als ich wieder an unserem Tisch saß, philosophierte man über das Thema Essen. Er habe jedesmal ein schlechtes Gewissen, so der Kulterer, wenn er ausländischen Kommilitonen, die hier in Deutschland, dem sogenannten Land der Dichter und Denker, eine Bezeichnung, die ja schon an sich ein Hohn sei, gewissermaßen ihren Geist schulen und ihr Bewußtsein erweitern, nicht jedoch eine unheilbare Magenkrankheit mit in ihre jeweilige Heimat nehmen wollten, den Weg zur Mensa zeigen müsse. Dieses betont fette Essen, dieser undefinierbare deutsche Matsch schlage auf den Magen und damit auch aufs Gemüt. Er könne sich noch in jeder Einzelheit an die Peinlichkeiten erinnern, als er einer kleinen Gruppe japanischer Austauschstudenten, die der deutschen Sprache in hohem Grade mächtig gewesen seien, habe erklären müssen, die Pampe aus Kartoffelbrei, Blutwurst und Apfelmus sei tatsächlich das Tagesgericht für Menschen, eine Tiermensa gebe es hier in dieser Geistesanstalt gar nicht. Ihn habe sehr irritiert, mitansehen zu müssen, wie die japanischen Studenten die Portion *Himmel und Erde* von allen Seiten fotografierten und unberührt zurückgaben. Dieses traumatische Erlebnis habe seinerseits zu wochenlanger Appetitlosigkeit geführt, so der Kulterer. Mathilde fügte daraufhin an, sie selbst habe einmal eine Gruppe italienischer Austauschstudenten belauscht, die die italienische Sprache benutzten, aber nicht wußten, daß sie selbst, also Mathilde, Italienisch spreche. So habe sie gehört, wie die italienischen Kommilitonen erzählten, die harten, zähen Brötchen, wie sie vielen Italienern aus Deutschland, und eben auch aus dieser Cafeteria, bekannt seien, würden an italienischen Universitäten nur *panini tedeschi* genannt. Diesen Sachverhalt beschrieb in ähnlicher Weise schon Nietzsche in *Ecce homo,* wo er erwähnte, in venetianischen Kochbüchern seien fette, mehlige Vorsuppen *alla tedesca* genannt worden, so dachte ich hier auf meinem Stuhl in dieser Cafeteria. Das schlechteste Essen finde man in deutschen Krankenhäusern vor, so der Stimmenimitator. Viele Patienten würden letztendlich durch die Nahrungsaufnahme in deutschen Krankenhäusern erst vollständig *krankenhausreif.* Der Herr Professor könne froh sein, künstlich ernährt zu werden und somit den Krankenhausfraß, so der Stimmenimitator wörtlich, nicht bewußtseinsmäßig verarbeiten zu müssen. Grundsätzlich sei ja die Überlebensquote der Patienten deutscher Krankenhäuser die denkbar geringste; sicher auch aufgrund des undenkbar schlechten Essens in diesen Krankenanstalten, nicht nur wegen der absoluten Inkompetenz deutscher Ärzte. Gerade deutsche Ärzte seien absolute Geistesnieten, so der Stimmenimitator weiter; er könnte da Geschichten erzählen – er habe nämlich fünf lange Jahre lang neben einem Arztehepaar gewohnt; er wisse, wovon er rede. Seitdem hätten diese lächerlichen *Götter in Weiß* für ihn persönlich einige Flecken am Kittel, ja den Kittel sogar am brennen, wie man hier so sage, so der Stimmenimitator. Das sei hier und heute alles überaus frustrierend; er werde seine Hölderlinstudien sicherlich momentan nicht fortsetzen können, stattdessen werde er sich gleich in seinem Büro einen *Grabbe* mixen und sich eine Weile auf die Couch legen, glaube der Assistent. Morgen hingegen werde er mit seinem Automobil zur Universität kommen, und man werde mit demselbigen in die freie Natur zum Holzfällen fahren, so der Assistent. Dieser Automobilfetischismus wird noch das ganze Land vernichten. Wenn etwas als *krank* bezeichnet werden kann, dann ist es dieser Automobilfetischismus, dieser deutsch-katholisch-nationalsozialistische Volkswagenfetischismus. Unerträglich, dachte ich hier auf meinem Stuhl dieser Cafeteria dieser Universität. Wofür braucht man überhaupt ein Automobil? Bis jetzt habe ich meine

Holzfällerausrüstung noch immer bequem selbst tragen können. Dicke Handschuhe, Axt, Bogensäge, Fuchsschwanz und Kerbeisen – das wiegt gar nicht soviel. Es ist dagegen viel umständlicher, das ganze Zeug erstmal in einem Automobil zu verstauen, um dann von Punkt A nach Punkt B zu fahren. Viel einfacher hingegen ist es doch, sich sofort mit den genannten Gegenständen auf den Weg zu machen. Selbst die Fahrt mit den öffentlichen Nahverkehrsmitteln wird mit der kompletten Holzfällerausrüstung nicht zum reinen Vergnügen: zuerst die Mühe des Einladens der Holzfällerausrüstung, während der Fahrt das Ertragenmüssen der dümmlichen Blicke der anderen Fahrgäste, zum Schluß das wiederum sehr umständliche Ausladen der gesamten Holzfällerausrüstung. Da ist es doch wesentlich einfacher, mit gutem Schuhwerk sofort zu Fuß zum Holzplatz zu gehen; Hölderlin ist schließlich auch sehr weite Strecken ausschließlich zu Fuß gegangen, und ihm hat es auch nicht geschadet. Ich war zum wiederholten Male sehr tief in meine Gedanken versunken und muß dabei eingeschlafen sein; als ich erwachte, waren alle gegangen, ohne mich aufzuwecken. Ich wurde auch nicht von selbst wach, sondern von einer Serviertochter oder besser Serviergroßmutter unserer Cafeteria eher unsanft aus meinem Gedankenstrom gerissen. Mit befehlsgewohnter Stimme forderte sie mich auf, gefälligst den Tisch selbst abzuräumen, wie es vorgeschrieben sei. Ferner habe in dieser Cafeteria jegliches Werkzeug absolut nichts verloren; wie leicht man sich daran verletzen könne. Zähneknirschend warf ich leergelöffelte Joghurtbecher, zwei zerknüllte Getränkepappbecher, eine angebissene Semmel und anderen Unrat in den vorgeschriebenen Abfallbehälter, nahm mein Holzfällerwerkzeug auf und verließ diesen unruhigen Ort in Richtung Universitätsbibliothek, um in den vor derselbigen befindlichen Spinden meine Holzfällerausrüstung unterzubringen, da es ja heute nichts mehr mit Holzfällen werden würde, sondern erst am morgigen Tag, wenn der Assistent mit seinem Automobil direkt zur Universität kommen würde. Nachdem ich mein Werkzeug in einen Spind geschlossen hatte, fand ich in einem Papierkorb links neben der Eingangstür der Universitätsbibliothek ein grünes Buch: es war die Meinerausgabe von Hegels *Phänomenologie des Geistes.* Ich blätterte kurz in Hegels *Phänomenologie des Geistes,* ohne jedoch wirklich großes Interesse an diesem wirklich sehr wichtigen geisteswissenschaftlichen Werk, das übrigens in diesem Fall nicht aus dem der Universitätsbibliothek eigenen Bestand stammte, zu zeigen. Ich konnte jetzt kein so ungemein kompliziertes, den Geist unablässig beschäftigendes philosophisches Werk lesen, da ich meinen Geist, mein ganzes Bewußtsein auf das morgige Holzfällen einstellen mußte. Ich wog Hegels *Phänomenologie des Geistes* noch einmal wohlwollend in meiner Hand, mir der Schwere dieser in diesem Buch enthaltenen Gedanken bewußt, bevor ich Hegels *Phänomenologie des Geistes* vorsichtig wieder in den Papierkorb zurücklegte, in der Hoffnung, irgend jemand fände dieses wirklich wichtige Geisteswerk nächstens, um es für seine eigene Geistesarbeit an dieser Geistesanstalt nutzen zu können. Draußen auf der Universitätsstraße machte ich mir schwere Vorwürfe, Hegels *Phänomenologie des Geistes* doch wieder an den Ort zurückverbracht zu haben, wo Hegels *Phänomenologie des Geistes* regulär nicht hingehört. Dieses gerade eben erwähnte Werk hätte mir doch selbst zur eigenen Geistesbereicherung dienen können, so dachte ich auf der Universitätsstraße. Man findet wichtige Geisteserzeugnisse schließlich nicht jeden Tag im Papierkorb – auch nicht in Papierkörben vor Universitätsbibliotheken – und schon gar nicht in Papierkörben vor der Bibliothek *dieser* Universität. Nach Momenten des Haderns mit meinem Geist ging ich zurück zum Gebäude R 11 der Universität und damit auch zurück zur Universitätsbibliothek und somit zurück zum Papierkorb mit Hegels *Phänomenologie des Geistes.* Die letzten Meter rannte ich, hastig durchwühlte ich den Papierkorb: nichts! Hegels *Phänomenologie des Geistes* befand sich nicht mehr in diesem Papierkorb! Sicherheitshalber schüttete ich den Inhalt des Papierkorbs aus, um den Inhalt besser in Augenschein nehmen zu können. Nichts! Absolut nichts! Vielleicht hatte ich den falschen Papierkorb ausgeschüttet und inspiziert? Also zum nächsten. Auch dieser wurde entleert und untersucht. Der Befund war negativ. Der Papierkorb neben den Kopierern, der vor dem Drucker, der neben den Mikrofichelesegeräten sowie der im Herrenabort neben der Universitätsbibliothek wurde derselben genauen Untersuchungsprozedur unterzogen. Nichts! Irgendwo mußte sich Hegels *Phänomenologie des Geistes* doch befinden! Ich ließ mich in dieser Nacht im Universitätsgebäude einschließen, um alle Papierkörbe auf diese Weise ungestört nach Hegels *Phänomenologie des Geistes* absuchen zu können. Um drei Uhr morgens hatte ich die Gewißheit: Irgendein Ignorant hatte dieses wirklich wichtige Dokument deutschen Geistesschaffens in purer Gedankenlosigkeit aus dem Papierkorb neben der Universitätsbibliothek gestohlen. Das Ausmaß der Dummheit in diesem Lande ist noch viel größer, als ich bislang angenommen hatte. Und dieser Schmutz an deutschen Universitäten, der ist einfach unfaßbar; so unfaßbar wie Hegels *Phänomenologie des Geistes.* Es ist bezeichnend für den Geisteszustand dieses sogenannten Landes der Dichter und Denker, daß sich ein so epochemachendes Werk wie Hegels *Phänomenologie des Geistes* nicht *in* der Universitätsbibliothek befindet, wie es sonst in allen anderen Kulturnationen üblich ist, sondern in dem Papierkorb *davor.* Und selbst wenn dieses weltberühmte, bereits mehrfach genannte Geisteswerk wenigstens seine Existenz im Papierkorb *vor* der Universitätsbibliothek fristen darf, ist dieses wirklich herausragende philosophische Werk im Bedarfsfall doch nicht einzusehen, da nun Bücher nicht nur *aus* Bibliotheken, sondern auch schon aus den Papierkörben *vor* diesen Bibliotheken gestohlen werden. Ein unhaltbarer Zustand, der genauestens das geistige Niveau dieses durch und durch verkommenen und sich auf stetiger bewußtseinsmäßiger Talfahrt befindlichen Landes widerspiegelt, dachte ich. Dieses Land befindet sich auf dem Weg in den absoluten Abgrund, auf dem Weg in einen unbeschreiblich unendlichen Abgrund katholisch-nationalsozialistischer Geistesdeformation. Auf der Suche nach der verlorenen *Phänomenologie des Geistes* ermüdete ich erneut, sodaß ich mich vor den Spinden niederließ. Ich träumte gerade von *Irmas Injektion,* als ich unsanft aus dem Schlaf gerissen wurde: Eine Hundeschnauze sabberte dicht vor meinem Gesicht, ein Typ in Lederjacke zückte eine Smith & Wesson und verlangte meine Papiere. Mein Benutzerausweis der Universitätsbibliothek genügte ihm völlig. Man wisse ja nie, welches Pack sich schon um sieben Uhr in diesem Betonklotz herumtreibe, so der Wachmann, Verständnis heischend. Durch welche Tür ich denn so früh hereingekommen sei, fragte er noch. Ich zeigte mit dem Daumen hinter mich, der Wachmann folgte der Richtung, auf nachlässige Putzfrauen schimpfend. Heute endlich war der wirklich wichtige Tag, an dem der Assistent mit seinem Automobil hier vorfahren wird, um dann direkt mit uns zum Holzplatz zu reisen, dachte ich auf dem Herrenabort dieses Geisteszentrums. Die Aborte dieses Denkgebäudes, wie auch die meisten anderen Aborte in diesem

Lande, sind eine Zumutung nicht nur für Geistesschaffende. Öffentliche Aborte in Deutschland zählen zu den schmutzigsten, verkommensten, übelriechendsten in der ganzen Welt. Wenn man in Deutschland gezwungen ist, einen öffentlichen Abort aufzusuchen, ist man allen Übeln ausgeliefert; nicht umsonst kann man in jeder deutschen Stadt auf jeder Straße völlig verkniffene Gesichter beobachten, die davon herrühren, daß diese Leute sich nicht trauen, einen deutschen öffentlichen Abort zu benutzen. Auch die öffentlichen Aborte in deutschen Spitzenrestaurants zählen zu den abschreckendsten im internationalen Vergleich. Nicht nur die Hygiene in den Küchen wird vollständig vernachlässigt, sondern auch die der Aborte. Und immer dieser absolut unvorstellbare Schmutz! Genauer: unvorstellbar ist dieser Schmutz nur, wenn man ihn noch nie gesehen hat, dachte ich hier auf dem Herrenabort sitzend. Inzwischen öffnete die Cafeteria. Ich verließ den Herrenabort, holte meine Holzfällerausrüstung aus dem Spind und begab mich zur bereits erwähnten Cafeteria in der Hoffnung, heute einen guten Tisch zu bekommen, da es noch ziemlich früh war. Ich hatte mich sehr getäuscht. Die Cafeteria dieser Universität war bereits unmittelbar nach dem Öffnen mit derart vielen Gestalten angefüllt, daß es mir dortselbst kaum möglich war, mit der kompletten Holzfällerausrüstung zur Getränkeausgabe vorzudringen. Ich holte mir Kaffee in einem Getränkepappbecher und ein altes Käsebrötchen, *un panino tedesco con il formaggio,* wie Italiener scherzend zu sagen pflegen. Ich setzte mich zu Mathilde, die bereits mehrere Lungenbrötchen verzehrt hatte. Mathilde redete über eine Stunde lang auf mich ein, sie belästigte mich mit ihren langweiligen Anekdoten und Problemen, ich wurde schon wieder schläfrig. Sie finde mich übrigens sehr unterhaltsam, obwohl ich nie etwas sage, so Mathilde. Aus Sicherheitsgründen werde sie gleich zum Holzfällen einen Arbeitskittel über ihr schwarzes bauchfreies Top streifen und sich ihre meterlangen Haare hochstecken, informierte sie mich. Während sie sich eine weitere Zigarette anzündete, traf der Kulterer ein. Sein Hautausschlag sah heute wieder besonders übel aus, aber gleich kommt er ja an die frische Waldluft, so dachte ich. Der Stimmenimitator kam kurz danach an unseren Tisch – mit einer nagelneuen Motorsäge. Dies sei jetzt der neueste Trend, so der Stimmenimitator, High-Tech-Werkzeug mit Bleifreibetrieb. Er müsse auf dem Weg zum Holzplatz noch an einer Tankstelle vorbei, aber heute stelle dieses Vorhaben ja überhaupt kein Problem dar, da der Assistent mit seinem Automobil direkt zur Universität kommen und unser Werkzeug transportieren werde, da könne ein Kanister Bleifrei nicht ins Gewicht fallen. Falls der Assistent heute überhaupt vorbeikommen sollte, dachte ich. Der Kulterer fragte unterdessen Mathilde, ob sie eventuell wisse, ob der Herr Professor sein Bewußtsein wiedererlangt habe; er könne sich es praktisch nicht vorstellen, *ohne* Bewußtsein leben zu müssen. Mathilde entgegnete darauf, sie wiederum könne sich nicht vorstellen, wie er, also der Kulterer, *mit* Bewußtsein leben könne; sie kenne ihn, also den Kulterer, nur mehr in bewußtlosem Zustand, und vom Herrn Professor habe sie noch keine neuen Nachrichten, so Mathilde, einige Rauchringe in die Luft blasend. Endlich traf der Assistent, auf den wir so lange gewartet hatten, ein. Er entschuldigte sich gleich mehrfach: Zuerst habe er heute etwas verschlafen, dann habe er hier an dieser Universität keinen Parkplatz bekommen, und anschließend habe er sich mit seinen Hölderlinstudien sehr intensiv befaßt. Zu allem Unglück sei es heute morgen an diesem Denkort ungewöhnlich laut zugegangen, er habe erst nach und nach in Erfahrung bringen können, ein *Irrer* habe an diesem Ort für Geistesschaffende seine geistige Unzurechnungsfähigkeit unter Beweis stellen wollen, indem er sämtliche Abfallbehälter ausgeschüttet habe, um den Inhalt derselben auf allen Fluren unserer Geistesanstalt zu verteilen; der Dekan jedenfalls, der habe getobt. Erst überall die Schmierereien und Zerstörungen, dann Geistesschaffende, die zum Holzfällen gehen, und nun dieser Vandalismus, so der Dekan fast schreiend. Dieser, also der Dekan, habe ihm den Vortrag nur mit einer Unterhose bekleidet gehalten, da er, der Dekan, zur Zeit hier in seinem Büro wohne, da ihn seine Frau an die frische Luft gesetzt habe, so berichtete der Assistent. Nun war es aber endlich soweit: Wir gingen zusammen zum Universitätsparkhaus, unsere Holzfällerausrüstungen mitführend. Mir graute seit geraumer Zeit vor dem Augenblick, in ein Automobil einsteigen zu müssen. In dem betonfarbenen Koloß von Universitätsparkhaus stand eine große Anzahl von Blechfetischen in allen Farbschattierungen rechts und links aufgereiht. Er fahre ein italienisches Automobil, er habe einen Maserati, eröffnete uns der Assistent in der siebten Etage dieser mit Blech angefüllten Betonburg. Ein *Maserati,* also ein mickriger Sportwagen, eigne sich wohl nicht gerade bestens zum Transport von fünf Personen, fünf Werkzeugsätzen und einem Kanister Bleifrei, so Mathilde besorgt einwendend. Er persönlich besitze einen Maserati Berlina, genauer: einen Maserati 433 mit vier Türen und drei Komma drei Litern Hubraum; wir hätten damit allesamt Platz, so der Assistent uns beruhigend. Endlich gelangten wir zu dem silbermetallicfarbenen Objekt der Begierde. Per Fernbedienung öffnete der Assistent zunächst alle Schlösser, um dann hastig die Fahrertür aufzureißen und die Alarmanlage eigenhändig auszuschalten. Aus dem Kofferraum, der gar nicht sehr geräumig wirkte, holte der Assistent einen Stapel Decken und Handtücher. In die Decken hatten wir unsere Werkzeuge einzuwickeln, damit der Transport derselben das Maserati-Kofferabteil nicht in irgendeiner Weise beschädigen könne, so der Assistent. Er teilte an jeden von uns ein Handtuch aus, auf das wir uns zu setzen hatten, um die wertvolle Echtledersitzpolsterung vor etwaigen Beschädigungen durch nietenbeschlagene Hosen zu schützen, so der Assistent, um sein Eigentum besorgt. Ich erhielt ein rosafarbenes Handtuch mit Sie-Aufdruck. Er habe ja praktisch gar nicht gewußt, daß auch ich zum Holzfällen mitgehen würde, weshalb er nicht genügend passende Handtücher mitgenommen habe, sonst sei ich doch auch lieber zum Watten gegangen, so der Assistent, seine logistischen Unfähigkeiten nur mühsam kaschierend. Schon Augenblicke später saßen wir im Innern des Blechfetischs auf unseren Handtüchern in einem Ambiente aus echten Tropenhölzern und ausgesuchten Lederhäuten. Lässig gab der Assistent den Code ein, um starten zu können. Beim satten Aufheulen des Superhochleistungssportmotors holte der Stimmenimitator eine Dose Pils aus seiner Jackentasche, und Mathilde zupfte zittrig eine Zigarette aus der Schachtel, was einen leichten Wutanfall seitens des Assistenten hervorrief. Er müsse sich das Rauchen und das Trinken in diesem durch und durch italienischen Ambiente doch energisch verbitten, so der Assistent, die beiden schroff zurechtweisend. Das sei die Macht der Gewohnheit gewesen, so Mathilde verzweifelt, man wisse ja auch gar nicht, wie man sich in einem Maserati zu verhalten habe, selbst die Sache mit den Schutzhandtüchern sei ihr völlig unbekannt gewesen. Dies sei eben ein italienisches Luxusautomobil, allein diese gediegene Innenausstattung, so etwas sei in keinem deutschen Automobil zu finden, so der Assistent. Er habe dieses praktisch neuwertige italienische Luxusautomobil allerdings nicht fabrikneu, sondern aus *erster Hand* erworben, *di seconda mano,* wie der Italiener diesen Sachverhalt bezeichne, also wörtlich *aus zweiter Hand,* in Deutschland heiße der gleiche Sachverhalt aber immer *aus erster Hand,* so der Assistent. Der Autist, der eigentlich Giovanni Giotto heiße, habe ihm dieses rollende Statussymbol relativ preisgünstig überlassen. Er, der Autist, sei zu seinem *nom de guerre* gekommen, weil er, der deutschen Sprache noch nicht mächtig, gesagt habe, er sei Autist bei einem Möbelspediteur; er habe gedacht, das italienische Wort für Fahrer, *autista,* einfach so ins Deutsche übertragen zu können, so der Assistent am Volant seines Maseratis. Wir erreichten die Autobahnauffahrt, der Maserati beschleunigte zügig, zum Auftakt einen weißen Mercedes mit Heckflossen überholend. Wir wurden mit unseren Handtüchern etwas stärker in die Bestuhlung gepreßt, um anschließend auf der rechten Fahrspur dieser deutschen Autobahn mit ihrer deutsch-österreichisch-katholisch-nationalsozialistischen Vergangenheit gemütlich mit einhundertundsiebzig km/h dahinzugleiten. Unterdessen wurden wir von zwei Polos, einem Kadett, einem Golf und einem Calibra überholt. Keine besonders gute Bilanz, dachte ich, hier auf meinem Handtuch in diesem sportlichen Luxusautomobil sitzend. Der Motor sei noch nicht richtig warm, so könne er seinen Maserati einstweilen nicht an die Grenze seiner Leistungsfähigkeit bringen, so der Assistent uns informierend. Bis jetzt bekam mir die Fahrt in diesem italienischen Automobil überraschend gut, in einem deutschen Automobil wäre mir bereits schlecht geworden, so dachte ich hier auf meinem Handtuch auf dem Echtlederpolstersitz dieses Maseratis. Ich habe deutsche Automobile immer gehaßt. Der Maserati paßte sich mit seiner Silbermetalliclackierung sehr schön der Umgebung an: das graue Band der Autobahn, die stahlgrauen Leitplanken, der dunkelgraue Himmel, die hellgrauen Fabrikgebäude in der Ferne der gräulichen Landschaft und die mittelgrauen Abgase der oxfordgrauen Fabrikschornsteine verschmolzen zu einer farblichen Einheit mit dem grauglitzernden italienischen Luxusautomobil. Die Höchstgeschwindigkeit erreichte der Maserati aber jetzt schon gar nicht, da wir bereits unsere Zielautobahnausfahrt ansteuerten, in die wir auch umgehend einbogen. In der Ausfahrt selbst wurden wir von einem verspoilerten Fiesta mit Breitreifen abgedrängt. Der Assistent habe schließlich nicht das *Zeigzeug* benutzt, trotz seiner *Zuhandenheit;* bei dieser fehlenden *Umsicht* könne *das Ende des In-der-Welt-seins* praktisch unverhoffterweise unmittelbar bevorstehen, mäkelte der Stimmenimitator. Der Assistent betätigte den Blinker nachträglich. Wenn er, also der Stimmenimitator, Angst davor habe, mit einem Automobil zu fahren, so könne er nur an Heideggers Worte erinnern, daß das, wovor die Angst sich ängste, immer das *In-der-Welt-sein selbst* sei. Dies könne er im Kapitel über den Tod in *Sein und Zeit* nachlesen, so der Assistent. Der Kulterer insistierte, auch er habe letztendlich seinen Heidegger gelesen. Sie habe sich vor kurzem den ganzen Wittgenstein gekauft, so Mathilde zur geistigen Elite aufschließend. Ich hätte in der vorigen Nacht die einmalige Möglichkeit gehabt, Hegels *Phänomenologie des Geistes* zu lesen, wenn ich nur sofort gehandelt hätte, dachte ich hier auf meinem Handtuch auf dem Echtlederpolstersitz dieses Maseratis. Wir kamen auf dem Parkplatz des Holzplatzes an. Umgehend verließen wir das gediegene Interieur des italienischen Blechfetischs, um unsere Holzfällerausrüstungen aus dem Kofferabteil desselben zu befreien. Dem Stimmenimitator wurde erst jetzt sein mangelndes Gedächtnis bewußt: Er hatte vergessen, unterwegs an einer Tankstelle einen Kanister Bleifrei zu erwerben. Seine High-Tech-Motorsäge war somit einstweilen nutzlos geworden. Nun müsse er wiederum den ganzen Tag wattend im Café am Holzplatz verbringen, so der Stimmenimitator maßlos enttäuscht. Auf dem Parkplatz am Holzplatz installierte der Assistent schnell eine Lenkradkralle am Sportholzlenkrad seines Maseratis, tippte den Code für die Wegfahrsperre ein, überprüfte die Schlösser der Leichtmetallfelgen und zog abschließend noch eine Schutzhülle aus Polyurethan über den kostbaren Blechkörper. In diesem Moment klingelte das Autotelefon im Innern der Blechskulptur. Der Assistent mußte das Automobil wieder enthüllen, die Alarmanlage abstellen, sich ins Fahrzeug setzen, um mittels Freisprecheinrichtung in seinem immobilen Automobil telefonieren zu können. Der Assistent verfiel umstandslos in fließendes Italienisch. Bei der erneuten Inbetriebnahme der Diebstahlsicherung des Maserati informierte er uns über den Gesprächsverlauf. Am Telefon habe sich der Autist befunden, gerade noch habe man von ihm gesprochen. Für das Benefizfußballspiel unserer Universität sei es ihm, also dem Autisten, gelungen, seinen alten Freund aus Turiner und Oxforder Zeiten, Andrea Spadolini, den heutigen Erzbischof Spadolini, zu verpflichten. Erzbischof Spadolini sei momentan auf Deutschlandreise, er wolle Paderborn und Aachen besuchen, so stehe er für einen Abstecher nach Essen zur Verfügung, so der Autist eben am Autotelefon, so der Assistent. Nach der Absage von Lothar Mathäus, der im Augenblick wegen der Recherchen zu seinem neuen Buch verhindert sei, biete Spadolini eine willkommene Verstärkung. Für ihn sei es eine große Ehre, in der Mannschaft unseres Fachbereichs, gewissermaßen also auf unserer Seite, an dem Benefizfußballspiel zugunsten der Aachener Heilanstalt teilzunehmen; er selbst werde das Spielfeld einsegnen, nach dem Anpfiff werde man jedoch, auch er selbst, also Spadolini, den Gegner mit unerbittlicher Härte gnadenlos niederkämpfen, so der Autist, am Autotelefon Spadolini indirekt zitierend, so der Assistent, fast wörtlich wiedergebend. Man habe bereits mehrere ernsthafte, des Fußballspiels in hervorragender Weise kundige Persönlichkeiten als Mitspieler für die diesjährige Benefizveranstaltung gewinnen können. Dem Autisten sei es sogar gelungen, den allseits bekannten Libuda zu engagieren, niemand komme an Gott vorbei, außer Libuda, so der Assistent mühsamst scherzend. Der Zuschauer wolle inzwischen auch bei einem Benefizfußballspiel eine gewisse Qualität der Darbietungen nicht vermissen, selbst wenn es für einen guten Zweck sei. Jedenfalls werde es hoffentlich nicht zur Wiederholung des letztjährigen Debakels kommen; unsere Mannschaft zeige sich gegenüber dem letzten Jahr deutlich verstärkt, obwohl der Herr Professor aus bekannten Gründen in diesem Jahr leider nicht mitspielen könne. Er sei schon gespannt, welche Spieler unser Gegner, das Sokrates-Institut, dieses Mal aufbieten werde, der Autist kümmere sich bereits intensiv darum, da er, also der Autist, schließlich der Fußballexperte sei, so der Assistent. Mathilde wandte daraufhin ein, Libuda sei erst neulich verstorben, das sei in allen Zeitungen gestanden. Dann sei es eben dessen Bruder, es sei letztendlich für einen guten Zweck, da dürfe man naturgemäß nicht kleinlich sein, so der Assistent, auf das Eingangstor des Holzplatzes zusteuernd. Seit dem tragischen Unfall unseres Herrn Professors hatte sich hier offenbar einiges verändert. Ein großes Plakat wies auf neue Sicherheitsbestimmungen hin, Motorwerkzeuge waren verboten, das Mitführen von Waffen aller Art, ebenso das Rauchen; außerdem war der Eintrittspreis, der allerdings das Fällen eines Baumes miteinschloß, auf neunundsiebzig

Mark gestiegen. Für viele Akademiker war dieser Preis einfach zu hoch. Holzplatzwart Wittgenstein war nicht gut auf uns zu sprechen: Er habe massiven Ärger mit der Polizei wegen uns Akademikern gehabt, man habe sogar behördlicherseits mit der Schließung des Holzplatzes gedroht. Man habe ihm zur Auflage gemacht, jede den Holzplatz betretende Person einer Leibesvisitation zu unterziehen; dafür habe er extra seinen Neffen einstellen müssen, den er ansonsten nicht gerne um sich habe, da dieser, also Wittgensteins Neffe, manchmal nicht ganz richtig im Kopf sei, wenn wir wüßten, was er damit meine. Lieber habe er jedoch seinen Neffen eingestellt als einen Fremden, so Wittgenstein weiter. Und zum Stimmenimitator: Motorsägen seien jetzt aus Sicherheitsgründen ganz verboten; er könne seine in eigens dafür aufgestellte Spinde einschließen, solange er im Café sitze. Mathilde wollte unbedingt Holz fällen, nicht watten. Der Assistent, der Stimmenimitator und der Kulterer waren bereits auf dem Weg zum Café am Holzplatz zum Watten. Die Fahrt mit dem Automobil und der Diskurs über Heidegger habe ihn einfach überanstrengt, so der Assistent im Weggehen aus dem Off. Ich solle doch zum Holzfällen mitkommen, somit habe sie immerhin etwas Unterhaltung, so Mathilde. Warum nicht, dachte ich, weshalb hatte ich sonst meine Holzfällerausrüstung mitgeschleppt? Wir zahlten, und Wittgenstein wies uns zwei Blutbuchen zu, mit denen wir machen könnten, was wir wollten, so Wittgenstein, dessen Neffe bei einer Blockhütte, dem Kontrollpunkt, auf uns wartete. Ein schmieriger Typ mit Motorradlederjacke, fleckigen Nietenhosen und Cowboystiefeln kam sofort auf uns zu. Oberflächlich prüfte er unser Werkzeug, unterzog meinen Leib einer ebenso oberflächlichen Visitation, um sich schlußendlich grinsend ganz auf Mathilde zu konzentrieren. Wittgensteins

Neffe betastete ihre, also Mathildes, in dem bauchfreien Top stark eingezwängten konvexen Formen, ohne jedoch etwas nicht den neuen Sicherheitsvorschriften Entsprechendes zu finden. Als er einen Schritt zurücktrat, löste er bei Mathilde eine Standardreaktion aus. Sie hatte wieder nicht an die Stahlkappen in ihren Sicherheitsschuhen gedacht. Sie habe es einfach verdrängt, so Mathilde, sich den schwarzen Arbeitskittel im Weggehen überstreifend. Diese gute, frische Waldluft sei doch immer wieder bemerkenswert, so Mathilde auf dem Weg zu unseren Blutbuchen, aber daß niemand etwas gegen dieses Ungeziefer unternehme. Mit unseren Holzfällerausrüstungen erreichten wir die uns zugewiesenen Bäume. Hier, inmitten des deutschen Waldes, konnten wir die Schreie von Wittgensteins Neffen nicht mehr hören. Mir zugeteilt war eine prächtige Buche, etwa einen Meter und fünfzig im Stammdurchmesser, etwa fünfundzwanzig Meter hoch. Das bedeutete einen knappen Tag lang Beschäftigung. Mit der Axt begann ich umgehend, einige Kerben in den Stamm zu schlagen. Mathilde hatte eine ähnlich große Buche in höchstens zwanzig Metern Entfernung zugewiesen bekommen; sie begann freilich nicht sofort mit ihren Holzfällerarbeiten, sondern rauchte erst eine Zigarette, steckte sich die Haare hoch und winkte mir zu. Ich winkte flüchtig zurück. Mathilde ergriff nun ihre Axt, um den Stamm ihrer Buche um eine Anzahl von Kerben zu bereichern. Inzwischen hatte ich mich warm geholzt, immer genauer traf ich die bereits entstandene Einkerbung am Stamm. Schnell war ich total durchgeschwitzt, ich machte einen Augenblick Pause, die gute Waldluft genießend und einen Mistkäfer bei seiner Arbeit beobachtend. Eigentlich war die Luft heute hier im Wald, hier im Hain von Academus, gar nicht so frisch wie sonst, irgendwie roch es etwas faulig, was vermutlich durch das überall herumliegende vermoderte

Laub bedingt war. Nach der kurzen Verschnaufpause arbeitete ich weiter an der mir zugeteilten Blutbuche. Holzfällen erweitere das Bewußtsein, Holzfällen schule den Geist, Holzfällen sei eine wahre Geistesbereicherung, so sagt der Herr Professor immer, dachte ich. Die Natur sei für ein geistesgeschultes Bewußtsein der einzig richtige Aufenthaltsort, so sagt der Herr Professor immer, dachte ich während des Holzfällens. Er sei ein wahres Naturkind, so sagt der Herr Professor immer, dachte ich jetzt an diesem Naturort. Ich war heute in meinem natürlichen Element. Die durch mein Bewußtsein geisternden Worte des Herrn Professors gaben mir hier in diesem Wald nach dieser ganz und gar mißlichen Nacht, in der ich Hegels *Phänomenologie des Geistes* so leichtfertig aus der Hand gegeben hatte, neue Kraft, Energie, Ausdauer. Ich hieb mir mit meiner Axt den ganzen Frust von der Seele. Ich raste fast. Gerade eben landete ich einen Volltreffer, und noch einen, tief schnitt die Axt in den Buchenstamm, immer wieder neue, noch tiefere Kerben hinterlassend. Mir stand der Schaum vorm Mund. Ich war außer mir. Gerade wollte ich dieser mir zugeteilten Buche den entscheidenden Schlag zur endgültigen, allumfassenden Vernichtung versetzen, als mir jemand von hinten auf die Schulter tippte. Erschrokken fuhr ich herum. Es war Mathilde. Sie reichte mir einen kleinen braunen Klumpen, der mit Maden angereichert war. Das sei unter ihren Axthieben vom Baum gefallen, was das wohl sei?, fragte sie mich. Ich zog die Schultern hoch. Es war unappetitlich, es stank, ich warf es weg. Mathilde ging zurück zu ihrer Buche. Ich wischte mir den Schaum vom Mund. Ich ließ kurz meinen Blick herumschweifen. Eine Nachtigall! Naturgemäß hatte sich der Wald nach der empfindlichen Preiserhöhung und den neuen strengen Sicherheitsvorschriften aufgrund des tragischen Unfalls des Herrn Professors stark gelichtet. Zu meiner rechten Hand traktierte Doktor Bob, ein Chirurg der Uniklinik, eine deutsche Eiche, weiter im Hintergrund schlugen zwei japanische Austauschstudenten, die ich vorher bereits mal in der Cafeteria der Universität sitzen gesehen hatte, unter lautem japanischen (dachte ich zumindest) Kampfgeschrei mit Samuraischwertern auf eine Bilderbuchbuche ein; Mathilde hatte sich jetzt vor ihrer Buche niedergesetzt, wahrscheinlich, um eine zu rauchen. Wittgenstein wird einen existenzbedrohenden finanziellen Verlust zu verschmerzen haben, so dachte ich, Unglücke sprechen sich immer wie ein Lauffeuer herum, vor dem Unfall des Herrn Professors hatte es hier jedenfalls vor Holzfällern sämtlicher akademischer Grade nur so gewimmelt. Mathilde lehnte sich nun leicht zurück, inhalierte den Rauch ihrer Zigarette, verschluckte sich, schrie auf, kam auf mich zugerannt. Ich müsse umgehend zu ihrer Buche mitkommen, es sei etwas Schreckliches dortselbst zu sehen! Gelangweilt ging ich mit. Frauen neigen eben zur Hysterie. Ich schaute und schaute, und genau dort oben, in der ziemlich dichten Baumkrone, war es zu sehen: Es hampelte langsam im Wind hin und her, weshalb es auch hier in dieser an sich so frischen Waldluft recht faulig gerochen hatte, kurzum: Irgendein Idiot hatte seiner Existenz ein Ende bereitet und sich ausgerechnet in acht Metern Höhe mittels eines Stricks in der Baumkrone von Mathildes Blutbuche kunstvoll aufgeknüpft. Und er hatte dies vor längerer Zeit getan, wie auch ein forensisch nicht geschulter Geist erkennen konnte. Man blickte direkt unter ein Paar baumelnder Schuhe, wenn man die Baumkrone aus einem bestimmten Blickwinkel beobachtete, was ich aber nicht wiederholte. Unterdessen suchte mich ein Würgen heim, denn mir wurde bewußt, daß ich vermutlich kurz zuvor ein Stück dieses Ausgelöschten in meinen Fingern gehalten und achtlos fortgeworfen hatte. Während ich meinen Morgenkaffee in die freie Natur abgab, rannte Mathilde zum nächsten Telefon. Hoffentlich blockiert der Kulterer nicht wieder die einzige Leitung, dachte ich speiend. Der hinzugekommene Chirurg Doktor Bob stellte fachmännisch per Ferndiagnose den Tod der sich schon in erheblicher Auflösung befindlichen Leiche fest. Die japanischen Studenten regten an, den Leichnam erstmal abzuschneiden. Doktor Bob riet davon ab; die Leute sähen einfach zu viele Kriminalfilme; Aufgehängte müsse man nicht nur abschneiden, sondern diese in erster Linie von ihrem jeweiligen Strick befreien. In die Uniklinik seien schon Fälle eingeliefert worden, denen sei, weil sich der Strick immer noch um ihren Hals befunden habe, die Zunge dermaßen weit herausgehangen, daß man hinterher die Flure nicht mehr habe wischen müssen, so Doktor Bob lachend. Er wolle nun aber seinen Baum fertig machen, nachher müsse er noch operieren, hier gebe es für ihn ja nichts mehr zu tun, so der Chirurg, mit der Axt in der Hand sich entschuldigend. Mathilde kam völlig außer Atem vom Café am Holzplatz zurück. Die Polizei sei verständigt, sagte sie mit letzter Kraft. Wittgenstein kam, sah und tobte. Das sei eine totale Katastrophe für ihn, seine ganze Existenz sei mit diesem weiteren Zwischenfall der Auflösung schutzlos preisgegeben, so Wittgenstein aufgebracht. Er könne nicht verstehen, warum Selbstmörder ausgerechnet in dem von ihm gepachteten Wald den Baumbestand zweckentfremden müßten, man könne sich doch viel bequemer vor einen Zug werfen. Nach und nach trafen die Polizei, namhafte Rettungsdienste, der amtlich bestellte Leichenbeschauer und die Journaille, die aus niederträchtigen Gründen den Polizeifunk abhört, im Akademikerwald ein. Der Kommissar war fassungslos. Erst vorgestern habe man diesen ganzen verwunschenen Wald *auf links gedreht*, auf den Kopf gestellt, niemand, *niemand* könne diese Leiche übersehen haben, und wo denn der amtlich bestellte Leichenbeschauer stecke? Dieser befinde sich gerade kotzend auf dem Abort des Cafés, falls er es noch bis dahin geschafft habe, so ein Uniformträger den Kommissar informierend. Und man solle endlich das Blaulicht abstellen und die Tragbahre wegbringen, hier brauche man keine Tragbahre, hier brauche man einen Müllsack, so der Kommissar. Dieser verdammte Wald gehe ihm auf die Nerven, diese modrigen Leichen, diese widerlichen Journalisten, er lasse gleich alle festnehmen. Nur Wittgensteins Neffe wurde jedoch als üblicher Verdächtiger verhaftet, der Holzplatz einstweilen geschlossen. Dieser verdammte Wald komme ihm langsam *spanisch* vor, so der Kommissar, ein Absperrband entrollend. Es war noch nicht vierzehn Uhr, der Ausflug in die freie Natur hatte ein vorzeitiges und abruptes Ende gefunden. Holzfällen entwickelte sich langsam zu einem traumatischen Erlebnis. Wir durften noch schnell unsere Werkzeuge einsammeln und mußten dann sofort den Holzplatz verlassen. Ich begleitete Mathilde zum Ausgang, wo uns erst das Fehlen des Assistenten und der beiden Dioskuren bewußt wurde, anschließend aber auch das Fehlen des Maserati. Da dieses gediegene Luxusautomobil mehrfach gegen etwaigen Diebstahl gesichert war, konnten jene drei vorher erwähnten Personen nur allein weggefahren sein, uns im Stich lassend. Mir persönlich war das egal. Das Einladen der Ausrüstung, dazu das sehr umständliche Platznehmen auf dem Handtuch, um die Echtledersitzpolsterung des Maserati zu schonen, verbrauchte in der Tat mehr Zeit als ein ordentlicher Fußmarsch. Hölderlin unternahm ebenfalls während seiner Zeit im Tübinger Turm des Schreiners Zimmer ausgedehnte Fußmärsche in der freien Natur, und hatte es *ihm* geschadet? Mathilde hingegen war einem hysterischen Anfall nahe. Die Entdeckung der Leiche habe sie gar nicht so schockiert, regelmäßig sehe sie Splattervideos, selbst *Das Werkzeug* habe sie bis zum bitteren Ende konsumiert, aber das hier sei zuviel für sie gewesen, so Mathilde, das Sprachregister wechselnd, auf französisch auf mich einredend. Als sie da so auf dem Waldboden gesessen sei und plötzlich unter diese baumelnden Schuhe in der Baumkrone habe blicken müssen, sei ihr diese Situation wie ein *déjà-vu* vorgekommen. Mit einem Mal habe sie sich an die sicherlich dümmste, langweiligste und abgeschmackteste Novelle des gesamten deutschen Sprachraumes, vielleicht sogar aller Sprachräume, erinnern müssen: an Annette von Droste-Hülshoffs *Die Judenbuche. Die Judenbuche* sei eine jeden gesunden Geist bis zur absoluten Entwicklungsunmöglichkeit zernichtende Lektüre. Hoffnungsfrohe, junge und kerngesunde Geister seien durch Annette von Droste-Hülshoffs *Die Judenbuche* gleich reihenweise ausgelöscht worden, allein durch die dauerhafte Präsenz im schulischen Kanon. Sie selbst, also Mathilde, sei der Lektüre von Annette von Droste-Hülshoffs *Die Judenbuche* als Vierzehnjährige in ihrer Schulzeit wochenlang völlig schutzlos ausgeliefert gewesen. Annette von Droste-Hülshoffs *Die Judenbuche* habe bei ihr einen nachhaltigen geistigen Schaden hinterlassen, sie habe nach der Lektüre dieses jeden Geist zerrüttenden Werkes monatelang nicht mehr gesprochen, und wenn, dann habe sie englische Texte auf französisch vorgelesen und deutsche auf italienisch. Ihr Körper habe zudem unter verschiedenartigsten Lähmungserscheinungen gelitten. Sie sei deswegen jahrelang in psychotherapeutischer Behandlung gewesen, habe aber durch die Inaugenscheinnahme eines neuen Zwanzigmarkscheines mit dem Portrait der Droste einen schweren Rückfall erlitten, so

Mathilde in fließendem Französisch und unter fließenden Tränen. Wenn man diesen Zwanzigmarkschein umdrehe, also nicht Annette von Droste-Hülshoffs Portrait betrachte, das sich bekanntermaßen auf der Vorderseite dieser häßlichen deutschen Banknote befinde, sondern sich die Rückseite genauer ansehe, auf der sich die Abbildung eines Baumes befinde, einer Blutbuche, so könne man ebendort, wenn man diesen Geldschein ins Gegenlicht halte, einigermaßen deutlich einen in der Baumkrone hängenden Leichnam erkennen. Sie sei damals in der Bank, in der sie zuerst diesen Schein gesehen habe, sofort ohnmächtig zusammengebrochen. Sie habe einen regelrechten Geisteszusammenbruch erlebt. Und heute schon wieder eine solche Geisteskatastrophe. Durch die Lektüre von Annette von Droste-Hülshoffs *Die Judenbuche* sei der Wille unschuldiger Lernwilliger wie mit mittelalterlichen Folterwerkzeugen gebrochen worden. Annette von Droste-Hülshoff habe sich somit sogar als Geistesvernichterin profiliert, und das in hohem Maße über Generationen hinwegführend. Annette von Droste-Hülshoff habe unwissentlich die millionenfache Vernichtung des menschlichen Geistes mittels einer total drögen, stumpfsinnigen, unwichtigen und stilistisch unvollkommenen Novelle betrieben, so Mathilde, dem physisch-psychischen Zusammenbruch nahe. Sie habe Annette von Droste-Hülshoffs *Die Judenbuche* schon immer gehaßt. Niemand habe sie vor der Lektüre dieser durch und durch schändlichen Novelle der sogenannten Droste gewarnt. Nur in Deutschland sei man überhaupt fähig, pädagogischerseits ungeschulten, entwicklungsfähigen Geistern eine solche von abgrundtiefer Dummheit gekennzeichnete Geschichte vorzusetzen, die nur zu dem Zweck geschrieben worden sei, jeglichen Geist erst völlig zu zerrütten und letztendlich total zu vernichten, so Mathilde, einen Weinkrampf nur noch mühsam unterdrückend. Auf der Straße erregten wir durchaus Aufsehen. Kein Wunder: Eine hysterische Frau im Arbeitskittel über dem bauchfreien Top mit einer Axt und mehreren Sägen in Begleitung eines ungepflegt wirkenden Mannes, ebenfalls mit Axt und mehreren Sägen bewaffnet, sah man selbst in dieser völlig verkommenen, von architektonischen Entgleisungen geprägten deutschen Stadt nicht täglich. Der Begriff Geist an sich ist in dieser von unbewußtem Dasein angefüllten Stadt schon ein ungemein unbekannter. Ausgelöschte Existenzen, fast schon Ex-Existenzen, prägen das Gesicht dieser Stadt nachhaltig, so dachte ich hier in Essen. Inzwischen hatte sich Mathilde etwas beruhigt. Die letzten Meter bis zu ihrer Behausung schwieg sie sogar. Sie würde sich vielleicht einen Arztbesuch ersparen können, so dachte ich hier vor Mathildes Wohnungstür. Mathilde verabschiedete sich; sie könne mich nicht hineinbitten, da sie nicht aufgeräumt habe, wir würden uns morgen in der Cafeteria wiedersehen, so Mathilde auf französisch. Wortlos ging ich weg. Dieser Tag hatte mich meiner eigenen Geistesvernichtung wieder ein Stück näher gebracht. Diese Denkumgebung ist für ein geistesgeschultes Dasein das ungeeignetste. Ein Geistesmensch sieht sich hier nur mit Geistfeindlichkeit konfrontiert, so dachte ich hier auf der Limbecker Straße dieser sogenannten Universitätsstadt in diesem sogenannten Land der Dichter und Denker mit seiner deutsch-österreichisch-katholisch-nationalsozialistischen Vergangenheit, die für die überwiegende Mehrheit in diesem Lande eine nicht-existierende, eine nicht-existiert-habende ist. So dachte ich hier, mit meiner Axt und mit meinen anderen Werkzeugen durch die Fußgängerzone dieser sogenannten Universitätsstadt gehend. Ein Cretin stellte lautstark einen neuen Gemüsehobel vor, ein namhafter Herrenausstatter hatte Hosen nochmals preisreduziert, ein

Buchhändler bot draußen vor dem Laden auf einem Tapeziertisch eine Billigversion der Werke des göttlichen Marquis an, ein Mexikaner aus Bottrop erbettelte mittels eines mitgeführten *Llamas* Geld von tierschützenden Passanten. Nicht alle Bildungsstufen des allgemeinen Geistes waren hier vertreten, sondern nur die untersten. Das Daseiende, die geistige Substanz, existiert hier nur in seiner völligen Verkehrtheit und Niedrigkeit. Hier existiert nur das bewußtlose Dasein, nicht einmal das einfache Bewußtsein, so dachte ich hier auf meinem Stuhl in einem Café in dieser Fußgängerzone. Ich habe Essen schon immer gehaßt. Eine sogenannte Universitätsstadt, die übrigens eine der höchsten Selbstmordquoten in ganz Deutschland hat, ja wahrscheinlich sogar in ganz Europa oder in der ganzen Welt. Nur Salzburg, eventuell auch noch Wien, hat eine noch höhere Selbstmordquote, weil dort jedwede Existenz, auch die durch und durch einfachste und bewußtloseste, praktisch unmöglich gemacht wird. Am nächsten Morgen kaufte ich mir auf dem Weg zur Universität zum ersten Mal seit Jahren eine Tageszeitung. Wir waren drin! Direkt auf der Titelseite eine Kurzmeldung mit fetter Schlagzeile, im Innenteil ein umfangreicher Bericht mit mehreren Fotos. Aus Unachtsamkeit warf ich einen Blick in den Kulturteil dieser stumpfsinnigen Tageszeitung: Das Kulturverständnis der deutschen Tagespresse ist wirklich das fürchterlichste! Beim weiteren Blättern entdeckte ich tatsächlich einen Artikel unseres Kulterers. Ich habe selten einen solchen Schwachsinn gelesen, wenn ich mal von Annette von Droste-Hülshoffs *Die Judenbuche* absehe, so dachte ich auf dem Weg zur Universität. In der Cafeteria dortselbst saßen bereits der Assistent, der Kulterer und der Stimmenimitator an ihrem Stammtisch. Ich holte mir einen Kaffee in einem Getränkepappbecher und ein altes Käsebrötchen. Umgehend setzte ich mich zu den Nachwuchswissenschaftlern. Man sprach gerade einmal nicht über Literatur oder Philosophie, sondern über ihren überaus langweiligen gestrigen Vormittag auf dem Holzplatz. Die ganze Atmosphäre auf dem Holzplatz sei eine durch völlige Erstarrung gekennzeichnete, das Holzfällen an sich habe irgendwie an Attraktivität verloren, so der Assistent. Anfangs habe er die frische Luft, diesen direkten Kontakt zur freien Natur, aber auch das Arbeiten mit naturbelassenen Materialien als eine wahre Erholung des Geistes, sogar als wichtigen Schritt auf dem Weg zur Bewußtwerdung seines reinen Bewußtseins gesehen; nun aber, nachdem der Herr Professor ausgerechnet dortselbst auf dem Holzplatz beim Holzfällen sein Bewußtsein eingebüßt habe, habe er nicht mehr die völlige Gewißheit der Richtigkeit seines Naturbegriffs. Zudem habe er in seinem Maserati mehrere Tannennadeln entdeckt, so der Assistent vorwurfsvoll. Er werde nächstens wieder zu Fuß zum Holzplatz gehen, wenn überhaupt. Man habe übrigens gestern den Holzplatz vorzeitig verlassen, da man nach etwa zwei Stunden im Café am Holzplatz des Wattens überdrüssig geworden sei, so der Assistent mich aufklärend. Bedingt durch die empfindliche Eintrittspreiserhöhung habe selbst das Café am Holzplatz so fast ohne Gäste auskommen müssen, alles habe sich völlig ereignislos präsentiert, so der Kulterer in die Antiholzplatzfront einstimmend. Außerdem habe er gestern nicht viel Zeit gehabt, da die Kulturredaktion der Tageszeitung ihn noch gebeten habe, seinen Husserlartikel zur Veröffentlichung vorzubereiten, womit er naturgemäß sehr viel Arbeit gehabt habe, so der Kulterer. Auch der Stimmenimitator war der Meinung, ein Aufenthalt auf jenem Holzplatz sei nun einfach nicht mehr abenteuerlich genug. Das stundenlange Herumstehen vor einem Baum in der doch eigentlich immer gleichförmig in Erscheinung tretenden Natur habe nun endgültig den Reiz des Besonderen verloren. Zuerst sei er auch von dieser frischen Waldluft, von dieser unverfälschten Waldatmosphäre unendlich fasziniert gewesen. Ernsthaft denke er nun darüber nach, seine Motorsäge zu verkaufen, da er diese nicht mehr benutzen dürfe und auch nicht mehr benutzen wolle, so der Stimmenimitator. Der Wald an sich sei radikal ereignislos, so der Assistent, er habe sich schon lange nicht mehr so intensiv gelangweilt, wie er es gestern habe tun müssen. Es sei eine völlige Verkehrtheit der Empfindung, eine so vollkommene Schändlichkeit des Bewußtseins, den Wald an sich für etwas Besonderes zu halten. Und dann noch ausgerechnet den deutschen Wald, auch wenn dieser spezielle ausschließlich für uns Geistesschaffende bereitgestellt sei, so der Assistent. Die Zeit der Deutschen Romantik sei eben seit längerem beendet, so der Kulterer. Heute sei den Menschen der Wald ein völlig gleichgültiger, weshalb der Wald auch größtenteils vernichtet sei, und nicht nur der deutsche, obwohl Deutschland in Vernichtungsfragen immer an erster Stelle stehe, so der Kulterer. Das seiende Wesen sei sich der reinen Existenz des Waldes nicht bewußt, ergänzte der Stimmenimitator. Falls er demnächst irgend etwas Interessantes erleben wolle, werde er zum Fußballplatz oder zur Trabrennbahn gehen, so der Kulterer. Zum Holzplatz werde man sicherlich nicht mehr gehen, da sei einfach nichts mehr los. Ich hatte gerade mein Käsebrötchen verzehrt; umständlich holte ich nun die Tagespresse aus meinem Rucksack, blätterte unter dem Tisch bis zur Mitte und hielt die komplette Tageszeitung aufgeschlagen so hoch, daß die mir Gegenübersitzenden sehr bequem die Überschrift SELBSTMORD IM AKADEMIKERWALD direkt von der Titelseite entziffern konnten. Der Effekt war der großartigste: Wie von der Tarantel gebissen sprangen der Assistent, der Kulterer und sogar der Stimmenimitator auf, um sich jeweils eines Stückes der Zeitung zu bemächtigen. Gierig sogen die drei die Presseworte ein. Der Assistent fand als erster seine Sprache wieder: Er habe im ersten Moment gedacht, der Unfall des Herrn Professors hätte sich jetzt plötzlich doch als Selbstmord desavouiert. Kulterer und Stimmenimitator hingegen hatten zuerst an einen Selbstmord Mathildes gedacht, da diese doch heute durch Abwesenheit glänze, so beide übereinstimmend. In den Artikeln stand für jemanden wie mich, der schließlich Augenzeuge war, nicht viel Neues; der Assistent, der Kulterer und der Stimmenimitator verschlangen die Artikel über den erneuten Zwischenfall im Akademikerwald Wort für Wort, wobei sich die komische Situation ergab, daß der Assistent zuerst den Artikel vom Titelblatt lesen konnte, während sich der Kulterer über die Detailinformationen im Innenteil hermachte, währenddessen der Stimmenimitator beiden über die Schultern sah, um irgendein gedrucktes Wort zu erhaschen. In der zweiten Runde verzehrte der Assistent den Artikel im Innenteil, indessen der Stimmenimitator durch eine geschickte Körperdrehung an den Titelblattartikel herankam, wodurch der Kulterer leer ausging. In der dritten Runde las der Assistent irrtümlich den Aufmacher zum zweiten Mal, während sich der Kulterer und der Stimmenimitator die beigefügten Fotos genauestens ansahen. Ich sollte nächstens mehrere Tageszeitungen mitbringen, so dachte ich hier auf meinem Stuhl in dieser Cafeteria dieser Universität. Der Assistent gewann als erster seine Sprechfähigkeit zurück: Er habe sich naturgemäß, da er sonst immer nur das Lesen besonders langer und außergewöhnlich komplizierter Texte gewohnt sei, kaum durch diese teilweise völlig sinnentstellten Sätze mit dieser durch und durch minderwertigen Grammatik, die zudem auch noch zusätzlich eine Unmenge von Fehlern enthalte, durchwursteln können, aber, was er verstanden habe, sei in etwa folgendes: Man habe ausgerechnet in einer Blutbuchenbaumkrone auf dem Holzplatz, welcher schließlich unser Refugium sei, eine Leiche entdeckt, die dort schon seit längerer Zeit gehangen sei und sich augenscheinlich höchstselbst ihrer Existenz beraubt habe, so der Assistent. Auch dieser Satz ist nicht korrekt, so dachte ich hier auf meinem Stuhl in der Cafeteria dieser Universität, denn eine Leiche kann sich nicht höchstselbst ihrer Existenz berauben. Diese Leiche müsse schon recht lange dort gebaumelt sein, so der Stimmenimitator. Selbst auf diesem absoluten Amateurfoto könne man eine gewisse Überalterung dieser Leiche, nicht dieses Menschen, sondern eben dieser Leiche, erkennen. Seit der Entdeckung und Bergung des Ötzi habe er nicht mehr eine so dermaßen alte, ja sogar gut abgehangene Leiche erblickt, so der Kulterer. Er halte es jedoch für eine absolute Unverschämtheit, sich unbedingt in unserem Wald eine solche Aktion einfallen zu lassen; schon durch den Unfall des Herrn Professors sei der Wald in Verruf geraten, nun, nach diesem abstoßenden Ereignis, werde der Holzplatz sicherlich nicht wiedereröffnet werden, so der Kulterer, erregt mit der flachen Hand auf die Druckerschwärze einschlagend. Der Selbstmörder sei entweder selbst Akademiker und habe deshalb bei der Durchführung seiner schändlichen Tat in ausgerechnet unserem Wald keine Schwierigkeiten gehabt, oder, was ja auch durchaus in den Bereich der Wahrscheinlichkeit falle, dieser hänge schon länger dort in der Buche, als unser Akademikerwald überhaupt existiere, so der Assistent, reinste Vermutungen äußernd. Der Kulterer schrie plötzlich entsetzt auf. Man habe seinen wirklich wichtigen Husserlartikel wahrhaftig neben den Todesanzeigen abgedruckt! Dies sei eine unheimliche Gemeinheit der Redaktion, man habe auch schon seine Artikel über Adorno, Hegel, Heidegger, Goethe, Bachmann und selbst den über Elvis Presley direkt neben den Todesanzeigen abgedruckt. Zugegeben, diese gerade vorher namhaft gemachten seien in der Tat tot, hätten ihre Studien für immer abgeschlossen, diese doch nicht zu verleugnende Tatsache sei gewiß kein hinreichendes Kriterium, seine Artikel über diese berühmten Persönlichkeiten immer und immer wieder, mit einer wirklich jeder Beschreibung spottenden, in jeder Hinsicht boshaften Persistenz, direkt neben den Todesanzeigen in dieser Tageszeitung zu plazieren, so der Kulterer, in jeder Hinsicht durch und durch erbost. Verschämt gestand der Kulterer nun, seinen Schillerartikel habe man nicht etwa auch, wie sämtliche vorhergenannten Artikel, neben den Todesanzeigen positioniert, sondern, was er damals als noch schmerzlicher empfunden habe, und es falle ihm schwer, dies auszusprechen, man habe also diesen seinen wissenschaftlich fundierten Artikel, an dem er lange gearbeitet habe, entweder aus Versehen oder, was einleuchtender sei, aus einer absolut verwerflichen Niederträchtigkeit heraus auf dem Sportblatt abgedruckt, diesen seinen wichtigen Schillerartikel. Der Kulterer hat in völliger Verkennung der allgemeinen Situation der Kulturschaffenden in diesem Lande seinen Geist diesem provinziellsten aller Blätter ausgeliefert und diesen damit bis in seine Substanz hinein zernichtet, wie auch vorher schon die junge Bachmann, so dachte ich. Der Stimmenimitator wagte als erster, die entstandene Stille nach der Beichte des Kulterers zu durchbrechen. Jeder wisse doch, in welcher Weise diese Tageszeitung aufgrund ihrer Monopolstellung mit Kulturschaffenden umspringe, das sei momentan gar kein Thema, vielmehr sei durch die Entdeckung der Leiche auf dem Holzplatz eine neue

Lage entstanden, da unser gesamtes Freizeitverhalten durch die Schließung des Holzplatzes verändert werden könnte, so der Stimmenimitator, er werde die frische Waldluft vermissen. Waldluft, die manchmal auch etwas nach Verwesung riechen kann, so dachte ich. Der Assistent fühlte sich durch den Anblick der Leichenfotos in der Tagespresse an den Beginn seiner wissenschaftlichen Karriere erinnert: Diese dilettantischen Pressefotos seien prinzipiell keine reelle Bemessungsgrundlage für das Alter einer Person. Er selbst habe einmal einen Vortrag vor irgendeiner hochgelehrten Gesellschaft zum Jubiläum irgendeines Jahrestages des Ersterscheinens von Hegels *Phänomenologie des Geistes,* die übrigens damals bei Ersterscheinen noch gar nicht so geheißen habe, den Titel *Phänomenologie des Geistes* habe man erst viel später gewählt, analog etwa zu Dantes *Divina commedia,* gehalten, währenddessen auch die örtliche Tagespresse mit mehreren Reportern anwesend gewesen sei, angewest hätte. Hinterher habe er in dieser sogenannten Tageszeitung nicht nur eine völlig absurde, den Sinn entstellende Zusammenfassung seines Vortrages unter der fast schon geistesgestörten Überschrift DER GEIST IST EIN KNOCHEN lesen müssen, nein, zusätzlich habe sein Portraitfoto scheinbar nicht ihn selbst abgebildet, sondern eine seit Äonen vermißte Wasserleiche. Darüber habe er sich maßlos geärgert. Millionen Urlauber seien imstande, mit völlig veralterten, extrem billigen Kameras wesentlich bessere Fotos zu machen. Die Reporter der Tagespresse seien letztendlich nicht einmal fähig, mit einer über zwölftausend Mark teuren Leica ein Foto zu schießen, auf dem man nicht aussehe wie eine Wasserleiche. Er habe zwar schon damals, zur Zeit des Hegelvortrages, graue Haare gehabt, obwohl er damals erst siebenundzwanzig Jahre jung gewesen sei, aber man wisse ja, Faust sei ebenfalls erst siebenundzwanzig Jahre alt gewesen, als dieser sich schon einer Verjüngungskur habe unterziehen müssen, während er selbst, also der Assistent, diese bis heute nicht benötige, jedenfalls habe er auf dem Foto in der Tagespresse älter ausgesehen als Norman Bates' Mutter. Er habe umgehend in der Redaktion angerufen, um sich massiv über das ihn entstellende Foto zu beschweren. Die Dame am Telefon jedoch habe ihm mehrfach versichert, nichts von Hegel zu wissen, genaugenommen habe sie diesen Namen heute, also damals, zum ersten Mal gehört, aber er könne durchaus ein neues, aktuelles Hegelfoto vorbeibringen, welches dann ins Archiv verbracht werden würde und sicherlich nächstens, falls er nochmals in der Zeitung abgebildet werden würde, Verwendung finde. Tatsächlich habe sie ihn am Telefon mit *Wiederhören, Herr Hegel!* verabschiedet, diese Ignorantin! Trotzdem amüsiere ihn noch heute die Vorstellung, jene Dame am Telefon habe anschließend einem Redakteur berichtet, sie habe gerade soeben mit Hegel telefoniert, worauf der Redakteur in Psychomanier geantwortet haben müsse, sie könne nicht soeben mit Hegel telefoniert haben, da dieser seit langem tot sei, so der Assistent, in prustendes Gelächter ausbrechend. Während sich der Assistent noch von seinem Galgenhumoranfall zu erholen versuchte, beklagten der Kulterer und der Stimmenimitator das Fehlen der Möglichkeit des Waldbesuchs in nächster Zeit. Die frische Waldluft habe doch immer einen willkommenen Ausgleich zu den muffigen Büros, der staubigen Bibliothek, dieser verdreckten Cafeteria geboten, so der Stimmenimitator. Und man hätte vor dem Benefizfußballspiel zugunsten der Aachener Heilanstalt beim Holzfällen noch etwas Kondition aufbauen können, um eine erneute vernichtende Niederlage, die man im letzten Jahr habe erleiden müssen, zu verhindern. Holzfällen – das sei eben eine

Lebensphilosophie. Auch der Kulterer hätte am liebsten sofort einen Baum ausgerissen, wie er offen zugab. Verlegen in seinem Joghurt rührend, schnitt der Assistent ein anderes, sehr heikles Thema an: Durch den Unfall des Herrn Professors sei hier im Fachbereich einiges in Unordnung geraten, kurzum, man suche noch händeringend nach einer untergeordneten Geisteskraft, die den Erstsemestern einmal wöchentlich die Grundbegriffe des Fachs – wiederholend – erkläre. Er sah in die Runde. Geistesabwesend zählte der Kulterer die Fliegen unter der Decke dieser Cafeteria, mit einem Pokerface las der Stimmenimitator zum dritten Mal den Artikel über den Selbstmord im Akademikerwald, ich starrte meine Schuhspitzen an und dachte nach. Erstsemester interessieren sich grundsätzlich nicht für Literatur, sie interessieren sich nicht für wissenschaftliches Arbeiten, sie sitzen die Zeit in der Universität nur ab, weil sie glauben, sie würden hier irgendwelche wichtigen Leute vom Fernsehen kennenlernen. Erstsemester sind die Ausgeburt der Dummheit und Ignoranz. Erstsemester verstehen nichts, und, was noch schwerer wiegt, sie wollen auch nichts verstehen. Die Universität stellt sich den sogenannten Erstis als Fortsetzung des Schulschlafes mit anderen Mitteln dar. Erstsemester sind in der Regel geistig völlig unterentwickelt, in Einzelfällen sogar geistig tot. Erstsemester wissen meistens nach drei Monaten Studium nicht einmal, was man in einem wissenschaftlichen Werk unter einer Anmerkung versteht. Erstsemester schwänzen normalerweise beim ersten Sonnenstrahl Vorlesungen und Seminare, um mit dem Cabriolet ein wenig herumzufahren oder den Tag in der Spaßbadeanstalt zu verbringen. Erstsemester sind der Schrecken des gesamten Universitätsbetriebes. Nur eine Stunde mit stumpfsinnigen Erstis in einem Raum verbringen zu müssen, ist die schwerste Prüfung für jeden analytisch denkenden Geist. Jede an Geistesarbeit an diesem Denkort gewohnte Existenz würde lieber einen Tag mit einem Versicherungsvertreter in einer Einzelzelle verbringen, anstatt eine wissenschaftliche Veranstaltung mit Erstsemestern abzuhalten, so dachte ich hier auf meinem Stuhl in der Cafeteria dieser Universität, möglichst unbeteiligt meine Schuhspitzen anstarrend. Plötzlich sah ich aus einem Augenwinkel Mathilde, die gerade die Cafeteria betrat. Ich hob den rechten Arm, um sie an unseren Tisch zu winken, was sich als Kardinalfehler herausstellen sollte. Der Assistent stürzte sich sofort begeistert auf mich. Von mir habe er eigentlich gar nicht erwartet, daß ausgerechnet ich mich, also ich selbst, für die Erstsemesterunterrichtung zur Verfügung stelle. Das sei wirklich fantastisch. Diese Aufopferungsbereitschaft – die sei in der Tat vorbildlich. Diese Aufgabe werde zwar auch bezahlt, naturgemäß aber nicht so gut wie die eines Analytikers, so fügte der Assistent noch tröstend hinzu. Ich versank fast im Boden. Mathilde erreichte unseren Tisch, merkwürdigerweise in Begleitung des Kommissars. Nachdem Mathilde von der Neuigkeit in Kenntnis gesetzt worden war, ein wahrer Held habe sich für die Erstsemesterunterrichtung zur Verfügung gestellt, begrüßte diese meinen Entschluß schon aufs herzlichste. Das sei uneingeschränkt mutig; sie persönlich habe Erstsemester immer bis aufs Blut gehaßt, obwohl sie selbst einmal Erstsemester gewesen sei, so Mathilde. Der Kommissar informierte uns über die Einstellung des Ermittlungsverfahrens gegen den Herrn Professor. Man habe ihm nichts nachweisen können. In seinem Büro habe man nur wissenschaftliches Zeugs gefunden, mit dem man nichts habe anfangen können, darunter sogar Texte in griechischer Sprache, welche auf dem Kommissariat selbstverständlich niemand beherrsche. Erst der Grieche an der Ecke habe ihm wenigstens die Titel vorlesen können, selbst dieser habe aber von den Texten nichts verstanden, da sie, der Auskunft des Griechen an der Ecke nach, in Altgriechisch abgefaßt worden seien. Und das sichergestellte Splattervideo *Das Werkzeug* könne auch zu keiner Verurteilung führen, da im Vorspann auf die Tatsache hingewiesen werde, bei allen Darstellern handle es sich um Zombies. Er habe ermitteln können, der Film befinde sich gerade aus diesem Grunde nicht mehr auf dem Index, da der Bundesgerichtshof in einem Grundsatzurteil letztinstanzlich entschieden habe, Zombies seien keine Menschen, weshalb Videofilme mit gesplatterten Zombies auch nicht auf den Index zu setzen seien. Er habe sich einigermaßen unvorbereitet, wie er zugeben müsse, mit einigen Kollegen diesen Zombiefilm angesehen, und er könne uns versichern, in seiner mehr als fünfundzwanzigjährigen Dienstzeit bei der Polizei habe er solch eine Ansammlung von wirklich ekelhafter und völlig widerwärtiger Gewalt in einem Zeitraum von neunzig Minuten noch nicht erlebt, obwohl er schon äußerst schlimm zugerichtete Unfallopfer und aufgedunsene Wasserleichen gesehen habe, selbst Menschen, die mit großkalibrigen Waffen erschossen worden seien, aber *Das Werkzeug* habe ihm doch den Atem geraubt. Manche seiner Kollegen hätten schon nach nur etwa zehn Minuten, er glaube, während dieser Folterszene im Keller, in der der Protagonist dem festgebundenen, nackten Mädchen mit einer Stichsäge das erste Glied des kleinen Zehs abtrenne, um sich dann langsam immer weiter nach oben zu arbeiten, einige Magenbeklemmungen verspürt und schnell das Weite gesucht. Er habe noch am selben Tag vierzehn Krankmeldungen von Kollegen, die an dieser Vorführung von Beweismaterial teilgenommen hätten, bekommen, so der Kommissar. Er persönlich habe sich von diesem Splattervideo selbstredend nicht so sehr beeindrucken lassen, da er genau gewußt habe, bei dem Opfer würde es sich nicht um ein junges, nacktes Mädchen handeln, sondern um einen jungen, nackten weiblichen Zombie, so der Kommissar. Wenn Sie wüßten, so dachte ich. Den Herrn Professor könne er aber beim besten Willen nicht für den schlechten Gesundheitszustand seiner Mitarbeiter verantwortlich machen; diese Leute hätten zwar eine perfekte Ausbildung genossen, könnten aber offensichtlich kein Blut sehen. Der Herr Professor sei übrigens vorerst nicht vernehmungsfähig, er liege praktisch immer noch im Koma, das habe er eben in der Hufelandstraße in Erfahrung bringen können. Dieser Fall sei wahrscheinlich bloß ein dummer, wenn auch folgenschwerer Unfall gewesen. Ganz anders sei jedoch der Fall des Selbstmörders gelagert. Dort habe man umgehend Fortschritte in den Ermittlungen machen können. Der Leichnam habe noch seine Ausweispapiere bei sich getragen, die allerdings abgelaufen gewesen seien; der Leichnam sei gar nicht so stark verwest gewesen, wie man es hätte annehmen müssen. Was ihn stark verwundert habe, so der Kommissar, sei die Tatsache, die Spurensicherung habe die Nase ihres Kunden an einem Ort gefunden, der fast hundert Meter entfernt gewesen sei, dies sei in der Kriminalgeschichte ein wohl einmaliger, oder zumindest seltener Fall – mit abgeschnittenen Ohren habe man öfter zu tun, fast täglich, wenigstens dreimal die Woche, aber mit abgeschnittenen Nasen?, so der Kommissar. Ich hatte jedenfalls vom Wald vorerst die Nase voll, so dachte ich. Mathilde wandte nun ein, es sei eine Handkreissäge gewesen. Der Kommissar schaute sie verständnislos an. Na, in dem Splattervideo *Das Werkzeug* traktiere das sogenannte Werkzeug den festgebundenen, nackten weiblichen Zombie eben nicht mit einer Stichsäge, sondern mit einer Handkreissäge, das sei doch der ganze Witz dieser Szene, das Werkzeug entferne seinem wehrlosen Opfer die *Zehen* mit der *Handkreissäge,* so Mathilde in unartikuliertes Gelächter verfallend. Er könne sich nicht an jede Filmsequenz in aller Deutlichkeit erinnern, das Werkzeug benutze schließlich in dem gleichnamigen Film unterschiedlichste Werkzeuge, so beispielsweise Bohrhämmer, Skalpelle, Winkelschleifer, Bolzenschneider, Fleischeräxte – da könne er sich nicht jedes Werkzeug merken. Diese sogenannte Handkreissägenszene befinde sich ziemlich am Anfang, den kompletten Film stehe sie auch nicht immer durch, was aber oftmals mit der vorhergehend zugeführten Ernährung ursächlich zusammenhänge, so Mathilde, den Kommissar aufklärend. Vor allem wenn sie vor dem Konsum des Splattervideos *Das Werkzeug* deutsches Essen zu sich genommen habe, welches eh schon von Natur aus bleischwer im Magen liege, renne sie meistens spätestens während der Lötlampenszene zum Abort. *Ogottogottogott,* so der Kommissar entsetzt, man solle ihn bloß nicht an diese Szene erinnern. An genau dieser Stelle hätten sich bei der Vorführung des besagten Videos im Kommissariat neun seiner Kollegen um die drei dort vorhandenen Aborte regelrecht geschlagen, obwohl sie diese wegen des dort herrschenden unvorstellbaren Schmutzes ansonsten mieden; das sei wie im Krieg gewesen, er meine jetzt *Vietnam,* so der Kommissar. Danach komme endlich die vergleichsweise harmlose Episode mit dem Elektrorasenmäher mit den sich selbsttätig lösenden Schneidmessern, diese Szene biete fast eine Erholphase, obgleich er bis dahin nicht auf den Gedanken gekommen wäre, welche widerlichen Grausamkeiten man mit einem herkömmlichen Elektrorasenmäher ausführen könne. Mathilde schaltete sich erneut ein: Somit habe er, also der Kommissar, wohl die alte, noch zensierte Fassung von *Das Werkzeug* gesehen; direkt nach dem Lötlampenintermezzo folge erst die Szene, die in der Karosseriefachwerkstatt spiele. Das Werkzeug trenne dortselbst sein Opfer, einen weiblichen Zombie, zuerst mit einem luftdruckbetriebenen Karosseriemeißelsatz etwas auf, um es im folgenden an einen VW Golf festzuschweißen. Abschließend unternehme er noch eine ausgiebige Probefahrt. Sie habe sich nach dem Genuß dieser Szene halb krank gelacht, weil das Werkzeug nach der absolvierten Probefahrt sagt: *Ich mag den Golf!* Sie würde dem Kommissar sehr gern die unzensierte Fassung von *Das Werkzeug* kostenfrei überspielen, er müsse ihr nur eine leere Videokassette überreichen; die sogenannte Golfszene sei jedoch nicht wegen der dort detailliert gezeigten Blutrünstigkeiten herausgeschnitten worden, sondern weil dieses exnationalsozialistische Volkswagenwerk in dieser KdF-Stadt interveniert habe. Ein Werk, das Tausende von Zwangsarbeitern auf dem Gewissen habe, Zwangsarbeiter, die man einfach durch Arbeit in diesem faschistischen Volkswagenwerk Wolfsburg total vernichtet und damit ausgelöscht habe, die man selbst sogar aus dem kollektiven Gedächtnis ausgelöscht habe, so Mathilde, eine Zigarette ansteckend. Der Kommissar zeigte momentan wenig Interesse an der Überspielung der Komplettfassung von *Das Werkzeug,* da er gerade mental nicht so gut drauf sei; und er müsse jetzt auch gehen, da er mit den restlichen diensttauglichen Kollegen auf dem für unbestimmte Zeit abgesperrten Holzplatz noch einige Wurfversuche mit Nasen durchführen müsse, da man klären wolle, wie eine tote Nase hundert Meter zurücklegen könne. Ich hätte es ihm genau erklären können, so dachte ich hier auf meinem Stuhl in dieser Cafeteria dieser Universität, aber mich hat ja keiner gefragt. Nachdem der Kommissar uns verlassen hatte, kam auch der Assistent, der während der kriminalistischen Konversation völlig abgemeldet war, wieder zu Wort.

Er halte die Untersuchungsmethoden unserer Polizei für völlig überholt, unmodern, antiquiert, nicht mehr zeitgemäß, so der Assistent. Kulterer und Stimmenimitator stimmten sofort zu. Mathilde fragte in die Runde, ob sie die Tageszeitung haben könne. Nachdem sie diese, ohne eine Antwort abzuwarten, an sich gerafft hatte, informierte sie uns über den Zweck der Inbesitznahme dieses Exemplars der Tagespresse. Sie wolle dieses keinesfalls lesen, sie habe dieses Provinzblatt schon seit Ewigkeiten nicht mehr aufgeschlagen, aber bei ihr falle ein Hausputz an, sie benutze immer eine Zeitung zum Nachputzen ihrer Fenster, wodurch diese, bedingt durch die hohe Saugfähigkeit und die spezifische Beschaffenheit des Pressepapieres, fast streifenfrei sauber würden. Der Assistent gab nun frei und unumwunden zu, er habe in der Tat schon vor zwei oder drei Wochen eine Tageszeitung gekauft, diese dann aber, statt sie zu lesen, zum Nachputzen seiner Maseratischeiben verwendet, was wirklich geholfen habe. Mathilde lachte nur spöttisch. Sie kaufe diese Tageszeitung grundsätzlich nie, sondern warte immer auf eine Tageszeitungsabonnementwerbeaktion in der Fußgängerzone, wo man ein Exemplar der Tagespresse gratis praktisch in die Tasche gesteckt bekomme. Die Verteiler würden zwar immer wieder mit rüden Methoden versuchen, einem ein Tageszeitungsabonnement aufzuzwingen, aber sie persönlich sei bis dato immer standhaft geblieben; sie habe sich bis dato noch nie die Blöße gegeben, eine täglich erscheinende Zeitung, die sie eh nicht lese, auch noch zu bezahlen oder gar zu abonnieren. Dafür halte sie das deutsche Pressewesen einfach für zu rückständig. Sie habe kein Interesse an einer Geistesrückentwicklung ihrerseits mittels des Lesens dieser geistig abgrundtief verrotteten Tagespresse. Dafür sei sie letztendlich zu geistesgeschult. Wenn man mal in wirklich große Tageszeitungen blicke, etwa in *El País, La Repubblica* oder *Le Monde,* könne man genauestens den Unterschied zu unserer verkalkten deutschen Provinzpresse eruieren. Der Leserbrief eines Sechsjährigen in *El País* entspreche vom Niveau her ungefähr dem eines Leitartikels einer typischen deutschen Tageszeitung. Der Kulterer war inzwischen in sich zusammengesunken; mir hingegen machte der heutige akademische Diskurs viel Freude, ich blieb wach und spielte sogar mit dem Gedanken, nach einigen Jahren wieder etwas zu sagen, was ich aber dann naturgemäß nicht tat. Vielmehr dachte ich mit einigem Grauen an die unmittelbar bevorstehende Erstsemesterunterrichtung. Ich hatte nur noch wenige Tage in Freiheit zu leben. Auch der Assistent dachte bereits mit ebensolchem Grauen an die nächste Woche. Er habe eine regelrechte *Beginn-der-Vorlesungszeit-Phobie,* so der Assistent wörtlich. Darunter haben wir alle zu leiden, so der Stimmenimitator. Mathilde blies einige Rauchringe in die Luft. Sie würde gern einmal ein Seminar über Wittgenstein machen, entweder über den frühen oder den späten; beide in einer Veranstaltung zu behandeln sei zu kompliziert, das würde zwar nicht ihr Denkvermögen übersteigen, aber wahrscheinlich das der Seminarteilnehmer. Und auf den vorwurfsvollen Gesichtsausdruck des Assistenten reagierend: Sie wisse selbstredend ganz genau, es handle sich beim frühen und späten Wittgenstein um ein und dieselbe Person, man sage das eben so, der frühe und der späte Wittgenstein, sicherlich könne es nur *einen* geben, so Mathilde, ihre Zigarette in meinem noch nicht ganz geleerten Getränkepappbecher ausdrückend. Sie habe sich jedenfalls den gesamten Wittgenstein zugelegt, alle soundsoviel Bände, den frühen und späten, in einer Gesamtausgabe. Vom Kulterer hörte man nichts mehr, auch der Stimmenimitator war in Gedanken versunken. Völlig zusammenhanglos warf er unvermittelt ein *Ich beschäftige mich gerade mit dem Siebenkäs* in die Menge. Ich bin mir sicher, ein Großteil der hier studierenden Geisteswissenschaftler weiß nicht einmal, worum es sich beim *Siebenkäs* überhaupt dreht, so dachte ich hier auf meinem Stuhl. Der Assistent überging die geistige Entgleisung des Stimmenimitators souverän, denn souverän ist, wer über den Ausnahmezustand entscheidet, der durch den Unfall des Herrn Professors beim Holzfällen so kurz vor Semesterbeginn eingetreten war. Plötzlich betraten ein kleiner Dicker in Nietenhosen und Sweatshirt und ein großer Magerer mit Designeranzug, schwarzem Rollkragenpullover und einem massiven Goldkreuz an einer Goldkette um den Hals unsere Cafeteria. Sie kamen umgehend an unseren Tisch, der Assistent sprang sofort auf, um die beiden zu begrüßen. Es handelte sich um Giovanni Giotto, genannt der Autist, und dessen ehemaligen Studienkollegen Andrea Spadolini, den heutigen Erzbischof Spadolini. Ich hatte überhaupt keine Vorstellung von der korrekten Begrüßung eines Erzbischofs, auch wenn dieser nur privat und zum Fußballspielen anwesend war. Mußte man ihm den dicken Goldring an seiner Hand küssen oder etwa die Hand selbst? Oder mußte man vor ihm hinknien, mußte man ihn mit Hochwürden oder Exzellenz anreden? Erzbischof Spadolini benahm sich in dieser für uns ungewohnten Situation ganz ungezwungen, quetschte jedem die Hand und sagte dazu, wie er sich freue, die Bekanntschaft zu machen. Der Autist gab dem Erzbischof die Empfehlung, ruhig Italienisch zu sprechen, hier könne diese Sprache jeder, da dies eine Universität sei. Ja, wirklich, er könne Italienisch sprechen, wenn er des Deutschen nicht so mächtig sei, so der Assistent zuvorkommend zu Erzbischof Spadolini. Der Gottesmann mißverstand diesen Satz vollkommen: Er sei nicht in Deutschland mächtig, sondern im Vatikan. Dort habe er eine hohe Position, hier sei er nur auf Visite; und er sei wirklich froh, nach der langen Reise in diesem herrlichen Land angekommen zu sein, so der römische Kirchenführer, der übrigens das H nicht mitsprach und deshalb *in diesem 'errlichen Land* sagte. Er wäre auch schon eine halbe Stunde früher hier gewesen, wenn er nicht so lange in diesem Parkhaus der Universität nach einem Parkplatz für seinen Maserati Quattroporte hätte suchen müssen, das sei sehr *difficile* gewesen, so Erzbischof Spadolini, aber jetzt sei er ja endlich in diesem *'errlichen* Land, in dieser *'errlichen* Universität und bei diesen *'errlichen* Leuten angelangt. Sehr interessant, eine solche Begegnung mit einem katholischen Kirchenfunktionär, so dachte ich hier auf meinem Stuhl, Erzbischof Spadolini fährt ebenfalls einen Maserati, einen Blechfetisch, wo man doch keine anderen Götter außer dem *einen* haben soll. Bewundernswert, und ich meine wirklich bewundernswert, war jedoch, wie außerordentlich gepflegt Erzbischof Spadolini noch nach dieser extrem langen Autofahrt, die sich wahrscheinlich über mehr als zweitausend Kilometer Länge erstreckt haben mag, wirkte. Sein italienischer Designeranzug war nicht verknittert, Spadolini sah nicht verschwitzt aus, er benötigte noch keine Rasur. Er war sicherlich in einem durchgefahren; da er gerade ein gestriges Gespräch mit dem Papst im Vatikan erwähnte, dachte ich mir dies. Der Erzbischof war über zweitausend Kilometer mit seinem Automobil gefahren und saß nun hier an unserem Tisch in dieser Cafeteria dieses Geisteszentrums, ohne daß man ihm die Strapazen der überlangen Fahrt ansehen konnte. Wenn man Spadolinis Erscheinungsbild zu dem jener völlig ungepflegten Kreaturen, die morgens stumpfsinnig in den öffentlichen Verkehrsmitteln unterwegs sind, die nicht einmal selbst fahren müssen, die oftmals sogar nur zwei oder drei

Kilometer zum Arbeitsplatz zurückzulegen haben und die diese vielleicht zwei oder drei Kilometer, wie bereits gesagt, nicht einmal selbst am Steuer sitzend bewältigen müssen, in Beziehung setzt, so wird die ganze Stil- und Mittellosigkeit in diesem Land aufs schärfste sichtbar: Hier sitzt ein Römer in bester optischer Verfassung, der gerade eine Zweitausendkilometerreise *hinter* sich hat, dort, morgens in der Tram, sitzen Massen von Personen in wesentlich schlechterem Zustand, die eine nur zwei oder drei Kilometer lange Fahrt noch *vor* sich haben, trotzdem aber in jeder Hinsicht verkommen, ja sogar heruntergekommen wirken, so dachte ich. Inzwischen hatte der Autist Kaffee und Brötchen für sich und den Kleriker herbeigeschafft. Man frischte alte Erinnerungen auf. Als er das eine Semester in Oxford studiert habe, sei gerade die Beatleszeit gewesen, er habe deshalb nur sehr wenige Studien dortselbst in Oxford betrieben, er habe sich stattdessen die Haare wachsen lassen und dauernd irgendwelche Beatkeller besucht, so der Autist. Dort in einem dieser Beatkeller, in welchem selbstverständlich damals nicht die Beatles, sondern irgendwelche unbekannten Beatcombos, deren Namen er natürlich nach so vielen Jahren vergessen habe, gespielt hätten, habe er Andrea kennengelernt, der damals ebenfalls lange Haare getragen habe, eine richtig ordentliche *Matte,* wie man hier im Ruhrgebiet zu sagen pflege, so der Autist. Der Erzbischof grinste selig in sich hinein. Heute konnte man sich diese Haarpracht nicht mehr sehr gut vorstellen: Erzbischof Spadolini trug einen Bürstenschnitt mit recht hohem Haaransatz, der Autist trug fast gar keine Haare mehr. Der Haarlose schwelgte weiter in Erinnerungen. In Oxford habe er auch mit dem Trinken begonnen. Gemeinsam mit Andrea habe er *I can't get no Satisfaction* von den Stones gegrölt und ein *pint* nach dem anderen getrunken. Er glaube, jetzt so im Nachhinein, er sei in Verlaufe seines Studienaufenthaltes in Oxford nicht ein einziges Mal in der dortigen Universitätsbibliothek gewesen; das sei damals noch ein richtiges Studentenleben gewesen, während die heutigen Studenten alle manisch-depressiv und frustriert seien und täglich Pillen schluckten, um nicht zum Seelenklempner rennen zu müssen. Er dagegen habe noch rechtzeitig den Absprung geschafft. Zurück in Italien habe er als *autista* gearbeitet, viel gespart, um hier in Deutschland eine Pizzeria aufmachen zu können. Anfangs habe er überhaupt nicht gewußt, wie eine Pizza zu backen sei, aber bald habe er den Dreh herausgehabt, viele Filialen eröffnet, heute lasse er andere für sich arbeiten und fahre einen Maserati, so der Autist, und keinen stinkenden Lastwagen. Maserati, was auch sonst, so dachte ich hier auf meinem Stuhl. Der Erzbischof blätterte intensiv im Wörterbuch *Italiano-Tedesco / Tedesco-Italiano.* Er suche das Wort *Seelenklemperer,* so der Gottesmann. Nachdem der Assistent ihn über die Bedeutung aufgeklärt hatte, lobte der Erzbischof diese sehr leckeren Brötchen; italienische Brötchen seien weich und frisch, schwierig zu essen, deutsche Brötchen seien *'art und trocken,* sehr leicht zu essen, nur machten diese das Sakko schmutzig, voller Brötchensplitter. Krümel, so der Assistent. *Sì,* Krümelbrötchen, so der Gottesmann. Er bat nun den Autisten, noch mehr Brötchen und Kaffee zu holen, da er nur über italienische Lire verfüge; er sei aus seinem Hotelzimmer direkt in den Maserati gesprungen, habe mittels Autotelefon nochmals mit dem Vatikan gesprochen und vergessen, Geld umzutauschen. Seine Reise an sich sei sehr unproblematisch verlaufen. Er habe *a Roma* seinen Maserati einem deutschen Autoreisezug überantwortet, sei mit einem Taxi zum *aeroporto* gefahren, nach zwei Stunden Flugdauer sei er in Köln-Wahn gelandet, von dort aus sei er mit dem Taxi zum Hotel gefahren; schon am nächsten Morgen, also gerade eben, habe ein deutscher Bahnbediensteter seinen Maserati von der *Zentralstation* direkt vor sein Hotel gebracht; die *Maschine* sei völlig intakt, ohne Kratzer, letztendlich sei er mit seinem Maserati die dreihundert Meter zu Giovanni gefahren und noch einmal über zweihundert Meter zu dieser Universität, wo er jedoch fast eine *'albe Stunde* lang nach einem Parkplatz für seinen Maserati Quattroporte habe suchen müssen, so der Geistliche aus Rom. Offensichtlich hatte es der Rektor dieser Universität aus purer Gedankenlosigkeit, oder vielleicht in berechnender Bösartigkeit, unterlassen, an dieser Denkhochburg Sonderparkplätze für Maserati-Autisten einzurichten, so dachte ich hier auf meinem Stuhl, voll des Bewußtseins, jedes Vertrauen in die Kondition katholischer Priester verloren zu haben. Erzbischof Spadolini schonte sich sicherlich für seinen Einsatz beim Benefizfußballspiel zugunsten der Aachener Heilanstalt. Er sei, so der italienische Erzbischof, gierig in ein deutsches Brötchen beißend, von Aachen an sich sehr enttäuscht gewesen. Zwar habe Aachen sich eine gewisse romanische Atmosphäre bewahrt, wenn man jedoch geradewegs aus Rom komme, reize die Aachener Architektur, falls man hier in diesem Falle überhaupt von Architektur sprechen könne, nur zum Lachen. Er persönlich, so Spadolini, *'alte* Aachen für die rückständigste Stadt Deutschlands. Während seines letzten Deutschlandaufenthaltes habe er in Aachen die dortige *'eilanstalt* visitiert. Das sei ein *'orrortrip* gewesen, die *'ölle,* schlimmer als Dantes *Inferno*, ihm fehlten fast die Worte. Deswegen habe er sich gedacht, den Erlös des diesjährigen Benefizfußballspiels der Aachener *'eilanstalt* zur Verfügung zu stellen und nicht etwa dem Aachener Klinikum. Er habe seit seiner Visite der schwimmenden Irrenanstalten *a Venezia* nicht mehr so großes Leid wie in der Aachener *'eilanstalt* erlebt, und es sei für ihn doch immer wieder ein sehr beeindruckendes, aber auch in jeder *'insicht* einschneidendes Erlebnis, diese leidenden, ohne Bewußtsein in den Tag hinein lebenden Kreaturen, die aber dennoch Gottes Geschöpfe seien und damit ebenfalls berechtigt, die Erlösung zu erlangen, segnen zu müssen, so der Erzbischof. Amen, dachte ich. Der Autist schlug nun vor, morgen eine ausgiebige Stadtrundfahrt mit dem Besuch aller Sehenswürdigkeiten zu unternehmen, um unserem hohen Gast den Aufenthalt hier etwas zu versüßen. Aus welchem Zylinder der Autist wohl irgendwelche Sehenswürdigkeiten zaubern will; man könnte vielleicht eine Briefmarkenausstellung, den Flachsmarkt oder einen original restaurierten Schnellimbiß besuchen, so dachte ich. Wir werden uns bis auf die Knochen vor unserem Kirchenfürsten blamieren. Trotzdem fand der Vorschlag große Zustimmung. Zum Schluß fragte *il confessore* noch, warum denn *il professore* nicht zu seiner Begrüßung erschienen sei. Bedingt durch den hochinteressanten Gesprächspartner hatten wir den leidenden Herrn Professor kurzzeitig vergessen; nun aber unterrichtete der Assistent unseren Gast in aller Ausführlichkeit. Spadolini war außer sich vor Entsetzen; der gesamte deutsche Wissenschaftsbetrieb habe, jedenfalls zum jetzigen Zeitpunkt, und, so Gott wolle, nur vorübergehend, eine *'erausragende* Geisteskraft verloren, einen so *'errlichen* Menschen. Er persönlich habe den deutschen Wald immer für einen der *am meisten versichert seiendsten* gehalten, wie denn so etwas überhaupt sich ereignen könne? Der Autist drängelte den Erzbischof zum Aufbruch, er habe für den morgigen Ausflug noch einiges vorzubereiten, so der Autist. Der Erzbischof quetschte zum Abschied zum wiederholten Male jedem die Hand, wobei ihm Tausende von Krümeln von seinem Designeranzug rieselten. Im Weggehen sagte er noch einmal: Diese *'errliche Caffèbar,* diese *'errlichen* deutschen Brötchen, diese *'errlichen* Leute, er könnte in diesem *'errlichen* Land gut zwei oder drei Wochen verbringen. Nachdem die beiden die Cafeteria unserer Denkanstalt verlassen hatten, wurden der Kulterer und der Stimmenimitator von einer gewissen Sprechlust heimgesucht. Es sei doch wirklich äußerst skandalös, wie sich diese Kirchenmänner heutzutage aufführten – wie Gebrauchtwagenhändler, die eine Nachtbar aufsuchten, so der Kulterer erbost. Genau, so der Stimmenimitator, dem Kulterer zur Seite stehend, er habe auch noch nie erlebt, daß ein Erzbischof sich *so* benommen hätte, er habe allerdings auch noch keinen kennengelernt. Zu seiner Erholung werde er gleich eine Weile im *Kommunistischen Manifest* lesen. Der Assistent fragte beide, ob sie sich trotz ihrer ablehnenden Haltung dem Erzbischof gegenüber an der morgigen Stadtrundfahrt beteiligen wollten, er müsse vorher wissen, welche Anzahl Handtücher er mitnehmen solle, so der Assistent. Der Kulterer und der Stimmenimitator wollten sich naturgemäß keinesfalls die Stadtrundfahrt entgehen lassen; so sagten sie, wenn auch etwas mürrisch, zu. Der Handtuchfimmel geht mir langsam auf den Geist, der Assistent ist vermutlich ein Zwangsneurotiker, so dachte ich. Plötzlich waren der Assistent, der Kulterer und der Stimmenimitator verschwunden; ich saß mit der einige Rauchringe in die Luft blasenden Mathilde allein an unserem Tisch. Endlich seien diese stumpfsinnigen Schwätzer weg, so Mathilde einleitend. Sie hasse Männer, die andauernd von ihren Automobilen und ihren Studienreisen redeten, so Mathilde weiter. Sie finde Männer, die nicht permanent redeten, viel interessanter, so Mathilde. Ich reagierte überhaupt nicht. Ich hatte mir heute schon den Vertrag zur Erstversorgung der Erstsemester eingehandelt. Sie habe immer große Langeweile, vor allem an den Wochenenden, so Mathilde weiter. Primär übermorgen, also am Samstag, werde sie verschärfte Langeweile haben. Ich linste in meinen Getränkepappbecher, in dem eine von Mathildes Glimmstengeln erlosch. Was mich denn so interessiere, bohrte Mathilde weiter, vielleicht der Gebrauchtwagenmarkt im Autokino oder eine Technoparty oder eher ein Badeanstaltsbesuch? Ausgerechnet in diesem Moment mußte ich mit der rechten Hand eine Fliege verscheuchen, die sich auf meine Nasenspitze setzen wollte. Mathilde faßte diese Geste als Zustimmung meinerseits auf. Na wunderbar, so ihr Kommentar, wir werden uns also am Samstag um neunzehn Uhr in der Badeanstalt treffen, sie werde in der dortigen Cafeteria auf mich warten, ich solle pünktlich sein und bloß nicht auf die dumme Idee kommen, sie dortselbst allein sitzen zu lassen, man verstehe sich wohl richtig? Ich nickte. Na toll, sie habe gleich gewußt, wir würden uns verstehen, sie freue sich sehr auf unser *Rendez-vous.* Sie habe sich jetzt lange genug unterhalten, sie müsse aufbrechen, so verabschiedete sich Mathilde von mir, über das ganze Gesicht strahlend. Ich saß nun wirklich tief in der Klemme. Langsam wurde mir die ganze Tragweite des eben Geschehenen bewußt. Ich hatte mich, ohne es zu wollen, mit dieser hysterischen Kettenraucherin, die am Wochenende ihre Langeweile mit mir teilen wollte, verabredet, und zwar in einer Badeanstalt. Ich hatte mich, seit ich bei Doktor Zuckerstätter in Analyse bin, nicht mehr mit einer Frau verabredet, ich hatte gar nicht mehr geredet; und ich besaß keine Badehose. Die letzte Hose überhaupt hatte ich damals mit Peymann in Wien gekauft. Aber ich verfügte über die Gewißheit, Mathilde würde, falls ich zur Verabredung nicht erschiene, ihre Zigaretten nicht mehr unbedingt nur in meinem Getränkepappbecher ausdämpfen. Ich begann damit, Mathilde einen Brief zu schreiben. Als ich fertig war, dämmerte ich noch etwas vor mich hin. Ich mußte wohl eingeschlafen sein, denn irgendwer rüttelte mich wach. Es war der Dekan. Er hielt mir zwei Formulare zur Unterschrift unter die Nase. Der Assistent habe ihm eben auf dem Flur vor seinem Büro freudestrahlend mitgeteilt, noch jemanden gefunden zu haben, der aufopferungsbereit die Erstsemesterunterrichtung durchführen wolle. Das sei eine wirklich vorbildliche Einstellung, die er sehr respektiere. Widerwillig unterzeichnete ich das erste Formular mit meinem oder irgendeinem Namen. Ich wollte gerade auch noch das zweite Formular unterschreiben, als ich das Wort *Triest* darauf bemerkte. Es sei ein Vertrag für einen einjährigen, kostenlosen Studienaufenthalt an der Universität von Triest in Italien, so der Dekan, den Inhalt dieses Schriftstückes in groben Zügen zusammenfassend; das Socrates-Institut schieße monatlich einen, allerdings geringeren, Geldbetrag zu, man habe noch einige Stipendien zu vergeben, da seit den Fernsehbildern vom im Hafen zu Triest verladenen Schlachtvieh, das sich in einem wirklich mitleiderregendem Zustand befunden habe, praktisch kein Student ein Stipendium für Triest annehmen wolle; aber er habe sich gedacht, mir würde das nichts ausmachen, da ich sogar die Erstsemesterunterrichtung durchführen wolle, so der Dekan. Ich gab ihm mit einem vernichtenden Blick das zweite Formular ununterschrieben zurück. Ich könne es mir ja noch überlegen, er müsse es erst in den nächsten Wochen wissen, so der Dekan, leicht beleidigt diese Cafeteria dieser Universität verlassend. Ich entfernte mich nun auch aus derselben, um ein Postamt aufzusuchen. In der Essener Hauptpost kaufte ich eine häßliche deutsche Briefmarke, schrieb Mathildes Adresse, die ich mir gemerkt hatte, als ich sie vom Suizidzentrum Holzplatz zu ihrer Wohnung begleitete, auf den Umschlag und ließ denselben im Schlitz des Briefkastens verschwinden. Damit hatte sich das Problem wohl erledigt, so dachte ich hier in diesem düsteren, nach Muff und Schweiß stinkenden Postgebäude dieser sogenannten Universitätsstadt in diesem sogenannten Land der Dichter und Denker. Ich hatte die Sache wieder im Griff, so dachte ich am nächsten Vormittag, mich auf meinem Stuhl in unserer Cafeteria auf den *Giro d'Essen* freuend. Ich hatte mir ein eigenes Handtuch mitgebracht, um nicht wieder während der Maseratifahrt auf einem rosafarbenen Handtuch mit Sie-Aufdruck sitzen zu müssen. Unsere Gäste hatten für die Tour noch weitere Personen angeheuert: Die Frau des Autisten, Francesca, zwei Pressevertreter, Isabella Di Marzio, eine Punkerin mit paradeiser- bzw. tomatenroten Haaren namens Ödipa sowie eine Blondine mit toupierten Haaren begleiteten uns. Und überraschenderweise auch der Kommissar. Dieser hatte zusammen mit einem Kollegen, der aber wieder gegangen war, die sichergestellten Medien aus dem Besitz des Herrn Professors zurückgebracht. Ergriffen von der Idee, mit seinem Polizeifahrzeug an unserer Stadtrundfahrt teilnehmen zu können, redete er in bröseligem Italienisch auf Spadolini ein. Der Assistent informierte uns derweil hinter vorgehaltener Hand, der Kommissar habe die Doktorarbeit von diesem Murau im Büro des Herrn Professors wiedergefunden, diese habe in einem Bananenkarton, der heute aus dem Kommissariat angeliefert worden sei, direkt zuoberst gelegen. Verdammt, sagte der Kulterer. Scheiße, sagte Mathilde. Das werde Ärger geben, so der Stimmenimitator. Ich hingegen sagte nichts. Franz-Josef Murau – das war eine wirklich traurige Geschichte. Ein Rentner, der seine Frau mit einem Doktortitel überraschen wollte. Er schrieb eine Doktorarbeit mit dem Titel *Die romantische Liebe;* und an dieser Stelle wird alles weitere unklar. Murau hatte immer behauptet, diese Dissertation geschrieben und auch fristgerecht abgegeben zu haben, was der Herr Professor entschieden bestritt. Murau hatte leider versäumt, eine Kopie seines Textes zu behalten, und sich erst nach Ablauf sämtlicher Fristen beim Prüfungsamt nach seiner Note erkundigt. Es war nichts mehr zu retten. Murau wurde auf Antrag des Prüfungsamtes zwangsexmatrikuliert und war somit vom Universitätsbetrieb für immer und ewig ausgeschlossen. Er gab seinen Studentenausweis ab und beging am nächsten Tag Selbstmord, indem er sich in seine Badewanne setzte und sich mit Buchseiten vollstopfte, bis er erstickte. Auf dem unappetitlichen Zeitungsfoto sah Murau aus wie Marat nach seiner Ermordung durch Charlotte Corday auf dem Bild von David. Eine wirklich schlechte Presse hatte damals diese unsere Geistesanstalt. Und nun tauchte Muraus Dissertation wieder auf. Das war ein Hammer, dachte nicht nur ich. Der Assistent äußerte die Vermutung, er werde wohl den Haufen Blätter in Kürze verschwinden lassen. Letztendlich konnten wir zur Stadtrundfahrt aufbrechen. Wir bildeten einen beeindruckenden Konvoi: drei Maseratis, gefolgt von einem Streifenwagen, sorgten für Aufsehen. Die drei Maseratis waren jeweils mit einem satellitengesteuerten Navigationssystem ausgerüstet und über die Konferenzschaltungstaste der Autotelefone kommunikationstechnisch miteinander verbunden. Ich saß im Maserati des Assistenten und rutschte auf meinem frischen Handtuch herum. Neben mir befand sich Mathilde, die mir ins Ohr flüsterte, sie müsse unbedingt mit mir über diesen unverschämten Brief, den ich ihr postalisch habe zukommen lassen, sprechen, und zwar morgen um neunzehn Uhr in der Cafeteria der Badeanstalt, du Arschloch!, so Mathilde ganz wörtlich. Noch hatte ich nichts zu befürchten. Viel interessanter war im Augenblick der Aspekt, wie man in einer Stadt, in der es nichts zu sehen gibt, eine ganztägige Stadtrundfahrt durchführen will, wenn auch mit geistlichem Beistand. Unvorhergesehenerweise waren wir den ganzen Tag unterwegs. Wir besichtigten das von Tauben als Abort benutzte Münster mit der Domschatzkammer, die Marktkirche mit dem Alfred-Krupp-Denkmal, ehemalige Krupp-Werkhallen, die Erlöserkirche in der Goethestraße, die Alte Synagoge mit der Holocaustausstellung, das Rathaus am Porscheplatz, die Gruga, den Baldeneysee, die Kruppsche *Villa Hügel* und die neue Polizeischule in der Frau-Bertha-Krupp-Straße. Für einen Besuch des Folkwangmuseums war es bereits zu spät, es schließt um zwanzig Uhr. Naturgemäß gingen wir abends noch ins Café am Viehofer Platz, um einen Drink zum Absacken zu nehmen, wie man hier im Ruhrgebiet sagt. Dieses Café läßt sich nicht mit einem Wiener Kaffeehaus vergleichen; eingepfercht zwischen Universität, Schlachthaus und Güterbahnhof ist es mehr eine ungeheuerlich geschmacklos eingerichtete Studentenkneipe, die zudem bis vor wenigen Jahren *Jedermann* hieß, genau wie dieses stumpfsinnige Stück, das jedes Jahr zu Beginn der Salzburger Festspiele zur Aufführung kommt, oder besser: *verkommt.* In der Tat verkommen ist auch die Einrichtung des Cafés am Viehofer Platz. Spadolini fixierte den siebenarmigen Eichenkronleuchter über unserem Tisch. Dieses sei ein so *'errliches* Land, aber das sei so *'äßlich,* ob das eine Antiquität sei? Maximal *frühes Wordsworth,* so der Kulterer, aber er sei schließlich kein Kunstexperte. Er wisse nur, Chippendaletelefontischchen und Chippendalefernsehunterschränke, die dürfe es normalerweise gar nicht geben. Der Assistent versuchte, den Kellner anzulocken, denn wir hatten Durst. Außer einer Flasche Rotwein pro Person, die wir unterwegs beim örtlichen Billiganbieter gekauft hatten, waren wir trocken geblieben. Spadolini lobte den pelzigen Fusel in den höchsten Tönen – er war entweder kein Weinkenner, oder die extra scharf gemachte *Currywurst,* die er kurz zuvor in einem Schnellimbiß verzehrt hatte, hatte ihm die Geschmacksknöspchen weggeätzt, so dachte ich, auf einem schweren Eichenstuhl im Café am Viehofer Platz neben Mathilde sitzend. Als der Kellner endlich unseren Tisch aufsuchte, orderten wir eine Runde *Grabbe* zur Erstversorgung. *Grabbe* ist ein Longdrink bestehend zur Hälfte aus Whisky, zu einem Viertel aus Wodka und zu einem weiteren Viertel aus Rum. Ein *Grabbe* ist nur trinkbar, wenn man über eine ordentliche Grundlage verfügt; ich hatte eben im Schnellimbiß *Frikadellescharfmachendoppeltpommesrotweißgemischtersalat* zu mir genommen. Die Punkerin hatte immer noch etwas von ihrem Krautsalat an ihrem Plastikminikleid kleben. Ödipa – das ist ein total unglaubwürdiger Name; sie zeigte uns aber zum Beweis ihren Ausweis. Die Provinzreporter vertrieben sich die Wartezeit auf ihren *Grabbe* mit dem Versuch eines Interviews mit unserem Geistlichen. Was haben Hochwürden beim Anblick der Kreuzigungsskulptur vor dem Münster gedacht? *Mah,* er sei ehrlich ergriffen von den Plagen, die *Gesù* habe erleiden müssen, so Spadolini mitten im Ruhrbistum Essen antwortend. Mathilde verzierte Francescas Pelzmantel mit einem kapitalen Brandloch. Kunstpelz!, raunte sie mir geringschätzig ins Ohr. Der Kellner hatte das Wort *Hochwürden* aufgeschnappt und beglückwünschte Spadolini mit einem hämischen Blick auf die jungen Damen zu seinen wirklich gutaussehenden Zölibatessen. *Che? Cosa ha detto?,* so der verwirrte Geistliche. Akademiker, und namentlich auch Geistliche, könnten einen ganz schönen Stiefel vertragen, so der Kellner, uns bewundernd. Der Stimmenimitator erdreistete sich zu dem in jeder Hinsicht abgeschmackten Spruch, Dummheit fresse und Intelligenz saufe. Man prostete sich nun zu. Beherzt nahm ich einen großen Schluck des kühlen Getränks und glaubte, der schwere Eichenlüster wäre mir auf den Kopf gefallen. Wie eine Infusion eroberte der Alkohol sofort meinen Körper, drang in Sekundenschnelle bis zum Gehirn vor, um dort die grauen Zellen vollständig durcheinanderzurühren. Ödipa war begeistert, das sei endlich mal *richtig harter Stoff.* Die Frau mit den toupierten Haaren, deren Frisur bereits stark dérangiert war und die sich nicht namentlich vorgestellt hatte, vertrat die Ansicht, Sprit oder Benzin vor sich zu haben. Francesca schüttelte sich und rannte zum Damenabort. *Grabbe* habe eben auch noch heute eine starke Wirkung auf den Rezipienten, was man nicht von allen Dramatikern behaupten könne, so der Assistent, das weite Feld der Literatur streifend. Was denn Hochwürden so lese, fragte nun ein Reporter den Erzbischof, die letzte Möglichkeit des artikulierten Sprechens ausnutzend. Er lese die *'eilige Schrift ogni giorno, 'olderlin* und *'egel, Fenomenologica dello spirito,* entgegnete der Gottesmann, er habe *'egels Phänomenologie des Geistes* auf italienisch gelesen, die deutsche Sprache sei zwar eine so wohlklingende, eine so *'errliche,* aber auf deutsch könne man nicht denken. Das sei aber konträr zu Heidegger, so der Kulterer. *'eidegger* ist ein Idiot, so Spadolini entgegnend. Isabella Di Marzio steuerte zum akademischen Diskurs die Bemerkung bei, sie habe während ihres Studienaufenthaltes in *Zaragoza* Hegels *Phänomenologie des Geistes* zur Gänze gelesen, naturgemäß jedoch nicht auf deutsch, da es in *Zaragoza* keine deutschsprachigen Bücher gebe, sondern in der Landessprache, tatsächlich auf spanisch. Der Assistent informierte uns daraufhin, um die geistige Lufthoheit wieder an sich zu reißen, er habe Hegels Jugendwerk bereits im zarten Alter von dreizehn Jahren gelesen; da selbst er aber damals noch nicht den vollen Sinngehalt dieses wirklich wichtigen philosophischen Werkes in seiner ganzen geistigen Totalität habe erfassen können, habe er dieses Buch einfach auswendig gelernt, ohne weiteres könne er selbst heute noch einige zentrale Passagen aus Hegels *Phänomenologie des Geistes* auswendig aufsagen, wenn auch nur in der deutschen Version. Vor dieses Rezitationsereignis stellte sich der Stimmenimitator. Er persönlich habe schon mehrfach gehört, man solle lieber Hegels *Phänomenologie des Geistes* mehrfach lesen anstatt irgendeinen minderwertigen Autor. Vor ein paar Tagen erzählte uns dieser Trottel noch, er hätte Hegels wirklich wichtiges Werk weder in der Universitätsbibliothek vorgefunden noch in irgendeiner Buchhandlung käuflich erwerben können, so dachte ich hier, auf meinem Eichenstuhl sitzend. Isabella Di Marzio betonte wiederholt, Hegels *Fenomenología del espirítu* von vorne bis hinten gelesen zu haben, aber auf spanisch. Das Deutsche sei doch grundsätzlich keine Sprache für Philosophen, die deutsche Sprache wirke doch in der Tat auf jeden freidenkenden Geist wie eine Blockade, wie eine Sperre, wie eine Barriere. Zum Beweis zitierte sie aus dem Gedächtnis einige sehr bekannte Sätze über das dialektische Verhältnis von Herr und Knecht auf spanisch. Und tatsächlich: Das hörte sich viel harmonischer, sehr viel eleganter, viel besser durchkomponiert an als die entsprechenden Passagen in der deutschsprachigen Fassung. Die spanische Sprache hat einfach mehr Fluß. Dem Assistenten kamen nun einige Sätze Hegels, die er während seiner Pubertät auswendig gelernt hatte, ins Bewußtsein zurück. Er sagte sie brav auf, da man das erwähnte Werk gerade nicht in Buchform vorliegen hatte. Isabella Di Marzio übersetzte diese auswendig dahergesagten Hegelgedanken unverzüglich ins Spanische. Der Assistent konnte seine Begeisterung nicht verbergen. Hier zeige sich ein völlig neuer, unbeschwerter Hegel, der nichts mehr mit dem durch Härte, Kälte und Unvollkommenheit der deutschen Sprache geprägten Hegel zu tun habe; dies sei nicht mehr der von uns allen geschätzte Jenaer Hegel, sondern dies sei genaugenommen ein mediterraner Hegel. Bei diesen Worten müsse man nicht mehr an die Niederlage gegen Napoleon denken, an den endgültigen Untergang des Heiligen Römischen Reiches Deutscher Nation, sondern an Gaudís *Parque Güell* oder an die *Giralda* oder an die *Puerta del Sol,* so der Assistent euphorisch alles durcheinanderbringend. Ein neuer, sonnendurchfluteter Hegel in einer unbelasteten Sprache werde uns hier präsentiert. Der eine *Grabbe* hatte ihm schon die Erinnerung an Caudillo Franco genommen, so dachte ich. Hegel auf deutsch, so Isabella Di Marzio, höre sich für sie wie die ersten Schreibversuche eines Schizophatikers an. Wortbildungen der Art *das fürsichseiende Fürsichsein* würden von jedem Facharzt als Symptome für *Schizophasie* gedeutet; diese zerrüttete Sprache sei die Ausgeburt eines völlig zerrütteten Geistes. Ödipa bekannte offen, grundsätzlich keine Bücher zu lesen; ein alter Mann jage einen Fisch, ein kleiner Junge wolle nicht mehr wachsen und trommele immerzu, ein Typ werde über Nacht zum ekligen Ungeziefer, sowas sei langweiliger Unfug; auch Kunst interessiere sie nicht sonderlich, Ölschinken und diese kleinen krumpeligen Kunstwerke habe sie schon immer gehaßt. Es sei viel interessanter, warum Francesca die ganze Zeit über ihren Pelzmantel anbehalte. Francesca erläuterte dazu, *a Milano* die neue *alta moda* gekauft zu haben. In dieser Saison sei die ganze Kollektion total *trasparente,* sie habe ein schwarzes Minikleid gekauft, total *trasparente,* und das trage sie heute, so könne man aber nicht herumlaufen, deswegen müsse sie den Pelz angezogen lassen. Plötzlich entdeckte sie das Brandloch und kreischte laut auf. Keine Qualität, so Ödipa lapidar kommentierend, aber wenigstens könne man heute mal unter ärztlicher Aufsicht trinken. Der Assistent stellte richtig, Doktor, aber nicht Arzt zu sein, er habe über Hölderlins *Hymnische Spätdichtung* promoviert. Das hört sich ja richtig krank an, Herr Doktor, so Ödipa. Der Assistent erwähnte unvorsichtigerweise in Anwesenheit des Kellners, er wünsche mich Montag in seiner Sprechstunde begrüßen zu können. Ich nickte auf meinem Eichenstuhl. Der Kellner fragte nun, welche Arten von Krankheiten der Herr Doktor behandele. Die den Geist betreffenden, so der Assistent äußerst schlagfertig antwortend. Der Kellner näherte sich unserem Tisch mit der zweiten Runde *Grabbe* unter größtmöglichem Respekt und versuchte, während des Servierens auf keinen Fall die Individualdistanz seiner Gäste, also unsere, zu unterschreiten. Die Irrenarztnummer zieht doch immer noch. Mit allumfassendem Grauen dachte ich an die nächsten Tage, namentlich an den morgigen Tag, da *morgen* der gefürchtete Samstag *war* – eine wirklich klassische Form des epischen Präteritums nach Käte Hamburger, nur nutzte mir diese Erkenntnis in meiner Situation überhaupt nichts. Immer wieder wurde mir durch Mathildes Anwesenheit die unmittelbar bevorstehende Auslöschung meiner Existenz bewußt. Morgen um neunzehn Uhr war das *rendez-vous* in der Badeanstalt. Ich hatte somit noch knapp zweiundzwanzig Stunden Zeit, meiner Existenz mit eigener Hand ein Ende zu bereiten. Ich könnte mir die Kehle durchschneiden. Ich könnte mich im Akademikerwald aufhängen, wenn dieser nicht geschlossen wäre. Ich könnte das Tellergericht in der Mensa verzehren. Ich könnte mir mehrmals *Das Werkzeug* ansehen und dazu Annette von

Droste-Hülshoffs *Die Judenbuche* auswendig lernen. Ich könnte mich einer Selbstverbrennung unterziehen. Ich könnte Doktor Zuckerstätter um Rat fragen. Ja, ich könnte in seine Sprechstunde gehen, er würde mir helfen, er würde mich aus meiner selbstverschuldeten verzweifelten Lage befreien. Ja, ich werde morgen in aller Frühe Doktor Zuckerstätters Sprechstunde aufsuchen; Doktor Zuckerstätter erschien mir plötzlich wie das Licht am Ende des Tunnels, wie ein neuer Horizont, wie der Heilige Gral, wie das Zeichen an der Wand, wie der brennende Dornbusch, wie eine Hölderlinstudie mit einem Umfang von maximal drei Seiten! Ich war auf dem richtigen Weg! Aber leider nicht lange. Mathilde ließ es sich nicht nehmen, mich in die Seite zu knuffen, weil ich weggedöst war. Auch der Autist war eingeschlafen. Als der Kommissar ihn weckte, sagte er leicht umnachtet: *In questo momento ho sognato di essere in viaggio per Torino.* Nach einem Schluck *Grabbe* kam er zum Thema Kunst. Moderne Ölschinken könne man mit abgerissenen Tapeten verwechseln, so der Autist, er halte nicht viel von diesen modernen Ölschinkensammlungen in total verstaubten Museen, die jetzt immer mit russischen Reisegruppen, die mit schrottreifen Bussen bis direkt vors Museum gekarrt würden, angefüllt seien, so der Autist. Er sitze dort, also im Folkwangmuseum, immer lieber in der *Caffèbar,* während Francesca sich Bilder ansehe. Der Kaffee in der *Caffèbar* sei wirklich gut, wenn auch alles einen sehr schmutzigen Eindruck mache, dort kämen in der Tat, falls dies jetzt nicht Kunst sein solle, die Tapeten von den Wänden, und der Teppichboden sei stark verschlissen, was man verstehen könne, da dort, in der *Caffèbar* des Folkwangmuseums, täglich Tausende von Russen ihren Kaffee tränken, den sie nach einer über zweitausend Kilometer langen Nonstopfahrt und auch angesichts des unmittelbar bevorstehenden Anblicks Zehntausender moderner Ölschinken wirklich nötig hätten, diese kunstbesessenen, ungepflegten russischen Reisegruppen, so der nicht ganz so kunstbesessene und nicht ganz so ungepflegte Autist. *Quando sento queste storie mi viene sempre la malinconia,* lamentierte daraufhin Spadolini, starr auf seinen *Grabbe* blickend. Langsam verschwommen alle Konturen, der Kommissar versuchte, Ödipa zu küssen, Isabella Di Marzio lallte nur noch – auf spanisch. Irgendwer regte an, ein Sammeltaxi zu rufen. Energisch verwarf der Assistent diesen Gedanken, man könne letztendlich die teuren Automobile nicht unbewacht die ganze Nacht über in *dieser* Gegend stehenlassen. Francesca bewunderte das zweite Brandloch in ihrem Kunstpelzmantel. Mit unbeteiligter Miene sah Mathilde ihren Rauchringen nach. Der Hautausschlag des Kulterers sah zu so später Stunde besonders behandlungsbedürftig aus. Fast sturzbetrunken begann der Stimmenimitator, Hitlers Reden mit dessen Stimme vorzutragen. Der Assistent bat ihn eindringlichst, sofort die Schnauze zu halten, so der Assistent wörtlich. Ich mußte an die deutsche Wiedervereinigung denken. Ich war gerade aus Wien angereist, als ich im Radio von der unmittelbar bevorstehenden Wiedervereinigung Westdeutschlands mit den Neuen Bundesländern hörte. Ich hatte *Neun Bundesländer* verstanden. Panikartig rannte ich in einer leichten Verstörung zum Essener Hauptbahnhof, um mit dem nächsten Zug dieses Land zu verlassen, bis ich schlußendlich meinen Irrtum bemerkte. Der *Grabbe* entfaltete nun seine volle Wirkung: Ödipa verlor vor der Damenaborttür das Gleichgewicht, der Kommissar stammelte das Wort *Blutbuche,* der Erzbischof intonierte *I can't get no satisfaction.* Ich mußte eingeschlafen sein. Als ich wieder aufwachte, waren alle anderen bereits gegangen, nur nicht Mathilde, die, auf drei Stühlen liegend, einen perfekten *Hysterischen Bogen* nach Charcot vorführte. Sie war offenbar wieder voll wie ein Ei. Sie habe den anderen gesagt, wir beide könnten zu Fuß gehen, so Mathilde mühsam lallend hervorbringend. Im Prinzip war das machbar, so dachte ich, nur befand sich auf der Echtledersitzpolsterung im Maserati des Assistenten immer noch mein Handtuch, somit mußte ich mir für den morgigen Abend in der Badeanstalt nicht nur eine Badehose, sondern zusätzlich ein Handtuch kaufen. Diese Verabredung schien noch kostspielig zu werden. Vor dem Verlassen des Cafés am Viehofer Platz wurden wir vom Kellner gezwungen, die erzbischöfliche Zeche zu begleichen. Mißmutig zahlten wir den Deckel, wie man hier so zu sagen pflegt. Offensichtlich hatte der Gottesmann mein Nickerchen und Mathildes Gang zum Damenabort schamlos ausgenutzt, um uns mit einer Zusatzrechnung zu überraschen. Draußen in der Nähe der Heinrich-Heine-Buchhandlung kam Mathilde aufgrund der frischen Luft wieder einigermaßen zu sich. Sie werde gleich noch etwas in Ludwig Wittgensteins *Das Blaue Buch – Eine philosophische Betrachtung (Das Braune Buch)*, das wirklich so heiße, blättern, um besser einschlafen zu können, da sie morgen fit sein müsse, da wir uns schließlich um neunzehn Uhr in der Cafeteria der Badeanstalt treffen würden, so Mathilde, mich noch einmal erinnernd. Und über diesen unmöglichen Brief müsse man dortselbst auch sprechen; wie man bloß auf solch eine Idee kommen könne?! Sie habe schon fast den Eindruck gehabt, ich wolle mich gar nicht mit ihr treffen. Ich hielt mir die flache Hand vor die Stirn. Ludwig Wittgensteins *Das Blaue Buch – Eine philosophische Betrachtung (Das Braune Buch)* sei übrigens als Lektüre vor dem Schlafengehen sehr zu empfehlen, man träume anschließend systematischer und kein unsinniges Zeug. Man solle lieber ein hervorragendes Werk mehrfach lesen anstatt massenhaft Mist, so Mathilde. Wir waren vor ihrer Haustür angekommen. Mathilde sagte, bis morgen um neunzehn Uhr, küßte mich flüchtig auf die Wange, verschwand hinter der Tür und warf dieselbe zu. Leicht verwirrt legte ich die knapp zwei Kilometer zu meinem Wohnsitz zurück; morgen mußte ich zuerst Doktor Zuckerstätter aufsuchen, das würde wieder eine recht teure Angelegenheit werden, die Tarife der Analytiker sind in der Regel wirklich gesalzen. Doktor Zuckerstätter war zwar etwas preisgünstiger, dafür war seine Praxis auch nicht ausgesprochen gut ausgestattet, aber von Schickimickikram in den Praxisräumen, wie beispielsweise Topfpflanzen, Designerteppichböden und wertvollen Gemälden, habe ich noch nie viel gehalten. Der Patient zahlt dieses ganze Komfortambiente bei der Entrichtung der Behandlungssätze in jedem Fall mit. Ich mußte jetzt dringend ins Bett, da der morgige Fußmarsch zu Doktor Zuckerstätter kein Zuckerschlecken werden wird, dachte ich während meines jetzigen Fußmarsches. Zu Hause auf meinem Bett sitzend, befolgte ich Mathildes Rat und warf tatsächlich ein paar Blicke in Ludwig Wittgensteins *Das Blaue Buch – Eine philosophische Betrachtung (Das Braune Buch).* Ich las nur wenige Absätze. Mir war zur Stunde nicht nach systematischem Denken zumute. Ich warf mir immer noch vor, Hegels *Phänomenologie des Geistes* nicht aus dem Papierkorb vor der Universitätsbibliothek genommen zu haben, ein unverzeihlicher Fehler. Auf mein Träumen hatte die Wittgensteinlektüre übrigens keinen Einfluß. Ich träumte wiederum von *Irmas Injektion.* Am nächsten Morgen machte ich mich schon sehr früh auf den Weg zu Doktor Zuckerstätters Praxis, die sich im Essener Norden in einem Stadtteil befand, den man nur bei Tageslicht gefahrlos betreten kann. Sicherheitshalber nahm ich meine Axt mit auf den Fußmarsch. Ich erreichte unbehelligt Doktor Zuckerstätters Haus, vor dem ein ausgeschlachtetes Automobil stand. In der Nähe wärmten sich finstere Gestalten über einem offenen Feuer, das sie in einem aufgeschnittenen, rostigen Ölfaß entzündet hatten. Man nahm Notiz von meiner Axt und ließ mich in Ruhe. Das sei ein Psycho, hörte ich sie über mich sagen. Andere Leute habe ich schon immer gehaßt. Doktor Zuckerstätter war ein ausgesprochener Sicherheitsfanatiker: er ließ keine fremden Personen, und deshalb auch keine Patienten, in sein Haus. Als Wartezimmer und Praxisraum diente ein Sofa, das draußen vor der Tür vor einer Gegensprechanlage plaziert war. Heute mußte ich das Sofa mit einem schlafenden Hund teilen, hatte jedoch die Gegensprechanlage zu meiner alleinigen Verfügung. Ich drückte auf den Knopf derselben. Die Stimme Doktor Zuckerstätters meldete sich umgehend. Ich solle wie üblich das Geld in seinen Briefkasten werfen, danach könne ich eine Stunde lang mit ihm sprechen. Nachdem ich das Entgelt für die Sprechstunde in den Briefkastenschlitz geworfen hatte, blieb ich eine Stunde lang stumm vor der Gegensprechanlage sitzen, ich hatte hier noch nie etwas gesagt. Nach einer Stunde drückte ich wieder den Knopf der Gegensprechanlage und Doktor Zuckerstätters Stimme sagte blechern, seine Sprechstunde sei nun beendet, diese Sitzung habe Fortschritte gebracht, und ich könne ohne weiteres wieder am gesellschaftlichen Leben teilnehmen. Das hieß, ich konnte heute abend mit Mathilde ausgehen und nichts anderes; Doktor Zuckerstätter hatte mir eine eindeutige Entscheidungshilfe gegeben, die zweihundert Mark hatten sich ausnahmsweise gelohnt, obwohl Doktor Zuckerstätter eigentlich diesen Satz nach Abschluß jeder Sitzung sagte. Ich mußte nun im Sinne von Doktor Zuckerstätters Anweisung handeln, auf seine Anweisung hin mußte ich mir heute eine Badehose und ein Handtuch kaufen. Ich mußte mit Mathilde zusammen den heutigen Abend vermutlich wattend in der Cafeteria der Badeanstalt verbringen, so dachte ich, nach etwa fünf Kilometern Fußmarsch einen relativ sicheren Stadtteil erreichend. Ein Indiz dafür waren die mißtrauischen Blicke der Passanten, sobald sie mich sahen. Ich verstaute meine Axt diskret unter meinem Mantel. Nachdem ich fast zehn Minuten lang kein halbausgeschlachtetes Automobilwrack mehr gesehen hatte, wußte ich mich in nächster Nähe der Fußgängerzone dieser sogenannten Universitäts- und auch Einkaufsstadt. Und in der Tat, kurz darauf sah ich die grüne Kuppel der Alten Synagoge am Horizont aufragen. Nach ein paar Minuten betrat ich ein Kaufhaus zwecks Erwerbs diverser Textilien. Ich wählte eine dunkelblaue Badehose aus dickem Stoff mit Innenhose und Kordel zum Zubinden und ein oxfordgraues Handtuch. Nach dem Bezahlen hörte ich im Weggehen den Spott der Verkäuferinnen; endlich habe sie jemand von der bereits seit Ewigkeiten unbeachtet herumliegenden Opabadehose, so die wörtliche Formulierung, befreit; merkwürdig nur, warum dieser Typ eine Axt mit sich herumschleppe? Wahrscheinlich sei dies der Highlander, so eine Verkäuferin, in schallendes Gelächter ausbrechend. Der Highlander benutze aber nur Schwerter, um seine Feinde zu massakrieren, so eine weitere Fachverkäuferin. Dieser hier schocke seine Gegner erst mit seiner Badehose und würge sie anschließend mit dem unheimlich häßlichen Handtuch, so die Erstverkäuferin beharrend. Beim Verlassen dieses *Konsumtempels* wurde mir bewußt: ich hatte Verkäuferinnen schon immer gehaßt. Und zwar bis aufs Blut, um eine von Mathildes wirklich schönen Formulierungen zu benutzen. *Bis aufs Blut* – das hört sich dramatisch und alle weiteren Möglichkeiten ausschließend an. In genau dieser Weise hatte ich Verkäuferinnen schon immer gehaßt. Diese Dummheit, diese Arroganz, diese Aufdringlichkeit, diese unglaublich hirnlose Daseinsform menschlicher Existenz. Was hatte Doktor Zuckerstätter noch über Verkäuferinnen gesagt? Ich wußte es nicht mehr. Ich konnte mich nicht erinnern, ich hatte es verdrängt. Ich war mir bewußt, ich hatte Verkäuferinnen *schon immer,* seit ich denken kann, *gehaßt,* so dachte ich jetzt während meines Marsches durch die Essener Fußgängerzone. Ich konnte mich auch spontan gar nicht entscheiden, welche Verkäuferinnen dümmer, arroganter und aufdringlicher waren, sind und es immer sein werden: die in den Kaufhäusern oder die in den Boutiquen. Ich war mir eigentlich ziemlich sicher, die Dummheit, Arroganz und Aufdringlichkeit der Verkäuferinnen in den Kaufhäusern kann nicht ohne weiteres von denen in den Boutiquen übertroffen werden, obgleich ich mich hier auf reine Vermutungen stützen muß, ich kenne praktisch die Dummheit, Arroganz und Aufdringlichkeit der Verkäuferinnen in den Boutiquen nur vom Hörensagen, also nicht aus eigener Erfahrung, da ich naturgemäß Boutiquen in der Regel nicht aufsuche, ja nicht einmal in deren Schaufenster sehe, da ich immer befürchten muß, eine von diesen dummen, arroganten und aufdringlichen Verkäuferinnen werde auf mich zugestürzt kommen und mich fragen, ob sie mir helfen könne, wie es vor Jahren in der Kärntner Straße passierte. Nicht einmal Doktor Zuckerstätter hat mich je gefragt, ob er mir helfen könne. Und bis jetzt konnte er mir nur selten helfen. Wenn schon Doktor Zuckerstätter mir nur selten helfen konnte, wie sollte mir dann ausgerechnet eine total dumme, extrem arrogante, sogar sehr aufdringliche und darüberhinaus auch noch stumpfsinnige Verkäuferin einer Boutique helfen können, so dachte ich hier in der Fußgängerzone, nach einem Imbiß Ausschau haltend. Ich durfte heute nicht zu fett, nicht zu bleischwer essen, da ich in den Abendstunden noch ins Wasser gehen mußte; deutsches Essen, das bekanntlich nicht nur den Magen, sondern dazu die ganze Seele beschädigt, kam somit nicht in die engere Wahl. Andererseits ist es doch immer wieder faszinierend zu beobachten, wie Holländer, die diese Stadt besonders vor verschiedenen Feiertagen einkaufend heimsuchen, sich wie kleine Kinder über eine akzentfrei vorgebrachte, und damit auch erfolgreiche, Bestellung eines *Bratwürstchens* freuen können. Ich hingegen wollte gerade heute, aus den eben erwähnten Gründen, keine fetthaltigen, in einen Darm unbekannter Herkunft abgefüllten Schlachtereiabfälle zu mir nehmen. Ich entschloß mich, eine Pizza zu essen. In Angelos Pizzeria mit Straßenverkauf deutete ich auf eine lecker aussehende Pizza. Irgendein Angelo stellte die aufgebackene Pizza auf einem Pappteller vor mir ab, den Kaufpreis einfordernd. Als ich das Geld aus meiner Manteltasche holte, sah Angelo meine Axt aufblinken. Blitzschnell hantierte er mit einem Küchenbeil und zerteilte meine Pizza in mundgerechte Happen. *No problema, eh?* Ich bezahlte, Angelo ignorierend, meine Pizza, die auch eßbar war, ich mußte nur den Pappteller wegschmeißen. Inzwischen schlossen die Geschäfte in der Fußgängerzone. Man sah einige dumme, arrogante und aufdringliche Verkäuferinnen, die aus den Boutiquen herauskamen, um ihre Rundständer mit Ramschware in die Boutiquen hineinzurollen. Ich machte mich auf den Heimweg. Am Ende der Fußgängerzone standen ein paar bettelnde Penner vor einer sogenannten Trinkhalle herum, die gerade im Begriff waren, ein erneutes Rotweinwochenende auszurufen. Sie hörten während des Trinkens eine Fußballreportage, die durch ein plärrendes Transistorradio übertragen wurde. Zu Hause angelangt, ging ich sofort duschen und probierte anschließend meine eben erst käuflich erworbene

Badehose an, die, wie ich den aufgeklebten Preisetiketten entnehmen konnte, seit Jahren auf dem Rundständer ein Schattendasein geführt hatte und bereits zum vierten Mal preisreduziert worden war. Trotzdem, ein gutes Stück, dicker Stoff, eine robuste Kordel zum Zubinden, die die Möglichkeit des ungewollten Hinabrutschens praktisch gegen Null tendieren ließ. Schnitt und Farbe entsprachen vielleicht nicht unbedingt dem gerade vorherrschenden Geschmack und Designtrend, aber schließlich war ich auch schon seit zig Jahren nicht mehr in einer Badeanstalt gewesen. Ich hatte nun noch zwei Stunden Zeit, bevor ich gehen mußte. Naturgemäß sah ich mir ein Splattervideo an, um nicht einzuschlafen. *Das Werkzeug* hatte ich schon zu oft gesehen, *Deep Cut* schied aus, weil ich Operationssäle hasse, gewissermaßen bis aufs Blut, letztlich fiel meine Wahl auf *Damiens' Vierteilung*. Die historischen Fakten der Hinrichtung Robert François Damiens' dürften jedem zumindest aus Foucaults *Überwachen und Strafen* hinlänglich bekannt sein. Der Regisseur des Splattervideos hielt sich nur in groben Zügen an die historische Vorlage. Der bemitleidenswerte Verurteilte wurde durch einen Zombie ersetzt, um die Zensurbehörden auszuschalten. Fast der gesamte Film handelt von der unappetitlichen Hinrichtung, die wirklich in allen Einzelheiten gezeigt wird. Das grölende Hinrichtungspublikum besteht ebenfalls aus Zombies, die Rolle Casanovas während der Vierteilung wird etwas übertrieben hervorgehoben, auch die Kostüme sind historisch nicht ganz abgesichert. Nach dem Konsum dieses Splattervideos war ich mir jedoch sicher: *Mir konnte heute nichts Schlimmeres passieren.* Ich zog mich an und machte mich auf den Weg zur Badeanstalt, um mich in der dortigen Cafeteria mit Mathilde zu treffen. Irgendwie hatte ich ein flaues Gefühl in der Magengegend, welches aber von *Damiens' Vierteilung* herrühren konnte. Ich traf rechtzeitig, eigentlich sogar vorzeitig, im Foyer der Badeanstalt ein. In meiner Zeitplanung hatte ich der eventuellen Anwesenheit anderer Badewilliger keinerlei Bedeutung beigemessen; nun stand ich in einer endlos wirkenden Schlange vor der Kassa der Badeanstalt. Ein gemischtes Publikum wartete hier geduldig. Jogginganzugträger mit Kühltaschen, übermäßig geschminkte Frauen mit plärrenden Kindern, Rentner, die sich keinen Frühjahrstrip nach Mallorca leisten konnten. Die meisten sahen mich, ein gewisses Befremden verspürend, an. Nach zehn Minuten bemerkte ich endlich den Grund: ich hatte gewohnheitsmäßig, da ich sonst nirgendwohin ging, meine Holzfällerausrüstung mit mir geführt. An der Kassa gereichte mir dieser Umstand zum Vorteil, den horrenden Eintrittspreis nicht zahlen zu müssen, da man mich für den langerwarteten Handwerker hielt. Ich hätte doch gar nicht in der Schlange warten müssen, so die Kassiererin, sondern hätte umgehend den inneren Badebereich betreten können, der Herr Hausmeister warte dortselbst in seinem Büro auf mich. Ich aber nicht auf den Herrn Hausmeister, so dachte ich hier im Umziehkabinenbereich. Meine Holzfällerausrüstung schloß ich sofort in einen der bereitgestellten Spinde ein. Seit ich zum letzten Mal eine Badeanstalt besucht hatte, war nicht nur der Eintrittspreis geändert worden: Die Umziehkabinen für Damen und Herren befanden sich nun im selben Trakt, genauer: es gab nur einen einzigen Umziehraum. Mein Umziehen ging sehr schnell vonstatten, da ich meine neue Badehose bereits unter der Hose trug. Ich stopfte meine Bekleidung schnell in den Spind zu meiner Holzfällerausrüstung, brachte das Vorhängeschloß an, befestigte das Schlüsselband an meinem Handgelenk und betrat doch noch eine Minute vor neunzehn Uhr den Badebereich dieser Badeanstalt mit meinem neuen Handtuch am Arm. Auch hier hatte sich in den letzten Jahren einiges verändert: Das Innere dieses Bades sah nicht mehr wie der Kurbereich einer Heilanstalt aus, sondern Palmen, Sand, Sonnenschirme und künstlich erzeugte Wellen sorgten für einen eher mediterranen Eindruck. Ich mußte sofort an Hegels *Phänomenologie des Geistes* in spanischer Sprache denken, eben an den sogenannten mediterranen Hegel, nicht an den deutschen. Ich passierte einige Kühltaschenträger, die auf dem Weg zur Sauna waren, und fand die Cafeteria nach kurzer Suche. Mathilde saß direkt im Fluchtpunkt der Eingangstür. Ich hätte sie fast nicht erkannt, da sie ihre meterlangen Haare zusammengesteckt unter einer schwarzen Gummikappe trug; untrügliche Erkennungsmerkmale waren jedoch die Rauchringe und die Spielkarten in ihren Händen. Ich sei ja noch einigermaßen pünktlich, so die junge Kettenraucherin, mich begrüßend. Aber, was denn das sei? Man könne den Retrolook auch übertreiben, sie selbst habe eine derartig altmodische Badehose noch nie gesehen, jedoch als Gag sei dieses Modell keine schlechte Idee. Was ich denn von ihrem Badeanzug halte, fragte Mathilde, nun ihren Stuhl verlassend und sich mehrmals um die eigene Achse drehend, damit ich alle Seiten in Augenschein nehmen konnte. Sie hatte sich in einen schwarzen Gummibadeanzug geklemmt und wollte meine Meinung dazu hören. Ich ballte die rechte Faust, ließ den Daumen aufrecht herausschauen und hob die Faust dreimal. Na, ihr Aufzug scheine mir ja zu gefallen, so Mathilde. Dies sei übrigens Latexmaterial, es sitze total hauteng, sei aber zum Schwimmen nicht geeignet, da sich darin das Wasser sammle und nicht mehr ablaufe, so Mathilde. Schwimmen fällt heute somit ins Wasser, dachte ich. Nun müsse man über den Brief reden, so Mathilde drohend, denselben unter den abgelegten Karten hervorzaubernd.

Was ich mir eigentlich dabei gedacht hätte, ausgerechnet *ihr* eine Rechnung über vier Stunden psychotherapeutische Sitzungen à zweihundert Mark zu schicken, das sei wirklich der Gipfel! Nur weil sie sich so gerne mit mir unterhalten habe! Außerdem habe sie sich nur dreieinhalb Stunden mit mir unterhalten, so Mathilde klarstellend. Gegen den Preis könne man fast gar nichts sagen, da habe sie schon wesentlich mehr bezahlt. Dieser Brief sei so dreist und gehässig, von unbeschreiblicher Gemeinheit und Boshaftigkeit, dafür könne man kaum Worte finden, selbst sie nicht, so Mathilde. Unterfrankiert wäre dieser Brief zudem auch noch und diese scheußliche Briefmarke mit der Wallfahrtskapelle Altötting, sowas könne doch nur ein gestörter Geist auf einen Brief an eine Frau kleben, so Mathilde. Mein Brief habe aber auch etwas Gutes; sie wisse jetzt endlich, wie ich, also ich, heiße, sie habe sich nämlich nicht getraut, mich selbst zu fragen, die anderen hätten naturgemäß meinen, also meinen, nicht Mathildes, Namen auch nicht gekannt. Scheinbar wisse niemand im ganzen Fachbereich meinen, immer noch meinen, nicht Mathildes, Namen, so Mathilde. Ich konnte mich beim besten Willen nicht mehr an den Namen erinnern, den ich als Absender auf den Briefumschlag geschrieben hatte, es war entweder meiner oder irgendein anderer Name, so dachte ich hier, mit dieser lächerlichen Badehose bekleidet mir die Predigt dieser Gummifee anhörend. Sie, also Mathilde, finde mich nett und unterhaltsam, obgleich, wenn sie genauer darüber nachdenke, habe sie mich noch nie sprechen gehört, ich übertriebe mein Nichtsprechen. Sie finde aber gerade meine sprachliche Zurückhaltung so positiv, da ihr das ganze hohle Gequatsche der meisten Männer, namentlich auch der Männer unseres Fachbereichs, langsam auf den Geist gehe. Immerzu sei die leere Rede von irgendwelchen namhaften Geistesgrößen, mit denen man gerade telefoniert habe, die man gestern getroffen habe, die man irgendwann gelesen habe oder von denen man auf jeden Fall schon gehört habe. Und immerzu dieses Sorbonne-Oxford-Bologna-Gefasel, das könne sie schon lange nicht mehr hören. Erfahrungsgemäß hätten diese sogenannten Austauschstudenten in den vorgenannten Universitäten nie auch nur einen einzigen Seminarraum von innen gesehen, diese dummen, arroganten und aufdringlichen Aufschneider; und nun zu dem Brief. Vor dem Schwimmen müsse diese Sache noch vom Tisch, so Mathilde. Jetzt wird also doch wieder geschwommen, dachte ich verwundert, aber vielleicht hatte Mathilde noch einen zweiten Badeanzug dabei. Sie, also Mathilde, sei zum Friedensangebot bereit, wo ich schon so pünktlich zum Treffen erschienen sei und man sich hier so nett unterhalte, also, sie sei bereit, meinen Brief als albernen Scherz aufzufassen und denselbigen in dem dortigen Aschenbecher den Flammen zu überantworten, falls ich einverstanden sei. Mathilde wartete erst gar nicht meine Reaktion ab, sondern steckte den Brief sofort in Brand. Dieses Problem habe man ja wirklich schnell vom Tisch bekommen, jetzt habe man noch Zeit, vor dem Schwimmen ein paar Runden zu watten. Mathilde begann mit dem Mischen der Karten; mehrere wiesen Brandlöcher auf, ich konnte jedoch beim Watten keine Systematik der Brandlöchervergabe entdecken. Überhaupt kam mir dieses Treffen paradox und mysteriös vor. Man traf sich in der Badeanstalt, um zu schwimmen, dann um nicht zu schwimmen, dann zum Watten mit anschließendem Schwimmen. Während des Kartenmischens behielt Mathilde die Zigarette im Mundwinkel, zusätzlich versuchte sie jetzt auch noch zu sprechen. Der Assistent habe sie nachmittags angerufen, der Erzbischof habe vorher ihn, also den Assistenten, angerufen, und dieser, also der Erzbischof, sei außer sich gewesen, so der Assistent am Telefon, so Mathilde. Spadolini habe sich vermutlich gleich heute frühmorgens am Kiosk im Hotelfoyer eine Tageszeitung gekauft, dortselbst habe er einen furchtbaren Artikel mit einem ihn entstellenden Foto erblickt, vielleicht sei es auch andersherum gewesen, vielleicht sei der Artikel entstellend, aber das Foto furchtbar gewesen. Jedenfalls habe Spadolini zusammen mit dem Autisten die Zeitungsredaktion gestürmt, um die beiden verantwortlichen Reporter dingfest zu machen; die Redaktionsräume hätten dadurch leichten Schaden genommen, so der Assistent am Telefon, so Mathilde. Der Erzbischof und der Autist wären beinahe in Abschiebehaft überstellt worden, wenn der Kommissar sie nicht davor bewahrt hätte, so der Assistent am Telefon, so Mathilde zusammenfassend. Diese Choleriker! Ich holte mir einen Kaffee in einem Getränkepappbecher, leider gab es keine Käsebrötchen. Wir watteten eine ganze Weile, die Situation war praktisch die gleiche wie in der Cafeteria der Universität, wie im Café am Holzplatz oder auch wie im Café am Viehofer Platz, eine vertraute Situation also. Ich verstand langsam meine vorherige Panik, meine Angst vor diesem Treffen nicht mehr. Ich mußte irgendwie wach bleiben, deshalb der Kaffee. Trotzdem wurde ich wieder müde. Ich konnte kaum die Karten halten. Wahrscheinlich drang wegen meiner plötzlich ausgebrochenen Schläfrigkeit die Lautsprecherdurchsage, es sei gleich zwanzig Uhr, und dann beginne die Nacktbadezeit, nur langsam in mein Bewußtsein. Mathilde war von der Durchsage sichtlich begeistert, ich dagegen stand unter Schock. Mathilde steckte sich nach der Wiederholung der Durchsage die Zigarette in den Mundwinkel, legte die Spielkarten ab, griff routiniert mit beiden Händen unter die Träger ihres Latexbadeanzuges, zog dieselbigen mit einer fließenden Bewegung hinunter, stand auf, zog den schwarzen Latexbadeanzug vollständig hinunter, legte denselben zerknüllt auf den Tisch und sagte, ich solle aufspielen, und was denn jetzt schon wieder los sei, warum ich sie so anstarre, ob ich noch nie gepiercte Brustwarzen gesehen hätte, und diese unmögliche Badehose hätte ich ja noch immer an, so Mathilde. Sie stand auf, zerrte mich vom Stuhl, mit der Absicht, mir dann sogleich die Badehose hinunterzuziehen. Eine Aktion, die mißlang, da dies ein Modell mit Kordel war. Das sei doch kaum zu glauben, so Mathilde, nackt vor mir stehend, ich solle jetzt endlich diese unheimlich häßliche Badehose ausziehen, die anderen Leute schauten ja schon amüsiert. Widerstrebend entledigte ich mich des überflüssigen Textils. Na bitte, es gehe ja doch, so Mathilde, Männer müßten aber auch immer einen unglaublichen Aufstand wegen jeder Kleinigkeit machen. Man werde jetzt noch die Partie zu Ende spielen und könne dann endlich schwimmen gehen, so Mathilde, den weiteren Verlauf des Abends festlegend. Nach dem Watten schwammen wir in der Tat fast zwei Stunden lang. Frauen, Fluten, Körper, so dachte ich während des Schwimmens mit Mathilde in dieser Badeanstalt. Die neugewonnene Bewegungsfreiheit war so natürlich, fast vergleichbar mit Holzfällen im Wald. Gegen zweiundzwanzig Uhr stellte die Badeanstalt ihren Badebetrieb ein, und wir gingen duschen. Wir duschten naturgemäß gemeinsam, da diese Badeanstalt nur über einen einzigen Duschraum verfügte, nicht unbedingt zur Freude aller. Ich mußte Mathildes Rücken waschen. Die Duschen gaben nur eiskaltes Wasser ab. Wir gingen zusammen in eine Umziehkabine. Mathilde quetschte sich wieder in ihre Latexhülle, darüber warf sie ein schwarzes Stoffminikleid und eine schwarze Jacke. Sie trug nur schwarze Kleidung, so dachte ich hier in der Enge der Umkleidekabine, meine Nietenhose und mein Holzfällerhemd überstreifend.

Während sich Mathilde vor einem riesigen Hollywoodspiegel die Lippen blutrot schminkte, befreite ich meine Holzfällerausrüstung aus dem Spind. Ob ich etwa heute noch zum Holzfällen gehen wolle, so Mathilde. Ich schüttelte den Kopf. Mathilde strahlte, sie hatte meine Gesellschaft für den kompletten Abend eingeplant, gerade jetzt sei es erst kurz nach zweiundzwanzig Uhr. Als wir die Kassenzone passierten, fragte mich die Kassiererin nach meinen Reparaturfortschritten, die Warmwasserversorgung der Duschen betreffend. Mathilde sagte spontan, sie habe noch nie so heiß geduscht wie heute. Die Kassiererin war zufrieden. Nach einem kurzen Fußmarsch erreichten wir Mathildes Domizil. Ich sollte auf jeden Fall heute noch mit hereinkommen, sie könne eine Nudeltüte kochen, man könne sich vielleicht gemeinsam ein Splattervideo ansehen oder eventuell zusammen etwas in Ludwig Wittgensteins *Das Blaue Buch – Eine philosophische Betrachtung (Das Braune Buch)* blättern, so Mathilde, die Haustür aufschließend und den weiteren Verlauf des gemeinsamen Abends umreißend. Als ich das Innere ihrer Wohnung betrat, fragte mich Mathilde nach meiner Beziehung zu Staub, wenn ich denselben möge, sei ich hier genau richtig, sie selbst hasse Staub bis zur Unfähigkeit, ihn beseitigen zu können. Sie betätigte den Lichtschalter und zeigte mir ihre Bücherecke, ihre Fernsehecke, ihre Schlafecke, ihre Sitzecke, ihren Schreibtisch, ihre Kochnische. Der Raum umfaßte etwa zwanzig Quadratmeter. Dazu komme noch das Badezimmer, so Mathilde. Zuerst müsse man jedoch die Jalousien an den beiden Fenstern herunterlassen, da man sonst von der Straße aus jede Bewegung beobachten könne. Ich fummelte an den Drehstäben herum. Die Jalousien seien nicht vollständig heruntergelassen, so Mathilde mit einem Griff zu den Drehstäben. Sie werde sich nun etwas frisch machen, ich könne mich ja inzwischen ein bißchen umsehen, so Mathilde, im Bad verschwindend. Naturgemäß sah ich mich am Bücherregal etwas um. Viele Bücher waren stark verstaubt, nicht dagegen Ludwig Wittgensteins Werke. Ich nahm *Das Blaue Buch – Eine philosophische Betrachtung (Das Braune Buch)* aus dem Regal und blätterte darin. Mathilde hatte sich an den Rändern der Seiten Notizen in italienischer und französischer Sprache gemacht, auch fand ich zwei, drei verstreute Bemerkungen in griechischer Sprache, genauer: in altgriechischer. Mathilde betrat überraschend wieder den Raum. Sie trug nun einen glänzendschwarzen Kimono, ihr Haar hatte sie hochgesteckt. Namentlich Wittgenstein scheine mich wohl ebenfalls unendlich zu faszinieren und auch praktisch zu fesseln, so Mathilde. Sie zündete auf dem zu ihrer Sitzecke gehörigen Tisch zwei Kerzen an, dadurch wirke es zum Essen gemütlicher, so Mathilde, sich eine Zigarette über der Kerzenflamme ansteckend. Das Wasser für die Instantnudeln kochte endlich. Nun müsse man nur noch fünf Minuten warten, so Mathilde, mich aus dem Off ihrer Kochnische informierend. Nach fünf Minuten saßen wir in der Tat vor zwei brennenden Kerzen in der Sitzecke, jeder einen Teller eines aufgekochten Instantnudelgerichtes verzehrend. Die Nudeln waren gar nicht so schlecht, aber nach zwei Stunden ausdauerndem Schwimmen und einem Fußmarsch konnte man fast alles essen. Ich hatte Romantik in Form von Kerzenschein schon immer gehaßt. Mathilde reichte zum Mahl einen Rotwein vom örtlichen Billiganbieter; beim Anstoßen fiel ihr auf, daß ich noch immer meinen Mantel anhatte, welchen ich auszog und zu meiner Holzfällerausrüstung legte. Mathilde steckte sich eine neue Zigarette über der Kerzenflamme an, nervös blies sie ein paar wohlgeformte Rauchringe in die Luft. Irgendwie sei das jetzt eine komische Situation, so Mathilde.

Man sei heute zusammen geschwommen, man habe zusammen geduscht, man habe zusammen gespeist, man habe zusammen gewattet. Und ich hätte bis jetzt immer noch nichts gesagt, was sie einfach nicht verstehen könne, sie warte bereits die ganze Zeit darauf. Man könne selbstverständlich noch ein paar Stunden hier herumsitzen und sich anschauen, so Mathilde. Ich stand auf, ging zum Bücherregal, griff blindlings ein Buch heraus und hatte Hölderlins *Hyperion* in der Hand. Mathilde näherte sich mir, sie stand jetzt so dicht neben mir, daß ich den Duft ihres Haares wahrnehmen konnte. Es roch nach Chlor, Gummi, Tabak und Nudeln in Tomatensauce. Sie warte immer noch, so Mathilde. Das Ich hat einen Kern, der durch Sprache geformt ist, das Unbewußte ist wie eine Sprache strukturiert, so dachte ich hier. Ich begann zu sprechen, genauer: Ich begann *wieder* zu sprechen, nach Jahren der völligen Sprechabstinenz, zum ersten Mal seit dem Wiener Zwischenfall. Ich mußte jetzt sofort sprechen. *Quítate ya los trajes, las señas, los retratos; yo no te quiero así, disfrazada de otra, hija siempre de algo. Te quiero pura, libre, irreductible: tú. Y vuelto ya al anónimo eterno del desnudo, de la piedra, del mundo, te diré: Yo te quiero, soy yo.* So sprach ich also, als ob man mir einen Korken herausgezogen hätte. Ich war kaum zu bremsen gewesen. Mathilde strahlte übers ganze Gesicht. Sie habe noch niemals eine so poetische Liebeserklärung erhalten, wenn auch diese Zeilen ursprünglich von Pedro Salinas stammten, so Mathilde, mich nun fest umarmend. Ehe mir bewußt wurde, was ich da gesagt hatte, preßte Mathilde bereits ihre Lippen auf die meinen und ließ wie ein Reptil, das eine besonders fette Fliege aufgespürt hatte, ihre Zunge warm in meinen Mund gleiten. Ich hatte mich schon seit Jahren nicht mehr so geekelt. Mathilde bemerkte meinen anfänglichen Abscheu nicht, da sie während des Küssens ihre Augen geschlossen hielt. Die junge Kettenraucherin sah aus so großer Nähe betrachtet gar nicht mehr so jung aus. Ich selbst saß in der Falle und wehrte mich nicht. Mathilde zog nun den Gürtel ihres Kimonos auf, unter welchem sie nur die Bekleidung trug, die sie sonst nach zwanzig Uhr in der Badeanstalt anhatte. Ich hatte nun eine Aufgabe zu erfüllen. Um fünf Uhr morgens war ich entlassen. Mathilde zündete sich eine Zigarette an. Ein unheimlich blödes Klischee, das durch den Besuch von Martin R. Deans Schreibseminar an unserer Universität hätte vermieden werden können, aber ich bin nicht hingegangen, da ich mir meinen Schreibstil nicht ruinieren lassen wollte. Ich mußte neben Mathilde eingeschlafen sein, denn ich träumte plötzlich wieder von *Irmas Injektion.* Im Gegensatz zum üblichen Ausgang des klassischen Traumes, dem Erscheinen dieser merkwürdigen chemischen Formel, wurde Irma diesmal durch eine Lötlampe verletzt. Sie schrie ohrenbetäubend. Kurz darauf wurde ich wach und mußte zu meiner Verblüffung registrieren, mein eigenes ohrenbetäubendes Schreien zu hören. Mathilde hatte sich, mit der brennenden Zigarette einschlafend, an mich gekuschelt und mir so eine ordentliche Brandwunde verpaßt. Mathilde bekam davon nichts mit, sie schlief fest. Ich nahm ihr die Zigarette aus dem Mund und drückte sie am Bettrahmen, wo sich schon viele Brandstellen befanden, aus. Scheinbar eine Pyromanin, so dachte ich jetzt, durch ihre Unachtsamkeit wird sie nochmal irgend etwas anstecken. Mathilde hatte sich indessen ihren rechten Daumen in den Mund gesteckt und schlummerte zufrieden. Eine erwachsene Daumenlutscherin! Wer am Daumen nuckelt, schnarcht nicht, so tröstete ich mich. Ich mußte jetzt auch unbedingt ein paar Stunden schlafen, da am Sonntag, und damit gewissermaßen heute, das Benefizfußballspiel zugunsten der Aachener Heilanstalt stattfinden sollte. Ich schlief schnell ein. Diesmal träumte ich die Originalversion von *Irmas Injektion.* Um neun Uhr, Mathilde nuckelte immer noch entspannt, stand ich auf, um Frühstück zu machen. In der Kochnische herrschte ein unbeschreibliches Durcheinander. Ich fand das Kaffeepulver im Kühlschrank. Bald vernahm ich erst ein Rascheln, dann ein Türpoltern, die Abortspülung, das Wasserrauschen der Dusche. Zwanzig Minuten später saß eine gut erholte Mathilde mit ihrer ersten Schale Kaffee des Tages vor mir. Sie sei eigentlich kein Morgenmensch, so Mathilde die Konversation beginnend, ihre Stunde komme eher nachts. Die Nacht übrigens, die sei sehr nett gewesen, obwohl einige Punkte noch durchaus verbesserungswürdig seien, da müsse man demnächst noch dran feilen, sie habe zwar nicht viele Vergleichsmöglichkeiten, aber doch einige Erfahrungen. So sei sie zum Beispiel früher einmal mit dem Stimmenimitator verbunden gewesen, aber auch mit dem Kulterer, der sogar jetzt noch ihr schwarzes Sakko trage, wie mir sicher an der für Herren seitenfalschen Knöpfung desselben aufgefallen sei, danach sei sie eine Weile mit dem Assistenten befreundet gewesen, aber auch unser Herr Professor habe ihr ein Angebot unterbreitet, das sie nicht so einfach habe ablehnen können. Sie habe zwar von der De-Sade-Lektüre des Herrn Professors gehört, sich die ganze Sache, so Mathilde wörtlich, aber ganz anders vorgestellt. De Sade *lesen* oder de Sade *leben,* das sei etwas vollständig anderes, der Unterschied sei etwa so groß wie der zwischen geistiger und körperlicher Tätigkeit. Sie sei vom Herrn Professor tagelang gefesselt festgehalten worden, und hinterher habe sie wochenlang nicht mehr sitzen können. Überall habe sie blaue Flecken gehabt, sie habe ihrem Hausarzt eine ganze Bibliothek voller Märchen erzählen müssen, die er aber offensichtlich alle nicht geglaubt habe. Ihr Hausarzt habe ihr dringendst geraten, Anzeige zu erstatten, bevor sie symptomfrei sei, damit man diesen üblen Gewalttätern, so Mathildes Hausarzt wörtlich, so Mathilde, endlich ihr Handwerk legen könne. Der Herr Professor habe ihr dafür blanco ein paar sehr schöne Leistungsnachweise unterschrieben, sodaß sie sämtliche benötigten Scheine noch in der Regelstudienzeit dem Prüfungsamt habe vorlegen können; eine Mitteilung, so Mathilde, die naturgemäß streng vertraulich sei, sie würde im Ernstfall alles abstreiten, was sie mir gerade gebeichtet habe, und außerdem würde ich ja eh entweder nichts sagen oder spanisch sprechen, was hier ohnehin keiner verstehe, so Mathilde, ein Marmeladenbrot verschlingend. Sie habe Marmelade eigentlich immer gehaßt, versicherte mir Mathilde, aber sie brauche jetzt Energie für das Benefizfußballspiel zugunsten der Aachener Heilanstalt. Als sie ihre Beziehung zum Herrn Professor beendet habe, sei sie namentlich von Männern erst mal bedient gewesen. Sie habe sich eines Abends total aufgetakelt und eine dieser Kennenlernparties in der Universität besucht. Wenige Minuten nach ihrem Eintreffen auf dieser total überfüllten Party habe sie sogleich eine ebenso aufgedonnerte, aber auch sehr gutaussehende Frau ausgemacht, die sie unter dem Vorwand, einander bereits in dem Seminar *Russ Meyers Bildästhetik und Filmsprache* begegnet zu sein, angequatscht habe, so Mathilde. Erst habe die ganze Sache, so Mathilde wörtlich, nicht so gut funktioniert, doch nach der Party habe man hier, genau in der gleichen Art wie wir beide gestern abend, gemeinsam Nudeln verzehrt und Rotwein getrunken. Man habe sich schließlich gegenseitig sehr sympathisch gefunden, nur habe Jenny am nächsten Morgen einen wirklich grauenhaften Kaffee gekocht, *el café sabíal fatal,* so Mathilde wörtlich. Mein Gesicht war immer länger geworden, nun schlug mein Kinn langsam auf dem Frühstücksteller auf. Ich kannte Jenny dem Namen nach. Jenny war eine der Sekretärinnen unseres Fachbereichs. Jedenfalls jetzt. Meine junge und doch nicht mehr so junge Kettenraucherin fiel über das nächste Marmeladenbrot her, weitere Kräfte sammelnd. Gleichzeitig versuchte sie, sich eine Zigarette anzuzünden. Wenn ich wolle, könne ich ja eben duschen gehen, sie werde inzwischen etwas Adäquates zum Anziehen für das Fußballspiel heraussuchen, so Mathilde. Ich ging ins Badezimmer. Es war unbeschreiblich. Es ist einfach unglaublich, welche Badezimmer in deutschen Wohnungen, toleriert von den Baubehörden und vom Gesundheitsamt, existieren, so dachte ich hier, auf dem Abort sitzend. Zum Duschen mußte man praktisch die Schuhe anlassen. Als ich wieder ins Zimmer kam, trug Mathilde eine kurze schwarze Sporthose, ein Trikot, Stutzen und Fußballschuhe; sie fütterte eine Ratte mit den Resten ihres Marmeladenbrotes. Ich konnte nicht mit dieser Opabadehose an dem Benefizfußballspiel zugunsten der Aachener Heilanstalt teilnehmen, ich mußte also gleich noch bei mir zu Hause vorbeigehen, so dachte ich jetzt. Mathilde reichte mir genau in diesem Moment einen Sportdreß herüber. Dieser sei zwar vom Kulterer, aber wir hätten ungefähr dieselbe Größe, außerdem sei dieses Trikot vor kurzer Zeit von ihr einer Waschmaschinenwäsche unterzogen worden. Angewidert zog ich die Sportbekleidung des Kulterers über. Die Hose war etwas zu eng, das Oberteil schlabberte. Das werde sich eintragen, so Mathilde, genauso dümmlich, arrogant und aufdringlich redend wie die meisten Boutiquenverkäuferinnen. Wir warfen unsere Mäntel über. Mit kurzer Sporthose und langem Wintermantel bekleidet gab ich eine gute Exhibitionistenparodie ab, aber der Weg zur Sportanlage der Universität führte an keinem Park vorbei, und Mathilde befand sich in meiner Begleitung; auf ihre Anregung hin hatte ich auch meine Holzfällerausrüstung in ihrer Wohnung zurückgelassen. Die ganze Stadt war mit Werbeplakaten für das Benefizfußballspiel zugunsten der Aachener Heilanstalt geradewegs zugepflastert. Dieses jährlich stattfindende sportliche Großereignis, das vom Rektor der Universität veranstaltet und von Giottos Pizzakette, der katholischen Kirche und der Firma Maserati S.p.A. gesponsert wird, findet jedes Jahr eine größere Akzeptanz beim Publikum. Kurz vor der Sportanlage hatte sich bei unserem Eintreffen schon eine Art Volksfeststimmung breit gemacht. Automobile, die auf dem Gehsteig parkiert waren, komplette Familien auf Wanderschaft, Imbißbuden, Krimskramsstände. Auf dem universitären Sportplatz selbst war gerade ein Cheerleaderwettbewerb in vollem Gange. Das Benefizfußballspiel zugunsten der Aachener Heilanstalt sollte erst in etwa einer Stunde angepfiffen werden. Vor den Umkleidekabinen waren bereits die uns wohlbekannten Maseratis parkiert, außerdem Automobile aus Frankfurt/M., Berlin und Bochum. Da wir schon umgezogen waren, gingen wir naturgemäß nicht zu den Umkleidekabinen, sondern zur Cafeteria der Sportanlage der Universität direkt neben der Sporthalle. Dortselbst, also in der Cafeteria der Sportanlage der Universität, saßen der Kulterer und der Stimmenimitator, auf uns wartend. Man habe schon seit über zwei Stunden hier warten müssen, so der Kulterer und der Stimmenimitator *unisono* nörgelnd, in der Zeit hätte man weitaus wichtigere Dinge ausführen können. Als ich meinen Mantel auszog, erntete meine Sportbekleidung die ungeteilte Aufmerksamkeit des Kulterers. Erst blickte er mißtrauisch auf meinen Sportdreß, dann auf mich, danach auf Mathilde, die inzwischen einen belustigt-blasierten Gesichtsausdruck aufgesetzt hatte und damit signalisierte, in letzter Zeit viel trainiert zu haben. Der Kulterer schüttelte den Kopf. Wo man denn die ganze Zeit über gesteckt habe, der Autist sei schon bestimmt dreimal hier in der Cafeteria höchstselbst zugegen gewesen, um mit uns die Spieltaktik zu besprechen, hier herrsche sowieso dicke Luft, so der Stimmenimitator wörtlich, da der Erzbischof eine höllische Wut auf die Tagespresse habe; so aufgeladen habe er einen Kirchenmann noch nicht erlebt. Aber der Artikel in der Tagespresse sei in der Tat ein einziger Affront, so der Stimmenimitator, eine zerknitterte Zeitung unter einer Ansammlung von Getränkepappbechern hervorziehend. Ich schlug das Blatt auf, fand den besagten Artikel sehr schnell und las ihn durch, während Mathilde unter den spöttischen Blicken der anderen hinter mich trat und sich mit den Händen auf meinen Schultern aufstützte, um mir über dieselben zu sehen. Unter den Überschriften BESUCH AUS ROM – ERZBISCHOF ERGRIFFEN VON DER JESUSPLAGE befand sich folgender, von diversen dümmlichen Fehlern nur so strotzender Bericht, den ich hier aus juristischen Gründen naturgemäß nicht wörtlich, sondern ausschließlich sinngemäß, also paraphrasierend, wiedergeben kann. Hoher Besuch aus Rom weile *in unserer Stadt,* so war in der Tagespresse zu lesen. Der Erzbischof des Heiligen Stuhls, Monsignore Spadolini, sei gerade auf Deutschlandreise. Der Erzbischof habe die Universität besucht, da er geistig interessiert sei. Man habe das Münster besucht. Dort habe Spadolini seine *Ergriffenheit über die Plagen von Jesus deutlich gemacht,* so ungefähr die Tagespresse. Man habe auch noch weitere berühmte Bauwerke in Essen besichtigt. Spadolini, der aus Italien stamme, hacke in seiner *Freizeit gerne Holz und fahre einen Mazda Quattroposti,* so in der Tagespresse, aber nicht ganz wörtlich. Der Erzbischof, der mehrmals den Zustand unserer Professoren und den

Holocaust bedauert habe, eröffne am Sonntag das Fußballspiel für die armen Aachener Irren mit einer Segnung und einer Tombola. Für das leibliche Wohl sei gesorgt, es gebe Würstchen und heißen Kaffee vom Grill, so sinngemäß, also nicht völlig wörtlich, in der Tagespresse. Das zum Artikel abgedruckte Foto zeigte unseren Geistlichen, der geistesabwesend die rechte Hand hob, was man leicht als Hitlergruß deuten konnte, außerdem sah er aus wie Don Camillo, der monatelang im Wasser gelegen hatte. Das sei ja wirklich widerlich, so Mathildes Kommentar, sie könne jedenfalls verstehen, warum der Erzbischof bei Inaugenscheinnahme dieser Schmierereien in die Luft gegangen sei wie eine Rakete, warum ihm die Sicherungen durchgebrannt seien. Spadolini habe sich übrigens in erster Linie über das mißlungene Foto maßlos aufgeregt, so der Stimmenimitator. Die vielen Fehler und Sinnentstellungen habe der Erzbischof wahrscheinlich nicht einmal bemerkt, er habe für die deutsche Sprache Gott sei Dank nicht das reine Bewußtsein, so der Stimmenimitator. Selbst der Kulterer gab nun einen äußerst kritischen Kommentar zur Tagespresse ab. Er sei am gestrigen späten Nachmittag noch einmal kurz in der Redaktion gewesen, wo man nach dem Spadolini-Massaker gerade mit den Aufräumarbeiten beschäftigt gewesen sei. Er persönlich, also der Kulterer persönlich, sei eigentlich nur wegen des Blochartikels in der Redaktion aufgetaucht. Er habe jedenfalls in diesem totalen Chaos, das in der Redaktion der Tagespresse gerade in diesem Moment *anweste,* um es mit Heidegger auszudrücken, gefragt, ob denn sein Blochartikel jetzt endlich gedruckt werden würde, schließlich habe er für diesen relativ kurzen Artikel *Das Prinzip Hoffnung* vollständig durchgeackert, so der Kulterer wörtlich, auch *Subjekt/Objekt* und die mehrbändigen *Leipziger Vorlesungen* habe er gelesen, nur für diesen einen Artikel. Man habe ihn mit Unverständnis angesehen, sein Manuskript sei sehr interessant gewesen, jedoch habe hier niemand, auch der Herr Chefredakteur nicht, irgend etwas über Ernst Bloch gewollt, man habe ausdrücklich, und da sei sich sogar die Redaktionssekretärin absolut sicher, einen Artikel über Robert Bloch, den Autor von *Psycho,* angefordert, so der Chef vom Dienst, auf eine über zwölftausend Mark teure Leica tretend, die allerdings schon vollständig zertrümmert war, so der Kulterer frustriert berichtend. Er werde jedenfalls für dieses volksverdummende Schweineblatt, so der Kulterer wörtlich, nicht mehr arbeiten. Da könne man sich ja genausogut mit einem Hut in die Fußgängerzone setzen, und was er schon immer gehaßt habe, so der Kulterer, sichtlich erzürnt über Mathildes Streicheln meiner Hände, seien Turteltäubchen, die habe er schon immer *bis aufs Blut gehaßt,* so der Kulterer. Mathilde hatte offensichtlich kein Alleinrecht auf diese Formulierung, so dachte ich hier, auf meinem Stuhl sitzend und mich mental auf das bevorstehende Fußballmatch einstellend. Endlich betrat auch der Autist in Begleitung eines grauhaarigen Herren mit Bierbauch die Cafeteria. Dies sei Dino Zoff, so stellte er uns den älteren Herren an seiner Seite mit einigem Stolz vor. Niemand hier an diesem Tisch wußte, wer Dino Zoff sein sollte, entsprechend blieb eine Reaktion unsererseits aus; der Kulterer betonte hingegen nochmals seine absolute Abneigung Turteltäubchen gegenüber. Dino Zoff sei in den Siebzigerjahren der beste Torhüter der Welt gewesen, so der Autist, er, also Zoff, habe den Rekord des Keintorhereinkriegens gehalten. Des Keingegentorkassierens, verbesserte der Stimmenimitator. Dino Zoff sei soundsoviel Minuten, es waren sicherlich ein paar hundert, ohne Gegentor geblieben, und zwar in der italienischen Fußballnationalmannschaft, so der Autist weiter erläuternd. Wir begrüßten Zoff überschwenglich, das war unser Mann, unser Retter, so dachten wir spontan. Zoff holte sich ein deutsches Brötchen und Kaffee. Luhmann sei deshalb stinkesauer, so der Autist uns wörtlich während Zoffs Abwesenheit zuraunend. Aber Luhmanns Brillengläser seien dicker als Glasbausteine, so der Kulterer, im Tor sei das vielleicht eher nachteilig. Richtig, so der Autist, mehr als er im letzten Jahr kann man ja in neunzig Minuten fast gar nicht mehr hereinkriegen, und Dino sei eben ein guter Freund aus alten Turiner Zeiten, da habe er ihn einfach angerufen, Dino sei sofort abgereist, und nun spiele er für unsere Mannschaft, er werde unseren Kasten reinhalten. Sauberhalten, so der Stimmenimitator verbessernd. Ob sauber oder rein, das sei doch egal. Nein, das sei nicht egal, so der Stimmenimitator auf seiner Position beharrend. Dino spreche kein Wort der deutschen Sprache, so der Autist enthüllend, man müsse ihm alle Spielzüge in italienischer Sprache darlegen, aber das sei ja kein Problem. Kulterer und Stimmenimitator blickten unbeteiligt zu Boden. Der Autist erläuterte nachfolgend die Stärken und Schwächen der gegnerischen Mannschaft. Er habe sehr viele Gespräche geführt, sehr viele Leute gefragt, darunter sehr viele erstklassige Fußballexperten. Zwar habe der Gegner überraschend mehrere finnische Austauschstudenten aufgestellt, aber in Finnland werde normalerweise überhaupt kein Fußball gespielt, jedenfalls habe selbst er, der schließlich jahrelang, genauer ein Jahr lang, bei *Juve* gespielt habe, bisher nie etwas vom finnischen Fußballsport gehört. Wir dagegen hätten mit der Aufstellung Zoffs und Libudas den Gegner gleichermaßen, wenn nicht sogar im höheren Maße, verwirrt. Wirklich gefährlich werden könne uns nur der Mittelstürmer der gegnerischen Mannschaft, ein gewisser Bastürk; dieser habe während der Stadtmeisterschaften der türkischen Teestubenmannschaften in jedem Spiel mindestens zwei Treffer markiert. Er, also der Autist, habe seine Beziehungen spielen lassen und selbst die persönlichen Daten Bastürks in Erfahrung bringen können. Bastürk sei schnell im Antritt und schieße vornehmlich mit dem rechten Fuß; geboren vor dreiundzwanzig Jahren in der türkischen Stadt Batman, seit über zwanzig Jahren in Deutschland, Größe ein Meter siebenundsiebzig, Gewicht zweiundfünfzig Kilogramm, Schuhgröße neununddreißig, was aber scheinbar ein Übermittlungsfehler sei, so der Autist uns weiter informierend. Spadolini, der heute hochmotiviert in diese Begegnung gehe, werde versuchen, Bastürk möglichst frühzeitig durch ein ordentliches Foul auszuschalten, so der Autist die allgemeine Spieltaktik erläuternd; Bastürk sei praktisch schon ein toter Mann. Er selbst, also der Autist, werde von hinten als Libero die Bälle verteilen, Luhmann werde diesmal im Mittelfeld spielen, er habe ihn mit der Aussage getröstet, man stelle immer nur den schlechtesten Spieler ins Tor. Luhmann habe daraufhin geantwortet, man könne ihm doch nicht die Alleinschuld an allen zwölf Gegentoren in die Schuhe schieben, die Verteidigung sei einfach schlecht organisiert gewesen, habe praktisch als System nicht funktioniert, so Luhmann, so der Autist, der nun seinen alten Freund Dino Zoff, der zwischenzeitlich seinen Torwartsweater über und über mit Brötchenkrümeln bedeckt hatte, auf italienisch über unsere Strategie aufklärte. Ein Mädchen in Sportkleidung mit langen schwarzen Haaren näherte sich unserem Tisch. Sie wolle sich nur kurz vorstellen, sie sei Ermine Bastürk, die Spielführerin der Mannschaft des Socrates-Institutes. Sie gab ihrer Hoffnung auf ein faires Match Ausdruck, da dieses Spiel einzig und allein einem guten Zweck diene. Mehrere entsetzte Augenpaare blickten erst auf das Mädchen, dann auf den

Autisten und wieder hin und her. Verlegen rutschte der Autist auf seinem Stuhl von der einen Seite auf die andere, Schweißperlen bildeten sich auf seiner Stirn. Er schien sich in Luft auflösen zu wollen. Ermine Bastürk wirkte zutiefst verunsichert. Habe sie etwas falsch ausgesprochen, oder liege es an der häßlichen, kotzgrünen Sportbekleidung, die sie trage, für die sie aber nichts könne, die Trikotfarben seien schon im letzten Jahr festgelegt worden, damals habe sie gar nicht mitgespielt. Der Stimmenimitator wies auf das ursprüngliche Erwarten einer anderen Person hin, sonst sei alles in Ordnung. Als Ermine Bastürk wieder gegangen war, wurden doch einige Vorwürfe, den Informationsstand des Autisten betreffend, vorgebracht. Er habe doch nicht mit dem Einsatz von Frauen bei diesem Fußballspiel rechnen können, so der Autist seine Verteidigung einleitend und damit sogleich einen überaus bösen Blick Mathildes provozierend. Damals bei *Juve* hätten auch nur Männer gespielt, er wisse dies ganz genau, da man nach jedem Spiel immer zusammen geduscht habe, was er immer sehr gehaßt habe. Wenn er Informationen über einen gegnerischen Fußballspieler einhole, so frage er selbstverständlich nicht erst danach, ob dieser Spieler männlich oder weiblich sei, man frage bei einem Fogosch ja auch nicht, ob dieser aus Fisch bestehe, das setze man einfach voraus, so der Autist, sich krampfhaft um einen Vergleich bemühend. Das sei wirklich eine unglaubliche Geisteshaltung, so Mathilde entrüstet. Fehlender Teamgeist; unsere Mannschaft braucht keinen Gegner, die macht sich selbst kampfunfähig, so dachte ich hier auf meinem Stuhl. Nach und nach kam der Rest unseres Teams in sportlicher Aufmachung an unseren Tisch. Erzbischof Spadolini wurde über die Änderung der Situation Bastürk betreffend auf Ballhöhe gebracht. *Mädchen?* Er habe gerade andere Probleme, entgegnete

Spadolini verbittert, die ganze Welt lache über ihn; er müsse immerzu an dieses *'orrorfoto* in der Tagespresse denken. Auf jenem schaue er aus wie eine Wasserleiche. Er könne nirgendwo mehr *'inge'en,* das sei eine Schande, wenn er nicht gläubiger Katholik wäre, würde er sich jetzt umbringen, so der Kirchenmann. Er habe dieses *corpus delicti,* die über zwölftausend Mark teure Leica, in über sechstausend Einzelteile zerlegt und damit aus der Welt geschafft, was insgesamt ein teurer Spaß gewesen sei, und deswegen solle ihm jetzt keiner mit dieser Person namens Bastürk auf den Geist gehen, entweder man spiele Fußball, oder man spiele nicht Fußball, da müsse man ganz dogmatisch agieren, so der Berufskatholik. Und wenn er gleich am Spielfeldrand diese Reporter nochmals erblicke, könne er keine Garantie bezüglich seiner Reaktion geben. Im Vatikan sei er es gewohnt, vor der Veröffentlichung eines Portraitfotos um Erlaubnis gebeten zu werden, so Spadolini kräftig vom Leder ziehend. Amen, dachte ich auf meinem Stuhl. Nun suchte auch Luhmann das Gespräch. Er sei maßlos enttäuscht, in diesem Jahr nicht im Tor spielen zu dürfen, im Mittelfeld müsse er andauernd rennen, dafür habe er keine Kondition, er renne sonst immer nur zwischen seinen verschiedenen Textverarbeitungssystemen hin und her. Er spiele hier nur mit, weil er gerade jetzt ein Buch über das Fußballspiel als soziales System verfasse, so Luhmann. Er müsse ab der nächsten Woche einen ganzen Haufen unsinniger Seminare geben, und er spiele trotzdem hier mit, so der Assistent patzig, dieses Benefizfußballspiel zugunsten der Aachener Heilanstalt sei ausschließlich eine Frage der Ehre und sonst nichts; man könne das Fußballspielen nicht verwissenschaftlichen, da das System Fußballspiel erschöpfend mit drei Aussagen erfaßt werden könne, der Ball sei rund, ein Spiel dauere neunzig Minuten, und der nächste Gegner sei immer der schwerste, so der Assistent. Luhmann holte ein elektronisches Notizbuch aus seiner Trainingsanzugstasche, um seine Mitschrift anzufertigen und um die Quellenangabe zu diesen Thesen zu bitten. Diese sogenannten Thesen stammten sämtlich von Reichstrainer Sepp Herberger, so der Assistent, sich um eine konkrete Literaturangabe drückend. Habermas behauptete nun, Fußballspielen sei eine Form kommunikativen Handelns; Kittler hingegen wollte in einem seiner nächsten Aufsätze das Rauschen während des Fußballspielens näher untersuchen; der Dekan bot Kittler spontan einen Vertrag für mehrere Semester *Triest* an; Mommsen betonte die historische Bedeutung des Fußballsports gerade für das Ruhrgebiet. Immer reden, reden, reden, man müsse nun endlich handeln, so der Autist, das Startsignal zum allgemeinen Aufbruch gebend. Wir verließen die Cafeteria, um zum Fußballplatz zu gelangen. Auf dem Weg dorthin mußten wir mehrere Verkaufsstände passieren, unter anderem auch den des örtlichen Tierschutzvereins, der neben den üblichen gehäkelten Topflappen, gehäkelten Kissenbezügen und gehäkelten Abortpapierrollenüberzügen in diesem Jahr wieder gehäkelte Peymann-Püppchen, die mittels einer mitgelieferten Stricknadel gestochen werden konnten, anbot. Der Haß gegen Peymanns Inszenierung von Thomas Bernhards *Der Schein trügt,* in der Hitlers Schäferhündin Blondie in der engen Volière als Ersatz für den Kanarienvogel Maggi eine undankbare Rolle zu spielen hatte, war somit noch nicht abgeklungen, obwohl diese Inszenierung, die damals halb Wien zutiefst erschütterte und selbst in Westdeutschland Tausende von Leuten aus Protest auf die Straße trieb, schon Jahre zurücklag; genaugenommen mußte diese Aufführung in dem Jahr stattgefunden haben, in welchem Midland seinen Selbstmordversuch nach dem Fogoschessen bei diesen unerträglichen Eheleuten Auersberger in der Gentzgasse unternahm. Vor einem Würstchenstand sprach uns Schwester Barbara an: Sie sei eine Kollegin von Doktor Bob in der Uniklinik und arbeite dort auf der Intensivstation. Sie habe gerade einen Kunden auf der Intensiven, welcher Literaturprofessor sei: *das Koma.* Sie nannte uns den Namen. Es war unser Herr Professor. Sie habe aber jetzt keine Lust, über irgendwelche *Anamnesen* zu reden, sie sei nicht im Dienst und nur zu ihrem puren Vergnügen hier, so Schwester Barbara, sich den mit Currywurstsauce beschmierten Mund abwischend. Heute brauche sie wenigstens nicht selber zu kochen. Den Cheerleaderwettbewerb habe sie sich nicht angetan, da sie seit diesem grauenhaften Horrorfilm *Bloody Pompons* nur mit Entsetzen an Cheerleader denken könne. Auf das Spiel freue sie sich schon sehr, Doktor Bob solle ja auch mitmachen, habe sie soeben gehört, diesen aber hier noch nicht gesehen, so Schwester Barbara, immer weiterredend, redend, redend. Wir hingegen mußten jetzt handeln. In wenigen Minuten wurde das Benefizfußballspiel zugunsten der Aachener Heilanstalt angepfiffen. Bei schönem Wetter ist die Atmosphäre im Stadion eine recht angenehme, so dachte ich. Wir betraten den Platz. Die versammelte Zuschauermenge spendete frenetischen Beifall; man hatte sich bereits durch den Konsum unzähliger Becher Pils in Hochstimmung versetzt. Im Anstoßkreis trafen sich unmittelbar vor dem Anpfiff die beiden Spielführer, Ermine Bastürk auf Seiten der Gegner, der Autist auf unserer Seite, um sich die Hände zu schütteln und die Wimpel auszutauschen. Der Autist ergriff die Hand der gegnerischen Mannschaftsführerin in einer sehr festen, einen Aufschrei seitens Ermine Bastürks verursachenden Art und Weise. Schiedsrichter Horkheimer ermahnte den Autisten aufs schärfste. Man sei hier schließlich auf einem Fußballplatz, nicht in einer Ringerbude auf der Cranger Kirmes, so Horkheimer. Der Autist setzte eine Unschuldsmiene auf, das Orchester der Folkwanghochschule dilettierte irgend etwas aus dem Köchelverzeichnis; selbst diese Darbietung wurde mit Applaus in hohem Maße bedacht. Zusammen mit Pater Nidetzky segnete unser Erzbischof nun das Spielfeld, er ging gar in die Knie, um es zu küssen. Nach einer kurzen Verschnaufpause wurde das Spiel angepfiffen. Um es gleich vorwegzunehmen, es ging einiges in unserer Mannschaft schief. Hinterher ist viel in der Tagespresse darüber spekuliert worden, ob unsere Niederlage etwa mit dem mit neunundvierzig Jahren zu hohen Durchschnittsalter unserer Elf zusammenhing oder mit der Abwesenheit des Herrn Professors oder mit der Vergabe der Position des Schlußmannes an Dino Zoff. Die Gründe waren meiner Ansicht nach eher im fehlenden Training unserer Mannschaft, in der Unprofessionalität des Autisten bei der Spielvorbereitung und in Mathildes und meinem völligen Ausgepumptsein bereits zu Spielbeginn zu suchen. Anfangs funktionierte unsere Taktik noch einigermaßen. Spadolini foulte Bastürk sofort in der Frühphase und sah dafür Gelb. Libuda flößte dem Gegner zu Beginn der Begegnung noch einigen Respekt ein, nachdem er aber mehrere Bälle völlig amateurhaft verstolperte und nicht Gott, sondern zunehmend sich selbst umspielte, waren selbst die Finnen in der gegnerischen Elf vom Tod des echten Libuda überzeugt. Der Autist beorderte fast alles nach hinten mit der Intention, den typischen italienischen Mauerfußball wiederaufleben zu lassen. Inzwischen war jedoch die Abseitsregel geändert worden. In der neunten und zehnten Minute erzielten Tavaststjerna und Kuśniewicz durch energische Vorstöße aus der Tiefe des Raumes aus halblinker Position zwei Treffer in unmittelbarer Folge. Ein klassischer Doppelschlag. Der Autist reklamierte Abseits und erhielt Gelb. In der zwölften Minute übersah Luhmann einen Ball, der, von Bastürk geschossen, ungehindert in den rechten Winkel des Tors rollen konnte, da Zoff gerade den Cheerleadern nachschaute. Stimmenimitator und Kulterer gaben in der fünfzehnten Minute zu, der italienischen Sprache in keinster Weise mächtig zu sein; beide waren auf Zoffs Kommando *a destra* nach links gelaufen. Haavikko nutzte die Verwirrung, um den Ball an Zoff vorbeischiebend zum null zu vier in unserem Tor unterzubringen. Der Gegner ließ den Ball laufen; wir mußten nur noch fünfundsiebzig Minuten durchstehen. Luhmann verlor nach seinem Eigentor zum null zu fünf die Nerven und warf das Handtuch. Für ihn kam Kittler auf den Platz, der auch gleich in der zwanzigsten Minute die völlig freistehende Mathilde mit einer Flanke bediente, diese jedoch, also Mathilde, brach nach zehn Metern Laufen mit dem Ball zusammen und mußte außerhalb des Spielfeldrandes ärztlich versorgt werden. Sie habe plötzlich keine Luft mehr bekommen, so Mathilde später. In den fünf Minuten bis zur Wiedereinwechslung Mathildes schoß Bastürk das Leder noch zum null zu sechs in die Maschen, und Szczepanski führte beim null zu sieben einen schulmäßig ausgeführten Fallrückzieher vor. Wir hatten nur noch fünfundsechzig Minuten durchzustehen. Das Publikum lachte sich krankenhausreif über unser spielerisches Unvermögen. In der dreißigsten Minute kam der Assistent, der heute total ausgebrannt wirkte, zum ersten Mal an den Ball, als er denselben nach dem null zu acht durch Hyry aus dem Netz befreite. Der Autist schimpfte mit Zoff auf italienisch. Habermas war bis jetzt ein Totalausfall, auch mir fehlte es in jeder Hinsicht an Kondition, mein letzter Einsatz für Rapid Wien lag schließlich schon über zehn Jahre zurück. Trotzdem konnten wir, bedingt durch den Wiederanstoß nach dem null zu acht, in die gegnerische Spielhälfte vordringen. Nach einigem Gedribbel spielte ich den Ball zu Habermas, der ausnahmsweise das Leder sogar annehmen konnte und dieses weiter zu Kittler gab, der nun, mit dem Innenspann schießend, wiederum Mathilde mit einem Traumpaß bediente. Mathilde rannte mit dem Ball in den gegnerischen Strafraum und hatte nur noch einen Gegenspieler und Tormann Handke vor sich. Eine Standardsituation. Man muß mit einer geschickten Körpertäuschung am Abwehrspieler vorbei, um dann in der Regel seelenruhig aus zwei oder drei Metern Entfernung das Leder in die Ecke über die Linie zu schieben, die der Torhüter nicht abdecken kann. Mathilde stürzte allerdings zu Boden. Sie hatte eine klassische Schwalbe produziert. Max Horkheimer zeigte, ohne zu zögern, auf den Elfmeterpunkt, was starke Proteste seitens unserer Gegner auslöste. Haanpää und Hyry schrien den Referee auf finnisch an. Horkheimer verstand kein Finnisch, bediente sich jedoch seinerseits des Esperantos aller Fußballer: Er zückte zweimal die rote Karte. Haanpää und Hyry konnten sich in der fünfunddreißigsten Minute unter die Duschen begeben. Ein ehernes Gesetz im Fußballsport lautet, der Gefoulte, oder in diesem Fall die Gefoulte, soll niemals den Freistoß oder den Elfmeter ausführen. Immerhin hielt sich unsere Mannschaft wenigstens an diese Regel. Spadolini machte sich am Elfmeterpunkt bereit. Die Angst Handkes beim Elfmeter ist schon fast eine sprichwörtliche. Im letzten Jahr erzielte unsere Elf den einzigen Treffer durch einen vom Herrn Professor gegen Tormann Handke verwandelten Elfmeter. Handke war damals weggelaufen, diesmal blieb er stehen. Der Schiedsrichter gab den Ball frei. Spadolini nahm einen kurzen Anlauf und setzte nun seinen ganzen aufgestauten Haß gegen die Tagespresse und deren Wasserleichenfotos in eine wahre Granate um. Bomber Spadolini! Handke wurde mit dem Projektil zusammen in die Maschen gedrückt und stand nicht mehr auf. Die Schiedsrichterassistenten winkten aufgeregt einige Sanitäter herbei. Handke war bei dem Volltreffer offensichtlich von einem Knockout heimgesucht worden. Hinterm Tor schrie eine Gruppe von Zuschauern *Wiederholung!* Das Spiel war unterbrochen. Doktor Bob übernahm die Erstversorgung. Handke wurde vom Platz getragen und mit dem Rettungshubschrauber in die Uniklinik geflogen. Für Handke kam Ben Armstrong, ein Farbiger, ins Tor. Die Zuschauer skandierten immer noch *Wiederholung!* Immerhin stand es seit der sechsunddreißigsten Spielminute nur noch eins zu acht, wir holten langsam auf, außerdem führten wir in der Sparte Anzahl der Spieler auf dem Platz mit elf zu neun. Nach dem Wiederanstoß relativierte sich diese Rechnung, da Bastürk bei einem Angriff vom Erzbischof von den Beinen geholt wurde; Schiedsrichter Horkheimer fertigte Spadolini mit einer roten Karte ab und verwies ihn des Feldes. Der Erzbischof war wütend und verfluchte Horkheimer bis in alle Ewigkeit. Der daraufhin ausgeführte indirekte Freistoß, eine typische Standardsituation, führte zum eins zu neun durch Özoğuz. Die drei Minuten bis zur Pause brachten wir mit absolut destruktivem Gekicke hinter uns, wenigstens diese drei Minuten erinnerten etwas an den italienischen Mauerfußball der Siebzigerjahre. Während der Elfmeterwirren hatte der Autist vermutlich einen kleinen Italienischkurs mit dem Kulterer und dem Stimmenimitator abgehalten. Wie es den Anschein hatte, beherrschten die beiden gerade namentlich erwähnten nun wenigstens die wichtigsten Richtungsangaben auf italienisch. In der Halbzeitpause sprach niemand unseres Teams. Luhmann und Spadolini waren verschwunden. Mathilde rang nach Luft, wagte es nicht einmal, eine Zigarette anzustecken. Die Zuschauer praktizierten *la ola.* Verständlich. Für fünf Mark Eintritt hatten sie bis jetzt zehn Tore gesehen, mehrere häßliche Fouls, eine Schwalbe, drei rote Karten, und sie hatten viel Pils getrunken. Die zweite Halbzeit lief etwas besser für uns. Der italienische Abwehrriegel funktionierte jetzt einigermaßen, sodaß Zoff nur noch in der fünfundfünfzigsten, einundsechzigsten und siebzigsten Minute hinter sich greifen mußte. Bei diesem Spielstand von eins zu zwölf, demselben Ergebnis wie im Vorjahr, wurde die völlig atemlose Mathilde gegen Doktor Bob ausgewechselt, ich verließ den Platz für Mommsen, und der Dekan kam für Habermas ins Spiel. Die gegnerischen Spieler offenbarten nun ebenfalls große Konditionsdefizite. In der achtundachtzigsten Spielminute konnte der Assistent, der heute noch gar nichts gezeigt hatte, eine wirklich hervorragende Flanke auf Doktor Bob geben, der, ungedeckt, sich als Anspielstation geradezu anbot. Doktor Bob, der erst vor einer guten Viertelstunde eingewechselt worden war und deshalb noch über genügend Kraftreserven verfügte, dribbelte mit dem Ball über das halbe Spielfeld und beförderte das Leder durch die Beine von Ben Armstrong zum zwei zu zwölf in die Maschen. In der letzten Minute konnte Zoff mit einem Superweitabschlag, der von Mommsen abprallte, einen Konter einleiten, den der Autist mit dem Treffer zum drei zu zwölf krönte. Horkheimer pfiff ab. Die Schaulustigen skandierten *Wiederholung! Wiederholung! Wiederholung!* Viele Zuschauer beglückwünschten uns zu unserer wirklich lustigen Darbietung. Das Deutsche Rote Kreuz hatte sich nicht so amüsiert, man habe, so hörten wir später, während des Spiels eine Unzahl von Leuten versorgen müssen, die vor Lachen übergeschnappt seien, vor allem zu Beginn, als Luhmann noch auf dem Spielfeld *agiert* habe, um es mal so vornehm zu umschreiben, habe man alle Hände voll zu tun gehabt, so ein Sprecher des Deutschen Roten Kreuzes nach dem Abpfiff. Auch Schwester Barbara versicherte uns glaubhaft, schon lange nicht mehr so gelacht zu haben. Sie sei vornehmlich in der ersten Halbzeit praktisch nicht mehr aus dem Lachen herausgekommen, so Schwester Barbara wörtlich. Eigentlich habe sie das Fußballspiel schon immer gehaßt, das heutige jedoch, dieses habe sie sozusagen bekehrt. Auch Doktor Bob, der nach eigenen Angaben seit seiner Oxforder Zeit keinen einzigen Ball mehr getreten hatte, war nun überzeugt, am nächstjährigen Benefizfußballspiel wieder aktiv teilnehmen zu wollen. Er habe letztendlich Abwechslung bitter nötig; das permanente Herumschnippeln im OP, so Doktor Bob wörtlich, sei auf Dauer gesehen eintönig, immer wieder Mägen, Nieren, Blinddärme, er fühle sich oft wie ein Metzger, obwohl er nicht einmal Unfallchirurg sei. Der Zwischenfall mit Handke habe doch wieder die erheblichen Verletzungsmöglichkeiten des menschlichen Körpers anschaulich demonstriert. Der Mensch sei im Prinzip eine denkbar interessante Konstruktion, doch die Verwendung solcher Materialien wie beispielsweise Fleisch und Knochen zeugten von einer gewissen Unfertigkeit des Endprodukts. *Er* hätte sich vielleicht mit seiner Schöpfung etwas mehr Mühe geben sollen, so Dokor Bob. Darüber solle man keine Witze machen, er sei nämlich religiös, so der Autist. Doktor Bob verstummte. Wir waren schweißtriefenderweise auf dem Weg zur Cafeteria der Sportanlage der Universität, um nach dem Spiel unseren Wasserhaushalt wieder zu regulieren. Luhmann, Habermas, Kittler, Mommsen und Spadolini waren schlechte Verlierer, sie waren nicht mehr zu sehen. Der Rest der Mannschaft saß nun schweigend in der Cafeteria, ein Mineralwasser nach dem anderen trinkend. In der Endabrechnung konnten wir mit unserem Spiel zufrieden sein. Wir hatten dreimal so viele Treffer wie im letzten Jahr bei konstant gehaltener Gegentrefferzahl erzielt, obschon der Herr Professor nicht mitspielen konnte. Wir saßen jetzt auf unseren Stühlen, völlig ausgelaugt, zum Denken nicht mehr befähigt. Nach der dritten Flasche Mineralwasser betrat Schwester, also Krankenschwester Barbara die Cafeteria. Der Dekan hielt sie irrtümlich für eine Studentin, der er einen mehrere Semester andauernden Aufenthalt an der Universität *Triest* hätte aufschwatzen können. Schwester Barbara lehnte dankend ab, sie habe schon jetzt jeden Tag beruflich mit verstümmelten Körpern zu tun, mit *menschlichen* verstümmelten Körpern, so Schwester Barbara präzisierend, da könne sie sich nicht noch jeden Tag verstümmelte Tierkörper ansehen. Hier rieche es direkt penetrant nach Schweiß, so Schwester Barbara diagnostizierend, ihr mache dies normalerweise nichts aus, sie sei naturgemäß täglich in der Uniklinik ganz anderen Gerüchen ausgesetzt, aber, und das sollten wir bitte nicht persönlich nehmen, hier rieche es eben ganz extrem nach Schweiß. Sie könne sich des Eindrucks nicht erwehren, hier an diesem Tisch einige Verklemmte vor sich zu haben, die sich nur in ihren eigenen vier Wänden duschten; sie werde jetzt jedenfalls erst mal Erzbischof Spadolini suchen gehen, hoffentlich habe wenigstens dieser schon geduscht, so Schwester Barbara, uns vorerst verlassend. Müßte er eigentlich, er war bereits in der ersten Hälfte von Horkheimer unter die Dusche geschickt worden, so dachte ich ganz kurz auf meinem Stuhl. Schwester Barbaras tiefausgeschnittene weiße Bluse zierte beim Verlassen der Cafeteria ein kapitales Brandloch, was mich doch sehr verwunderte, da Mathilde momentan überhaupt nicht rauchte. Wir schwiegen uns noch eine Weile an. Der Dekan schwieg, der Assistent schwieg, der Kulterer schwieg, der Stimmenimitator schwieg, auch Zoff, der Autist, Libuda, Doktor Bob und Mathilde schwiegen. Ich sagte ebenfalls nichts. *Andiamo!*, sagte Mathilde zu mir, und wir gingen. Bei Mathilde angekommen, schloß diese ihre Haustür auf, ließ sich aufs Bett fallen und schlief auf der Stelle ein. Nach ein paar Sekunden nuckelte sie wieder am Daumen. Ich ging unter die Dusche; ein Kardinalfehler, wie sich sehr schnell herausstellte. Danach roch ich nach Seife, Mathilde aber wirklich sehr penetrant nach Schweiß. Ich setzte mich zum Schlafen auf einen Sessel der Sitzecke. Die Ratte bettelte um Futter. Ich holte ihr ein Stück Extrawurst aus dem Kühlschrank und füllte ihren Wassernapf auf. Dabei fiel mir Mathildes Brieftasche, die auf dem Tisch lag, ins Auge. Mathilde schlummerte tief und fest. Ich konnte es wagen. Ich wußte genaugenommen nichts über Mathilde, vor allem hatte ich keine Kenntnis von ihrem Geburtsdatum, ich hatte sie naturgemäß nicht nach ihrem Alter gefragt. Ich sah also, während Mathilde am Daumen lutschend ihren Träumen nachhing, in ihre Brieftasche. Ich fand ihren Paß. Ich war schockiert. Das Geburtsdatum versetzte mir keinen Schock. Mit diesem, hier in Mathildes Personalausweis abgedrucktem Datum hatte ich ungefähr gerechnet, doch neben dem Foto einer aufgeschlossen in die Kamera lächelnden Mathilde befand sich der Name Dulcinea, auch der Nachname war ein anderer. Mathilde lebte, rauchte, studierte, wattete und nuckelte unter falschem Namen, so wurde mir gerade bewußt. Mathilde war damit also nicht Mathilde, sondern Dulcinea, oder umgekehrt, Dulcinea war Mathilde, für mich jedoch, der ich Dulcinea naturgemäß bis zum jetzigen Zeitpunkt überhaupt nicht kannte, jedenfalls nicht unter diesem Namen, war Mathilde nun Dulcinea, nicht umgekehrt, Dulcinea war eine gewissermaßen mir völlig unbekannte Person, die ich genauestens, wenn auch unter falschem Namen, kannte, so dachte ich, hier in Mathildes/Dulcineas verkommener Wohnung stehend. Ich kann nicht behaupten, diese Entdeckung des *nom de guerre* Mathildes hätte mir die Sprache verschlagen, ich hatte schließlich schon seit Jahren fast ausschließlich geschwiegen, trotzdem war diese Aufdeckung doch eine mich zutiefst verunsichernde. Dulcinea, was sollte dieser Name denn bedeuten, vielleicht *kleine Süße?* Oder hatten ihre Eltern zuviel Cervantes gelesen? Ich setzte mich auf den verschlissenen Sessel und schlief schnell ein. Naturgemäß träumte ich von *Irmas Injektion.* Irma trug heute statt des üblichen Abendkleids eine Art Pelzmantel. Sie fühlte sich pelzig an. Nein, sie trug keinen Pelzmantel, sie hatte ein Fell. Irritiert erwachte ich aus dem Traum. Schlaftrunken sah ich mich um, das pelzige Gefühl blieb. Die Ratte hatte sich auf meiner Hand zusammengekuschelt und war dortselbst eingeschlafen. Morgens weckte Mathilde mich mit einem Kuß auf. Frisch geduscht und ausgeschlafen stand sie vor mir. Hoffentlich sei der Sessel nicht zu unbequem gewesen, zudem sei dieser eigentlich Sanchos Sessel, so Mathilde. Die Ratte lief somit unter dem Namen Sancho, doch unter welchem Namen lief Mathilde? Ich holte ihren Ausweis aus meiner Hosentasche und legte ihn auf den Tisch. Mathilde (?) fiel völlig in sich zusammen. Sie überlegte zehn Minuten, dann erzählte sie mir auf französisch eine wirre Geschichte von irgendwelchem Ärger im Ausland, den sie damals während ihrer Studien in Oxford (oder war es Cambridge?), nein Bologna, so glaube sie, gehabt habe. In Wirklichkeit heiße sie Gradiva, so laute ihr *Nom-du-Père.* Ich war fassungslos. Ich war auf eine etwas schizophrene Daumenlutscherin hereingefallen, die die Stirn hatte zu behaupten, mein Name, also Adrian Leverkühn, der sei doch wohl ebenfalls nicht unbedingt echt. Verdammt, ausgerechnet diesen Namen hatte ich auf den Brief an Mathilde geschrieben; ich mußte, während ich den Briefumschlag mit meinem Absender versah, unter einer vorübergehenden Geistesschwäche gelitten haben. Sie, also Mathilde oder Werauchimmer, meinte jedenfalls, was Namen anbelange, da stehe es jetzt eins zu eins, und wenn ich Lust hätte, so könne man morgen weiterspielen. Jetzt sei keine Zeit mehr. Man müsse nun zur Universität gehen, so Mathilde/Dulcinea/Gradiva. Wir gingen schweigend zu diesem rostbraunen Universitätskomplex. Sie, also Werauchimmer, ging in die UB, um sich dort Heideggers *Holzwege* auszuleihen, ich hingegen ging zum Büro des Assistenten, um seine Sprechstunde aufzusuchen. Im Flur unseres Fachbereichs hing das zweite ärztliche Bulletin. Es war mehrere Tage alt und bot nichts Neues. Am Büro des Assistenten angelangt, zog ich eine Nummer und reihte mich in die Warteschlange ein. Ich hatte Nummer zweitausenddreihundertundeinundvierzig gezogen, hoffentlich hatte man heute nicht mit Nummer eins begonnen, so dachte ich, hier auf diesem dunklen Flur in aussichtsloser Position Schlange stehend. Als der Assistent mich erblickte, winkte er mich zu sich heran. Ich brauchte doch nicht mit diesen anderen Fällen zusammen auf meine Verarztung zu warten, ich sei jetzt gewissermaßen Mitarbeiter und könne ihn somit jederzeit besuchen. Der Assistent informierte mich nun in seiner Sprechstunde über den Ablauf der Erstsemesterabrichtung. Ich müsse zur Grundkursvorlesung erscheinen, diese verfolgen und die dortselbst vorgetragenen Themen den Erstsemestern nochmals in der Erstsemesterunterrichtung vermitteln; in dieser Beziehung hätte ich aber völlig freie Hand, ich könne auch Texte aus dem den sogenannten Erstis bereitgestellten kiloschweren, die Vorlesung begleitenden Reader durchsprechen, so der Assistent. Er habe allerdings, und das sage er nur ungern, da man ja nicht alles glauben könne, was man so höre, also, er habe gehört, ich würde nie etwas sagen, also, genauer: Ich sei stumm. Ich schüttelte den Kopf. Ihm persönlich sei das egal, denn ob man den Erstsemestern etwas sage oder nicht, das Endergebnis sei exakt das gleiche, es sei auch völlig egal, ob ich die Erstsemestervernichtung verbal, nonverbal oder auf spanisch durchführen würde, so der Assistent. Wo hatte er das mit dem Spanischen denn her, so dachte ich, hier auf meinem Stuhl im Büro des Assistenten sitzend. Als ich gerade gehen wollte, rief mir der Assistent noch nach, ob ich eventuell mit einer Smith & Wesson umgehen könne. Ich verneinte nonverbal. Draußen vor der Tür beschleunigte ich meine Schritte, da die überwiegende Mehrheit der auf dem Flur Wartenden ein gewisses Stadium der Gewaltbereitschaft aufgrund meines angeblichen Vordrängelns erreicht hatte. In der Cafeteria war es wegen des heutigen Semesterbeginns unheimlich voll. Die Käsebrötchen waren bereits bei meinem Eintreffen ausverkauft. An unserem Tisch saß Mathilde (?) mit dem Kulterer und dem Stimmenimitator, die Tagespresse verschlingend. Mathilde begrüßte mich unter den mißgünstigsten Blikken der beiden gerade Erwähnten mit einem Kuß. Ich solle das mal lesen, so Mathilde, mir die Zeitung unter die Augen haltend. Ich sah die Überschriften SALZBURG: AMOKSCHÜTZE TÖTET SECHS MENSCHEN und MANN ZEIGT SICH IN SCHAMVERLETZENDER WEISE. Nein, nicht das, so Mathilde, den Artikel mit dem Spadolini-Bild. Mein Blick fiel auf die Überschrift ELF IM KOMA – BENEFIZSPIEL WURDE ZUR LACHBOMBE. Der Artikel war sogar einigermaßen gelungen, wir erfuhren alles über eine großartige Inszenierung von Spaßfußball, über betrunkene, randalierende Zuschauer und die Höhe des erwirtschafteten Geldbetrags zugunsten der Aachener Heilanstalt. Das dazugehörige Foto zeigte Erzbischof Spadolini mit verschmutztem Gesicht, der gerade entgeistert auf die von Referee Horkheimer gezückte (rote) Karte starrte. Das wird Spadolini nicht gefallen, so dachte ich, hier mit der Zeitung in der Hand neben unserem Tisch stehend, da kein Stuhl mehr frei war. Heideggers *Holzwege* sei in der UB nicht vorrätig gewesen, so Mathilde, den akademischen Diskurs des heutigen Tages eröffnend. Auch Heideggers *Unterwegs zur Sprache* habe sie in den Regalen nicht entdecken können, selbst Heideggers *Sein und Zeit,* das sie allerdings auch gar nicht habe ausleihen wollen, sei heute wegen mangelnder *Zuhandenheit* nicht ausleihbar gewesen, dieses Buch *weste* praktisch in der UB *nicht an,* so Mathilde wörtlich. Jetzt geht das wieder los, so dachte ich, hier am Tisch stehend, als nächstes wird einer sagen, er habe während seines Studienaufenthalts in Athen nur die neugriechische Übersetzung von Heideggers *Sein und Zeit* zur Verfügung gehabt, nicht die altgriechische. Und ich sollte fast richtig liegen. Der Stimmenimitator begann nun von seinem letztjährigen Griechenlandaufenthalt, den er unter anderem zum Lesen von Hölderlins *Hyperion* nutzte, zu berichten. Glücklicherweise kam zur Auflockerung Ödipa auf unseren Tisch zugesteuert. Sie trug heute eine schwarze Lederkorsage, einen Minirock im Kuhfelldesign und einen Kuhnasenring, dazu Overkneestiefel. Sie sei eben auf dem Flur von einem alten Sack angequatscht worden, dieser habe ihr einen langjährigen Studienaufenthalt in *Triest* aufdrängen wollen, weil sie so hart aussehe, so dieser alte Sack wörtlich, so Ödipa berichtend. Naturgemäß habe sie abgelehnt, sie habe zwar schon Extremtourismus mitgemacht, beispielsweise eine Busreise nach Mallorca zur Hauptsaison mit Vollpension im Dreibettzimmer, aber

Triest, das sei nichts für sie. Jeden Tag diese zermatschten Tiere sehen zu müssen, die mit gebrochenen Beinen noch auf Schiffe getrieben würden, das schlage ihr aufs Gemüt. Nur völlig geistlose Existenzen könnten sich solch grauenhafte Tiertransporte ohne bleibende Schäden täglich ansehen. Man habe ihr zwar versichert, der Hafen liege nicht im Blickfeld der Universität, aber man könne schließlich nicht alles glauben, so Ödipa. Ich hatte keine Lust mehr, hier in der Cafeteria herumstehen zu müssen, weil alle Stühle besetzt waren; so ging ich in die Universitätsbibliothek, die ich seit Jahren gemieden hatte. In der UB selbst hatte sich seit meinem letzten Besuch nichts geändert. In diesem Betonbau wird sich nie etwas ändern, in diesem zubetonierten Land wird sich nie etwas ändern. Ich setzte mich an ein Mikrofilmlesegerät, um den Standort einiger Bücher herauszufinden. Zwar gab es selbst hier schon einige Computer, diese rührte ich aber nicht an. Ich fand mit Hilfe der Mikrofiches schnell, was ich suchte. Ich ging zu den betreffenden Regalen, und – die gesuchten Bücher waren in der UB vorhanden und sogar ausleihbar! Diese Ungeheuerlichkeit mußte ich erst eine Weile auf mich wirken lassen, bevor ich die geheiligten Bücher mit meinen profanen Fingern anfassen konnte, um in ihnen zu blättern. Ich setzte mich vor das Bücherregal und starrte Freuds *Studienausgabe* an. Dort standen sie, paradeiserrot, alle zehn Bände und sogar der Ergänzungsband, säuberlich aufgereiht wie ein von weitem leuchtender Heiliger Gral und harrten meiner Ausleihbereitschaft. Ich konnte mein Glück nicht fassen. Zuerst aber bemächtigte ich mich Lacans *Écrits* und setzte mich damit vor das Freudregal. Lacans *Écrits* könne man immer wieder lesen, so der Herr Professor immer wieder empfehlend, vor allem Lacans neunzehnhundertdreiundfünfzig in Rom gehaltenen Vortrag *Fonction et champ de la parole et du langage en psychanalyse* könne man wirklich immer und immer wieder lesen, so der Herr Professor. Er wollte diesen Essay sogar verfilmen. Aus diesem Projekt ist aber nichts geworden, da ihm ein niederländischer Analytiker versicherte, dieser eben erwähnte Vortrag Lacans sei bereits von einer spanischen Filmemacherin verfilmt worden, deren Namen er leider vergessen habe, da er spanische Namen wegen der vielen Lispellaute nicht in seinem Bewußtsein abspeichern könne, so der Holländer. In diesem Zusammenhang sollte ich die große sprachliche Toleranz der Psychoanalytiker während des Kongresses in Rom erwähnen. Die Niederländer wurden dortselbst damals zum romanischen Sprachraum gezählt, obgleich der Abfall der Niederlande von Spanien bereits einige Zeit zurücklag. Vermutlich wollte man den Niederländern acht Jahre nach Kriegsende die Begegnung mit deutsch-österreichisch-katholisch-nationalsozialistischen Psychoanalytikern ersparen, so dachte ich. Kurz darauf mußte ich, von meinen tiefsinnigen Gedanken überwältigt, eingeschlafen sein, denn als ich wieder erwachte, waren alle elf Bände der Freudschen *Studienausgabe* dem Regal entnommen, mir blieben nur Lacans *Écrits.* Ich weiß nicht, wie lange ich in der UB schlafend zugebracht hatte; doch als ich dieselbige mit Lacans *Écrits* verließ, hatte die Cafeteria ihre Pforten geschlossen, draußen war es bereits dunkel geworden. Ich machte mich auf den Weg nach Hause, ich ging damit nicht zu Mathilde et al., sondern zu meiner Behausung. Freudlos steckte ich nun tief in einer Existenzkrise. Ich fühlte mich wie ein Maler, der keine Farben mehr mischen kann, ich fühlte mich wie ein Schriftsteller, der, völlig ausgebrannt, keine einzige Seite mehr zu füllen vermag, ich fühlte mich wie ein Chirurg, der sich vor jeder Operation betrinken muß, da er kein Blut sehen kann, ich fühlte mich wie ein Vollidiot, der in der Dunkelheit einen Gebrauchtwagen erstanden hatte. Ich fühlte etwas Pelziges in meiner Manteltasche. Mit einem beherzten Griff hielt ich einen völlig verschlafenen Sancho in meiner Hand. Er hatte scheinbar den ganzen Tag in meiner Manteltasche verbracht. Ich kaufte unterwegs eine Bratwurst, die ich mit Sancho teilte. Kurz darauf traf ich Schwester Barbara, ich meine hier selbstverständlich Krankenschwester Barbara, aber es ist mir einfach zu umständlich, immer Krankenschwester zu schreiben, wenn aus dem Kontext ganz klar hervorgeht, daß keine leibliche Schwester gemeint ist, sondern Schwester eben im Sinne von Krankenhauspersonal; ich traf also Krankenschwester Barbara, was sich völlig idiotisch liest, da Schwester Barbara schon mehrfach in diesem Text vorgekommen ist, so dachte ich jetzt beim Schreiben, nachdem ich *Krankenschwester* Barbara getroffen hatte. Diese, also Schwester Barbara, kam gerade von der Uniklinik. Sie habe noch heute während des Dienstes an unser gestriges Fußballspiel denken und ursächlich deshalb trotz ihres zu wenig Heiterkeit Anlaß gebenden Jobs mehrfach laut und hemmungslos auflachen müssen. Außerdem habe ausgerechnet sie bei der Tombola einen Erstehilfekasten für ein Automobil gewonnen, ausgerechnet sie, wo sie doch über gar kein Automobil verfüge, so Schwester Barbara. Sie habe auch morgen wieder Dienst, wenn ich wolle, könnte ich morgen um fünfzehn Uhr das *Koma,* beziehungsweise den Herrn Professor, auf der Intensivstation besuchen, ich könnte auch meine asthmatisch-leptosome Freundin mitbringen, zwei Personen könne sie dortselbst jederzeit einschleusen, das werde niemandem auffallen, nur Tiere, und damit wies sie mit dem Zeigefinger auf Sancho, der gerade höchstinteressiert aus meiner Manteltasche schaute, um etwas frische Luft zu schnappen, Tiere hätten naturgemäß zur

Intensiven keinen Zutritt, da gebe es keine Ausnahmen, so Schwester Barbara. Sie habe zur Gänze mein Taubstummsein vergessen, sie schreibe am besten alles auf einen Zettel. Ich schüttelte den Kopf, um ihren Irrtum anzuzeigen. Ich war schließlich nicht taubstumm, ich sprach nur nicht, ich schwieg. Schwester Barbara gab mir einen Zettel mit Datum und Uhrzeit und den Wörtern *Barbara, Klinikbesuch, Prof.* Sie verabschiedete sich alsbald. Kaum hatte ich meine Wohnungstür aufgeschlossen, hörte ich auch schon das Schellen meines W-48-Telefons. Ich nahm den Hörer von der Gabel und vernahm Mathildes verzerrte Fistelstimme. Hier spreche Gradiva Jensen, wo ich mich denn den ganzen Tag über herumtriebe, sie warte schon stundenlang auf mich, ich solle jetzt gefälligst herkommen, sie brauche jetzt sofort jemanden, der mit ihr schlafe, Ende. Ich hörte das Freizeichen. Mathilde et al. hatte aufgelegt. Das war Nötigung. Zudem war der letzte Satz offenbar aus einem Fassbinderfilm gestohlen; Hanna Schygulla spricht ihn in diesem Film, dessen Titel ich vergessen habe. Schleunigst ging ich zu Mathilde. Vor ihrer Wohnungstür bemerkte ich das Fehlen jedweden Namensschildchens. Direkt vor meinem Klingeln öffnete mir Mathilde die Tür, bekleidet mit schwarzen, nietenbeschlagenen Lederdessous. Verdammt spät, so Mathilde mich schlechtgelaunt empfangend. Ich übergab ihr Sancho und Schwester Barbaras Zettel. Mathilde, übrigens ein abgrundtief blöder Name, wie ich jetzt hier in ihrer völlig verdreckten Einzimmerbruchbude dachte, war nach der Übergabe des Zettels außer sich. Wie ich mich den ganzen Tag über ausgerechnet mit dieser Krankenhausschlampe herumtreiben könne, das verstehe sie nicht. Sie selbst habe den ganzen Tag praktisch allein in der Cafeteria absitzen müssen, nur der Assistent, der Kulterer und der Stimmenimitator seien ebenfalls zugegen gewesen, aber diese drei seien ausgesprochene Langweiler; immer dieses Gerede über Telefonate mit Umberto Eco, über die Sorbonne, über die Suche nach Hegels *Phänomenologie des Geistes;* diese geradezu immer wiederkehrenden Diskurse, die sich praktisch permanent wiederholen, gingen ihr in ihrer momentanen Situation nur noch auf den Geist, so Dulcinea. Sie selbst habe noch nie mit Eco telefoniert, sie selbst habe noch nie einen Blick in Hegels *Phänomenologie des Geistes* geworfen, und zwar weder in die spanische, deutsche noch in die italienische Ausgabe, und sie selbst halte die Sorbonnne auch nicht für so berauschend, es existierten interessantere Universitäten, so Gradiva Jensen. Durch dieses geisttötende Gefasel, so Werauchimmer wörtlich, sei ihr letztendlich der komplette Tag zur Gänze verdorben worden; und *wo* sei ich gewesen, so die Erregte suggestiv fragend; ich, sie meinte mich, hätte währenddessen den ganzen Tag mit Schlampe Barbara herumhängend, so die Schizophrene wörtlich, verbracht. Meine Brandwunde begann zu schmerzen. Eine Diskussion war sinnlos. Ich diskutierte nie. Immer nur reden, reden, reden. Ich mußte schwer für mein Treffen mit Schlampe, nein, Schwester, eigentlich sogar Krankenschwester Barbara büßen. Zuerst mußte ich duschen, damit das Stigma der Begegnung mit der anderen entfernt werde, obwohl man in Mathildes Wohnung sofort wieder stark verschmutzte; danach folgte das obligatorische Kerzenscheinmahl, bestehend aus Instantnudeltütengericht und billigem Rotwein. Nach einer ordentlichen Zigarette schlug Mathilde mich heftig ins Gesicht, entledigte sich ihrer nietenbeschlagenen Dessous und drängte sich an mich. Um fünf Uhr morgens gab sie endlich Ruhe, weil sie eine Zigarette rauchen wollte. Sie schlief wieder mit der Zigarette im Mund ein, diesmal hatte ich aber aufgepaßt. Rechtzeitig entfernte ich den Brandstab, irgendwann wird diese Pyromanin wider Willen wegen ihrer Unachtsamkeit noch irgend etwas anstecken, so dachte ich, hier gelangweilt neben Mathilde liegend. Kultur ist Triebverzicht, so assoziierte ich. Mathilde lutschte wieder an ihrem Daumen. Es war nicht auszuhalten. Talleyrand, wir müssen unbedingt weg von dieser idiotischen Insel, so dachte ich, auf diesem Feldbett mit mir selbst denkend. Ich schlief in Gedanken versunken ein. Ich träumte in dieser Nacht nicht von *Irmas Injektion.* Ich träumte genaugenommen überhaupt nichts. Meine Träume waren gewissermaßen ausgelöscht. Ich hatte Lacans *Écrits* zu Hause vergessen. Eine Gedankenlosigkeit meinerseits, die durch nichts zu entschuldigen war, so dachte ich, jetzt neben Mathilde liegend, die sich nun, weiterhin am Daumen lutschend, an mich gekuschelt hatte und offensichtlich zufrieden schlummerte. Als das Morgenlicht hereinströmte, bemerkte ich die nicht richtig geschlossenen Jalousien. Zu spät. Auch am Morgen ging alles wieder seinen gleichförmigen Gang; ich kochte Kaffee, Mathilde duschte, ich duschte, Mathilde stopfte sich mit Marmeladenbroten voll, die sie eigentlich verabscheute, ich fütterte Sancho, der vermutlich die einzige Ratte war, die jeden Morgen ein Marmeladenbrot zu sich nahm. Mathilde hatte Wittgensteins *Das Blaue Buch – Eine philosophische Betrachtung (Das Braune Buch)* mit Kirschenmarmelade beschmiert. Mein Vergessen des Bibliotheksexemplars von Lacans *Écrits* hatte somit doch seine positive Seite, obgleich ich jetzt gerade gerne Lacans Essay *Kant avec Sade* gelesen hätte, während sich Mathilde für den anstrengenden Unitag herrichtete, indem sie ein hautenges Gummikleid überstreifte. Sie liebe dieses natürliche Gefühl von Gummi auf nackter Haut; in der Universität, und namentlich in unserer Universität, sei ein schwarzes Kleid aus Latex, jedenfalls für eine Frau, die zweckmäßigste Textilie, da dortselbst, in unserer namenlosen Universität, das gesamte Ambiente wirklich äußerst verschmutzt sei, so Mathilde. Dieses schwarze Latexkleid könne man einfach wieder abwischen, wenn es mit Schmutz in Kontakt gekommen sei, so Mathilde et al. die Vorzüge ihres Latexkleides hervorhebend. Auch in dieser völlig verdreckten Wohnung ist das Tragen von Gummibekleidung sicherlich das Zweckmäßigste, so dachte ich, hier neben Sancho stehend. In der Cafeteria der Universität erregte Mathilde mit ihrem hautengen Latexkleid doch einiges Aufsehen. Selbst der Assistent reagierte begeistert, mehrmals übte er vernichtende Kritik an den ausgeleierten Ringelpullis, die momentan unter Studentinnen in Mode gekommen seien, so der Assistent, er habe selbstverständlich zerrissene Nietenhosen und Schlabberpullis schon immer gehaßt. Da könnten Frauen ja gleich im Schlosseranzug herumlaufen! Auch der Kulterer konnte seinen ausgeprägten Haß der neuen Mode gegenüber, die genaugenommen die Mode eines der Vorjahre war, nicht verhehlen. Er finde namentlich den Look der Band Nirvana besonders abstoßend, diesen sogenannten Grunge-Look äfften besonders junge Studentinnen nach, so der Kulterer. Der Sänger der Band Nirvana hatte vor Jahren Selbstmord begangen, die Band existierte gar nicht mehr, so dachte ich, hier auf meinem Stuhl neben Dulcinea in ihrem sagenhaften schwarzen Latexkleid sitzend. Auch der Stimmenimitator gab zu, Plastikmaterialien auf nackter Haut zu bevorzugen, er habe selbst als Kind meistens Nyltesthemden getragen und natürlich Polyesterhosen, die immer unheimlich gekratzt hätten, so der Stimmenimitator. Naturgemäß stattete uns der Kommissar mal wieder einen Besuch ab. Immerzu diese hervorragende Atmosphäre innerhalb dieser Denkfabrik lobend und seinen Blick nicht mehr von Mathildes hautengem Schwarzen abwendend, berichtete er uns vom Stand der Untersuchungen im Fall des Holzplatzselbstmörders. Diese Informationen habe er uns verständlicherweise nicht geben können, als der Erzbischof hier an diesem Tisch gesessen sei, diese Informationen wären für den Kirchenmann nur schwer zu verdauen gewesen, so der Kommissar wörtlich. Beim nasenlosen Toten handle es sich um einen katholischen Priester, dessen Familie man nun gefunden habe, so der Kommissar, eine Frau und drei Kinder hinterlasse dieser Gottesmann. Da er schon seit Jahren vermißt worden sei, habe die Gemeinde bereits einen neuen Priester eingestellt, die Familie des Unglücklichen hingegen habe im Obdachlosenasyl dieser Stadt, er sagte nicht *dieses Ruhrbistums,* ihr eher jämmerliches Dasein gefristet, da sie auf Druck der katholischen Kirche keine Vermißtenanzeige habe aufgeben dürfen, so der Kommissar. Jener katholische Priester habe offensichtlich um seinen Job gebangt, falls die Tatsache seiner Familiengründung einer breiteren Öffentlichkeit bekannt geworden wäre. So habe er sicherlich aus reiner Verzweiflung seiner gescheiterten Existenz ein vorzeitiges und sogar abruptes Ende gesetzt, anstatt sich den Anforderungen des Lebens weiterhin zu stellen. Im Verlauf des Ausflugs mit dem Erzbischof habe er somit Blut und Wasser, so der Kommissar wörtlich, schwitzen müssen, da er der Annahme verfallen war, man würde noch ausgerechnet der betreffenden Kirchengemeinde, die letztendlich alles vertuscht habe, einen Besuch abstatten, was dann aber Gott sei Dank doch nicht der Fall gewesen sei. Selbst bei Eingang einer Vermißtenanzeige hätte man diesen bemitleidenswerten Katholiken mit Sicherheit zuletzt im Akademikerwald mit einem Strick um den Hals an einer Blutbuche hängend vermutet, das müsse er offen zugeben, dort hätte man nicht gesucht, obwohl dieser Priester ebenfalls Akademiker gewesen sei, da er Theologie studiert habe, katholische naturgemäß, so der Kommissar, in ein trockenes Käsebrötchen beißend. Er wolle noch einen zweiten Punkt ansprechen, so der Kommissar, über und über mit Brötchenkrümeln bedeckt, ein Kollege habe versehentlich die Liste mit den Namen der Autoren der beschlagnahmten Schriften aus dem Büro des Professors in den Fahndungscomputer eingegeben, und in der Tat habe dem Computer ein Name etwas gesagt, der von Franz-Josef Murau, so der Kommissar. Murau soll damals wegen seiner Doktorarbeit, mit der irgend etwas nicht gestimmt habe, Selbstmord begangen haben; darüber müsse er mit dem Professor, der Muraus Doktorvater gewesen sei, einmal reden, wenn dieser wieder vernehmungsfähig sei, so der Kommissar. Der Assistent wurde aschfahl im Gesicht, Mathilde strich verlegen eine imaginäre Falte aus ihrem hautengen Latexkleid, der Kulterer suchte intensiv nach einem Buch in seiner leeren Tasche, der Stimmenimitator putzte seine Brille mit fahrigen Bewegungen, ich starrte meine Schuhspitzen an. In diesem Selbstmordfall Murau seien noch nicht alle Einzelheiten völlig aufgeklärt, so der Kommissar, eine sogenannte Kippe aus seinem Getränkepappbecher fischend, da müsse er noch einmal nachhaken, aber erst zum Zeitpunkt des Wiedererlangens der geistigen Kräfte des Professors. Immerhin hätten die bisher durchgeführten Ermittlungen im Fall Murau gewisse Parallelen zu dem Mord, und hier liege die Betonung auf Mord, in Peter Greenaways Film *Der Koch, der Diebstahl, sein Liebhaber und die Frau* aufgezeigt, so der Kommissar. *Der Koch, der Diebstahl, seine Frau und ihr Liebhaber,* so der Kulterer verbessernd. *Der Frau ihr Koch ihr Liebhaber und der Dieb,* so der Stimmenimitator. Nein, *Der Koch, die Frau, der Dieb und sein Liebhaber,* so der Assistent. *Der Koch, der Dieb, seine Frau und deren Liebhaber,* so Mathilde, einen Riesenrauchring in die Luft blasend. Irgendetwas stimmt da immer noch nicht, so dachte ich hier auf meinem Stuhl. Dem Kommissar kam der exakte Filmtitel unwichtig vor, wichtig sei jedoch, daß es sich im namentlich erwähnten Film um einen Mord, um einen Racheakt gehandelt habe, nun müsse er im ähnlich gelagerten Fall Murau auch in diese Richtung ermitteln, er werde somit demnächst noch öfter hier, an diesem Ort geistigen Schaffens, diese schmackhaften Brötchen verzehren. Außerdem sei ihm im Fall des Priesterselbstmords eine gewisse Ähnlichkeit zur Szenerie am Ende einer bekannten Novelle aufgefallen, mit der er persönlich in seiner Schulzeit monatelang gequält worden sei, er meine den Schluß von Annette von Droste-Hülshoffs *Die Judenbuche*, so der Kommissar. Mathilde verlor augenblicklich ihre Gesichtsfarbe, spuckte ihre Zigarette aus, fing an zu toben und gab ein hysterisches Kreischen von sich. Alle Blicke waren auf sie gerichtet, der Kommissar war zuerst ganz perplex, wollte dann aber mit seinem Handy den Notarzt verständigen. In derselben Sekunde schlug ich ihm das Handy aus der Hand und hielt Mathilde an den Armen fest, der Assistent ergriff ihre Beine. Wir versuchten, Mathilde ruhigzustellen. Das habe sich ja immer noch nicht gebessert, so der Assistent vorwurfsvoll zu mir, als ob ich an diesen Anwandlungen Schuld hätte. Mathilde zappelte noch mehrmals, wurde dann aber atemlos und still. Der Kommissar fischte inzwischen sein Handy aus einer Portion Kartoffelsalat am Nebentisch heraus, der Eigentümer derselben merkte von dieser Aktion nichts, da er die sich windende Mathilde beobachtete. Dies sei nur eine *einfache Seelenstörung*, so der Kulterer erläuternd. Man dürfe in ihrer Gegenwart dieses Buch nicht erwähnen, so der Stimmenimitator. Normalerweise reiche es, wenn man ihr eine Stunde lang die Hände auf dem Rücken zusammenbinde, so der Kulterer. Und eine Papiertüte über den Kopf stülpe, so der Stimmenimitator. Man brauche aber prinzipiell keinen Notarzt zu bestellen, so der Assistent zum Kommissar. Wenn man diesen Buchtitel nicht erwähne, passiere auch nichts, so der Kulterer. Ihm persönlich komme diese Verhaltensweise der jungen Dame dennoch höchst verdächtig vor, so der Kommissar. Über welches Motiv, einen katholischen Priester mit Familienproblemen und einen Rentner, der seine Dissertation vergeigt habe, so der Stimmenimitator wörtlich, umbringen zu wollen, solle denn diese *Hysterica* hier verfügen; solche Überlegungen seien doch absurde. Das könne man nie wissen, so der Kommissar, weshalb sei denn Laura Palmer umgebracht worden? Der Kommissar befreite sein Handy von Kartoffelsalatresten. Mathilde strampelte noch ein- oder zweimal, dann konnten wir sie loslassen. Ich holte ihr anschließend einen mit Soda gefüllten Getränkepappbecher, flößte ihr etwas Wasser ein, welches sie aber wieder aus dem Mund rinnen ließ. Es dauerte fast eine Stunde, bis Mathilde wieder eigenhändig eine Zigarette rauchen konnte. Man solle nur dieses verfluchte Buch nicht erwähnen, so Mathilde auf französisch. Der Kommissar zeigte jetzt doch Verständnis für Mathildes Reaktion auf das besagte Buch. Mathilde brach in wildes Husten aus. Selbst ihm habe man seine besten Jahre, seine Jugend, durch dieses Buch zerstört, so der Kommissar. Er habe nach der Lektüre des eben genannten Buches nicht mehr lachen können, er habe das Lachen zur Gänze verlernt, sein eigentlich von Geburt an heiterer Charakter sei durch die Lektüre dieses bereits erwähnten Buches ausgelöscht worden. Wahrscheinlich habe er, bedingt durch die Lektüre dieser abgrundtief langweiligen Novelle, diesen seinen abgrundtief stumpfsinnigen Beruf gewählt, so der Kommissar. Stundenlang sei er damals in der

Schulbank über dieses kleine Reclamheftchen gebeugt gesessen, und bei der geringsten Unaufmerksamkeit seinerseits habe ihn sein Lehrer mit einem Schlüsselbund traktiert, da Rohrstöcke damals gerade aus der Mode gekommen seien, so der Kommissar, wehmütig auf seine Schulzeit zurückblickend. Dieser Lehrer habe ihm die Schriftzeichen direkt in seinen Körper eingraviert, bald habe er die vom Schlüsselbund herrührenden Abdrücke auf seiner Haut zu ganzen Sätzen zusammensetzen können. Heute wisse er selbstredend, nicht der Text des besagten Buches habe sich mittels Schlüsselbund in seinen Körper eingegraben, sondern die verschiedenen Formen der Schlüsselbärte, die er in seiner Phantasie zu ganzen Zeichenketten zusammengesetzt und dechiffriert habe, so der Kommissar. Später habe er seinen Lehrer einmal wiedergetroffen, er habe ihn aber leider nicht verhaften können, da dessen Taten bereits verjährt gewesen seien, selbst die damaligen Zeugen seien völlig unbrauchbar gewesen, da viele von ihnen mehrere Jahre in verschiedenen Heilanstalten verbracht hätten, so der Kommissar, und zwar unter sehr elenden Lebensbedingungen, davon mache man sich gar keine Vorstellungen, aber er komme in seinem Beruf ja viel herum. Man dürfe nicht denken, er sitze den ganzen Tag im Kommissariat am Schreibtisch, nein, er arbeite auch viel in der frischen Luft, allerdings gehe er nicht zum Holzfällen, so der Kommissar. Man sollte ihm sofort den Wagen holen, irgendwie kommen wir in Kreisbewegungen immer wieder zu Annette von Droste-Hülshoffs *Die Judenbuche* zurück, so dachte ich, hier sehr vorsichtig auf meinem Stuhl neben Mathilde sitzend. Endlich rettete uns der Assistent, indem er sagte, er hätte das vom Herrn Professor übernommene Seminar *Das Peter Weiss'sche Drama Die Verfolgung und Ermordung Jean Paul Marats dargestellt durch die Schauspielgruppe des*

Hospizes zu Charenton unter Anleitung des Herrn de Sade lieber in ein Seminar mit dem Titel *Das Peter Weiss'sche Drama Hölderlin* umgewandelt oder sogar umgestaltet, da diese Thematik seinen eigenen Studien, namentlich seinen Hölderlinstudien, entgegengekommen wäre, wenn diese Änderung möglich gewesen wäre, so der Assistent, den gefährlichen Judenbuchendiskurs meilenweit hinter sich lassend. Die Kuh war vom Eis. Der Assistent, der Kulterer, der Stimmenimitator und teilweise sogar der Kommissar redeten nun von völlig unverfänglichen Themen, so zum Beispiel von der Grass'schen Unfähigkeit, einen interessanten Roman schreiben zu können, oder von der größtenteils blödsinnigen Philosophie Schopenhauers. Mathilde erholte sich zusehends. Nachmittags gingen wir gemeinsam zur Uniklinik, um den Herrn Professor zu besuchen, allerdings nur Mathilde und ich, da Schwester Barbara, also Krankenschwester Barbara oder auch Schlampe Barbara, wie Mathilde diese titulierte, nur zwei Personen in die Intensivstation einschleusen konnte. Schwester Barbara hatte unseren Besuch bereits erwartet, sie hatte für drei gekocht. Es gab naturgemäß ein Nudelgericht mit ortsüblicher Tomatensauce. Als Mathilde ihren Mantel abgelegt hatte, war selbst Schwester Barbara hingerissen. Das Kleid sei ja wirklich irre eng, wie sie denn da noch etwas drunterbekomme, so Schwester Barbara fragend. Dortselbst bekomme sie nichts drunter, so Mathilde antwortend. Unter ihren engen Kitteln trage sie auch praktisch nichts, so die Krankenschwester. Das sehe man auf den ersten Blick, so Mathilde. Ein Schlagabtausch zwischen zwei eitlen Frauen ist doch immer wieder belustigend, so dachte ich, hier im Schwesternaufenthaltsraum stehend und ein Nudelgericht verzehrend. Nur mit diesem Kleid, so Schwester Barbara Mathilde belehrend, könne sie nicht die Intensive betreten, darüber müsse sie aus hygienischen Gründen einen OP-Kittel tragen. Selbst sie müsse sich beim Betreten der Intensiven an diese Vorschrift halten, und nach dem Verlassen des Zimmers müsse man ebenfalls aus hygienischen Gründen diesen OP-Kittel sofort dem Wäschewagen überantworten, dieses dauernde Wiederholen von An- und Ausziehen der zum einmaligen Gebrauch bestimmten Kittel gehe ihr manchmal auch sehr auf den Geist, so Schwester Barbara, ihren Mund mittels ihrer Zunge ringsrum von Tomatensauce befreiend. In der Klinikkantine gebe es übrigens heute wieder *Himmel und Erde,* da könne man genausogut die Kellertreppe ablecken, so Schwester Barbara, ringsrum nachschlekkend. Vor dem Betreten des Krankenzimmers des Herrn Professors auf der Intensivstation schlüpften wir in die hellblauen OP-Kittel, um den gesundheitlich sowieso schon schwer geschädigten Herrn Professor nicht noch mit weiteren Viren zu versorgen. Mathilde hatte einige Schwierigkeiten mit dem Anziehen des gerade genannten Kleidungsstücks. Man mußte zuerst mit den Armen hinein, da OP-Kittel vorne vollständig geschlossen sind und am Rücken zugebunden werden. Diese Bekleidung verfügt über gewisse Übereinstimmungen mit Talaren oder Priestersoutanen. Wahrscheinlich hatten einige Patienten, ihrer vollständigen Geisteskräfte durch irgendwelche Krankheiten beraubt, angesichts der mit diesen Kutten bekleideten Ärzte den Begriff von den *Göttern in Weiß* geprägt, wobei die Sinnestrübung der kranken Menschen die hellblaue Farbe dieser Gewänder geflissentlich übersah, so dachte ich, hier bekleidet mit diesem lächerlichen Ganzkörperkondom neben der in derselben Art gekleideten Mathilde vor dem Bett des an verschiedenste medizinische Apparaturen angeschlossenen Geisteswissenschaftlers und unter dem an der Wand an einem geschmacklosen Holzkreuz festgenagelten und mit einer Dornenkrone versehenen ewig leidenden Herrn Jesus stehend. Für den auf seinem Krankenlager dahinvegetierenden, aber aus dem Koma, dem sogenannten Heilkoma, erwachten Herrn Professor mußte unser Besuch in dieser Aufmachung vor dem Herrgottswinkel, der sich in diesem Fall mitten an der Wand befand, nicht in einer Ecke, wie der Beginn des Jüngsten Gerichts gewirkt haben. Nach einer Weile schien er Mathilde zu erkennen. *Rosebud*, stammelte der Herr Professor, ein Plastikschlauch in seiner Nase vibrierte dabei, dann röchelte der Herr Professor. *Luftröhrenschnitt!* Schwester Barbara warf einen routinierten Blick auf die Anzeigen der medizinischen Geräte. Sie trug einige Daten in die sogenannte Kurve ein, anschließend mußten wir die Matratzengruft des Herrn Professors wieder verlassen. Draußen halfen wir uns gegenseitig aus den blauen Kitteln und warfen diese in den bereitgestellten Wäschewagen. Diese Situation sei ja wirklich die deprimierendste, so Mathilde, ihren ersten Eindruck vom Heilungsprozeß des Herrn Professors verarbeitend. Auch die Herren Doktoren fänden diesen Fall eher merkwürdig, da der Patient gar nicht so schwer verletzt sei, trotzdem jedoch sein Bewußtsein vollständig verloren zu haben scheint; der Chefarzt vertrete gar die Meinung, der Professor habe sein Bewußtsein im Grunde einfach nur vorübergehend abgeschaltet, so der Chefarzt, so Schwester Barbara berichtend. Zusätzlich habe der Professor einige Knochenbrüche erlitten, die aber nicht so schwerwiegend seien; jedenfalls könne man diese nicht für den augenblicklichen Bewußtseinsverlust des Patienten verantwortlich machen, so die behandelnden Herren Doktoren, so Schwester Barbara weiter über den Gesundheitszustand, der eigentlich ein Krankheitszustand war, des Herrn Professors berichtend. Ihr selbst fehle die fachliche Kompetenz, um Schwere und

Art der Krankheit des Professors exakt bestimmen zu können, sie sei hier nur für das Setzen der Injektionen und für das Reichen der Bettpfanne zuständig, und, soweit sie wisse, hätten sich selbst die Herren Doktoren noch auf keine abschließende Diagnose einigen können, über den weiteren Heilungsprozeß könne man deshalb jetzt noch nichts Konkretes sagen, ihrer Erfahrung nach kämen die allermeisten Kunden der Intensiven jedoch nicht mit einem blauen Auge davon, so Schwester Barbara. Meine Brandwunde begann zu schmerzen. Schwester Barbara mußte nun unsere Besuchszeit für beendet erklären, da ihre Kollegin jeden Moment hereinkommen könnte. Wir tauschten unsere Adressen und Telefonnummern aus. Im Hinausgehen fragte Schwester Barbara Mathilde noch, wo sie dieses supergeile Gummikleid gekauft habe. Auf der Kettwiger, bei *Wordsworth,* aber sie solle sich bloß nicht das gleiche kaufen, so Mathilde. Das habe sie auch gar nicht vor, solche Kleidung sei ihr zu provokativ. Ob denn etwa fast durchsichtige und viel zu kurze Schwesternkittelchen nicht provozierend wirkten, so Mathilde eine rhetorische Frage in den Raum stellend. Sie trage dagegen wenigstens ein Mindestmaß an Unterwäsche, so die gutaussehende Krankenschwester munter zurückschlagend. Vor der Tür, auf dem mit unterschiedlichsten Baumaterialien vollgestopften Flur begegneten wir einem Patienten im grün-gelb gestreiften Bademantel, der einen sogenannten Tropf, an einem rollfähigen Gestell hängend, mit sich führte. Was ist das nur für eine häßliche Welt, so Mathilde, am Schockraum vorbei den Weg zur Cafeteria der Uniklinik einschlagend. Ich holte dortselbst Käsebrötchen und zwei Kaffee in Getränkepappbechern, während Mathilde einen guten Tisch aussuchte und ihren Mantel ablegte. Als ich mich setzte, holte Mathilde ein Kartenspiel aus ihrer Manteltasche.

Nach langer Zeit watteten wir wieder zusammen. Der Unfall des Herrn Professors beim Holzfällen weite sich immer mehr zu einer menschlichen Tragödie aus, so die junge Kettenraucherin beim Watten. Und man könne gar nicht helfen, nicht einmal die Ärzte schienen helfen zu können; unser Herr Professor habe ausgesehen wie Hölderlin mit der *Autenriethschen Gesichtsmaske,* so Mathilde beim Watten. Irgend etwas müsse ich doch auch mal dazu sagen, so Mathilde mich zum Sprechen auffordernd. Beim Watten spreche ich grundsätzlich nie, dachte ich. Sie wisse meine sprachliche Zurückhaltung wirklich zu schätzen, so Mathilde beim Watten, doch genaugenommen könne sie sich nur an eine einzige Performanz meines Sprechens erinnern, und zwar sei dies Pedro Salinas' Text gewesen, damit strenggenommen nicht einmal mein eigenes Sprechen, sondern ein Fremdsprechen, das Sprechen eines anderen, so Dulcinea mir beim Watten vorhaltend. Mitten in unsere Aussprache platzte Doktor Bob, der sich unaufgefordert mit einem überladenen Tablett zu uns setzte. Sein Chirurgenkittel war über und über mit Blut oder der ortsüblichen Tomatensauce bekleckert. Wir watteten weiter. Er habe eben zwei Blinddärme entfernen müssen, weshalb er jetzt ein starkes Hungergefühl verspüre, so Doktor Bob, fast frei assoziierend. Charmant machte er Mathilde ein Kompliment zu ihrem Kleid. Für ihn selbst sei Gummibekleidung die ungeeignetste, da er schon während seiner Dienstzeit diese Latexhandschuhe tragen müsse, wolle er wenigstens seine Freizeit in Baumwolle verbringen, so Doktor Bob, in seiner Gulaschsuppe umrührend. Wir watteten weiter. Nach der Gulaschsuppe aß Doktor Bob noch eine Schale Kartoffelsalat, zwei alte Brötchen, ein Wiener Würstel mit Senf und ein Stück Käsekuchen mit Persipanschicht zuoberst. Wir watteten währenddessen. Er habe gleich noch einen Magen, so

Doktor Bob, bei Kaffee und Cognac angelangt. Seine Zigarette zündete er an Mathildes brennender an. Wir watteten weiterhin. Doktor Bob brachte nun die Sprache auf die sonntägliche Totalkatastrophe zugunsten der Aachener Heilanstalt. Das Ergebnis gehe irgendwie in Ordnung, unser Gegner habe letztendlich mehr Spielanteile gehabt, seine Torchancen besser ausgenutzt und mehr aus Standardsituationen gemacht. Auch das Spiel ohne Ball sei unserem Gegner besser von der Hand gegangen, so Doktor Bob. Grauenhafte Stilblüte, so dachte ich hier beim Watten. Bei Spadolinis roter Karte hingegen, da sei die Reaktion des Schiedsrichters einfach eine überzogene gewesen, so Doktor Bob, während wir watteten. Ihrer Meinung nach habe der Erzbischof die Durchführung einer eindeutigen Blutgrätsche vollzogen, so Mathilde beim Watten. Das könne ohne weiteres sein, so Doktor Bob, aber bei einem Freundschaftsspiel müsse man doch nicht gleich jedes kleine Foul pfeifen. Wir hörten die Sirene eines Rettungswagens. Dort komme wieder neue Kundschaft, so Doktor Bobs Kommentar. Wer hier mit Blaulicht und Martinshorn angekarrt werde, sei jedoch in der Regel ein Fall für seine Kollegen von der Unfallchirurgie, so Doktor Bob, den Rest seines Cognacs austrinkend. Kurz darauf forderte eine schnarrende Lautsprecherstimme einen gewissen Doktor Bob auf, sofort den OP III aufzusuchen, es handle sich um einen *achtundsechzig.* Verdammt, so Doktor Bob, dies sei der Code für einen *Blinddarmdurchbruch,* ausgerechnet heute, wo er schon zwei Blinddärme weggeschnippelt habe. Weiterhin fluchend, ertränkte Doktor Bob seine Zigarette in meinem Getränkepappbecher und verließ grußlos die Cafeteria der Uniklinik, während wir weiterwatteten. Sie habe Ärzte schon immer gehaßt, so Mathilde Doktor Bobs Auftritt und Abgang kommentierend, obwohl dieser eigentlich einigermaßen erträglich sei, wenn er nicht gerade von seiner Arbeit rede. Selbst diese Barbara sei prinzipiell eine eher nette Person, obgleich sie ihr persönlich etwas zu ordinär vorkomme, so Mathilde wortgewaltig beim Watten, aber dazu würde ich ja eh wieder absolut nichts sagen. Vielleicht sollte ich im Zuge einer Worttransfusion mal wieder einen Blick in Salinas' *Poemas* werfen, damit ich überhaupt mal wieder spreche, so Mathilde eine Therapie empfehlend. Auch Alfred Lorenzers *Sprachzerstörung und Rekonstruktion* helfe in solchen Fällen meistens, es habe sogar ihr geholfen. Der Assistent werde sich übrigens sicherlich schwarz ärgern, weil wir beide heute in den Genuß des Privilegs gekommen seien, dem Herrn Professor einen Besuch abzustatten, aber nicht jeder habe eben so gute Beziehungen zu Schlampe Barbara, so Mathilde leicht ironisch beim Watten. Ich holte noch zwei Kaffee. Man konnte es hier in der Cafeteria der Uniklinik relativ gut aushalten, trotz des unvorstellbaren Schmutzes, der überall herumliegenden Bau- und Renoviermaterialien und der mit ihren Infusionsgestellen herumirrenden Patienten. Warum Erkrankte, die an einem Tropf hängen, mit demselben spazierengehen müssen, und dazu auch noch ausgerechnet hier in dieser Klinikcafeteria, war mir schlichtweg ein Rätsel. Gerade war ein solcher Spaziergänger über einen im Weg liegenden Hohlblockstein gestürzt und hatte sich dabei die Kanüle herausgerissen. Man liest ja immer wieder Statistiken, die besagen, innerhalb der Krankenhäuser verletzten sich mehr Personen als außerhalb derselben, so erinnerte ich mich beim Watten mit Mathilde. Und überhaupt ist die Unfähigkeit deutscher Ärzte eine himmelschreiende, die nur noch durch die Unfähigkeit deutscher Kriminalisten übertroffen wird, was ich aber erst später erfahren habe, was mir somit beim Watten mit Mathilde nicht bewußt war; zu diesem Zeitpunkt wußte ich auch noch nicht, daß nicht etwa die bevorstehende Erstsemesterunterrichtung meine Existenz in fundamentalster Weise zernichten würde, sondern Mathilde et al. Ich begann, durch meine Gedankentätigkeit hier auf dem Stuhl wieder schläfrig zu werden. Ich durfte jetzt nicht wieder einschlafen und schon gar nicht beim Watten. Mathilde war heute groß in Form, ich verlor fast jede Partie. Wir watteten noch eine Weile zusammen, bevor wir gehen mußten, da die Cafeteria der Uniklinik im Gegensatz zur Notaufnahme abends geschlossen wird. Mathilde wollte noch nicht nach Hause. Wie gewöhnlich landeten wir im Café am Viehofer Platz, um noch einen *Grabbe* zu uns zu nehmen. Auch dort, im Café am Viehofer Platz, watteten wir. Abends traf sich hier in dieser verdreckten Studentenkneipe die sogenannte Intellektuellenszene. Hier begegnete man erfolglosen Literaten, Langzeitstudenten, unbegabten Künstlern und Musikern. Um den Musikgeschmack irgendeines Gastes nicht unnötig zu verletzen, wurde erst gar keine Musik gespielt. Ein Umstand, der vielleicht zur Apathie der Herumsitzenden beitrug. Ich hatte mich noch nie mit einer so großen Intensität gelangweilt wie an diesem Abend. Allenfalls ähnlich langweilig war höchstens die Aufführung der *Wildente* im Wiener Burgtheater in den Achtzigerjahren, so dachte ich hier auf meinem Eichenstuhl beim Watten. Auch Midland war damals der Ansicht, gerade *Die Wildente,* wie sie im Wiener Burgtheater gegeben werde, zeichne sich durch ein besonders hohes Maß an Langeweile aus, dieses Höchstmaß an Langeweile werde aber nicht durch das Stück an sich hervorgerufen, sondern einzig und allein durch den absoluten Dilettantismus der Wiener Burgschauspieler, die bislang noch jedes wirklich gute Theaterstück durch ihre Art der Aufführung zu einer unerträglichen Farce hätten werden lassen, so Midland damals in Wien nach dem

Besuch der Aufführung der *Wildente* im Burgtheater, so erinnerte ich mich hier beim Watten. Anstatt ins Burgtheater zu gehen, das nur noch eine Funktion als Touristenanziehungspunkt minderer Wichtigkeit wahrnimmt, sollte man sich lieber Laiendarsteller in der Provinz ansehen, die oftmals die Unprofessionalität des Burgtheaterensembles nicht unterbieten, nicht mehr unterbieten *können*. Der Gipfel der Langeweile wurde damals in den Achtzigerjahren aber nicht durch die Aufführung der *Wildente* an der Burg selbst, sondern durch das sich daran anschließende sogenannte künstlerische Nachtmahl bei diesen unerträglichen Eheleuten Auersberger in der Gentzgasse erreicht. Stundenlang warteten Midland, ich und all die anderen auf diesen Burgschauspieler, einen unerträglichen Kunstpopanz, in dieser Ansammlung von alten, verschlissenen und naturgemäß auch geschmacklos zusammengestellten Möbeln in der Auersbergerschen Gentzgassenwohnung. Heute erinnert mich das damals als unerträglich empfundene Warten auf diesen selbsternannten Tragöden an das Warten auf unseren Herrn Professor in der Cafeteria der Universität am Tag des nachfolgenden Unfalls des Ebengenannten beim Holzfällen. Dort, in der Wiener Gentzgasse, warteten wir nicht nur stundenlang auf diesen sogenannten Schauspieler, sondern auch noch auf das Essen. Als uns dann, weit nach Mitternacht, der geladene Künstler endlich mit seiner Anwesenheit beehrte, war uns der Appetit vergangen. Es gab ein widerliches Gulasch und einen nur mittelmäßigen Fogosch. Im vorderen Teil der Auersbergerschen Wohnung hatte Thomas Bernhard auf einem neubezogenen Ohrensessel die meiste Zeit schlafend verbracht, um hinterrücks ein Buch über dieses sogenannte künstlerische Nachtmahl zu schreiben, ohne freilich den Selbstmordversuch Midlands zwei Tage darauf zu erwähnen. Eine wirkliche Unverschämtheit Bernhards in seinem Buch über unser gemeinsames Abendessen ist die Behauptung, wir hätten alle noch nie von der *Wildente* gehört, oder, noch bösartiger, wir hätten alle noch nicht einmal gewußt, daß es sich bei der *Wildente* um ein Drama handle und nicht etwa um eine Speise. Diese Unterstellung möchte ich hiermit in aller Form zurückweisen. Ich war damals unglaublich entsetzt, als ich Bernhards Buch aufschlug, um dortselbst meine Aussagen, teilweise sogar wörtlich, lesen zu müssen. Ich könnte mich ja auch überall schlafend oder halbschlafend dazusetzen, die Gespräche belauschen, alles aufschreiben und dieses leere Gerede zwischen Buchdeckeln sogleich auf den Markt werfen, so dachte ich jetzt beim Watten mit Mathilde im Café am Viehofer Platz. Ich war in jeder Hinsicht froh, diesen sogenannten Wiener Künstlerkreis rechtzeitig verlassen zu haben, wenn auch nicht ganz freiwillig. Ich habe diesen sogenannten Künstlerkreis immer gehaßt. Wien war nur noch eine Leerstelle in meinem Hirn. Ich hatte Wien fast zur Gänze vergessen, Wien war für mich von der Landkarte verschwunden, ja, Wien war in meinem Bewußtsein wie ausgelöscht. Zwar war hier und jetzt diese sogenannte Universitätsstadt in diesem sogenannten Land der Dichter und Denker wahrheitsgemäß für jeden denkenden Geist eine täglich zu erleidende Zumutung, Wien hingegen hatte nicht nur meine Psyche, sondern auch meine Physis nahezu allumfassend zernichtet. Und von dieser fast vollständigen Zernichtung von Geist und Körper habe ich mich bis heute nicht erholt, so dachte ich beim Watten. Mathilde hielt mir inzwischen vor, ich sei heute nicht ganz bei der Sache, namentlich bei der Sache des Wattens, so mache das Watten keinen Spaß, so Mathilde. Wir watteten nicht mehr lange; nachdem wir auch nach Stunden keine Bekannten, die sich heute scheinbar woanders vollaufen ließen, gesehen hatten, verließen wir gar das Café am Viehofer Platz. Wir konnten kaum noch gehen, da das stundenlange Sitzen auf diesen ungepolsterten Eichenstühlen in dieser sogenannten Szenekneipe unsere Wirbelsäulen über alle Maßen strapaziert hatte. Ich bin praktisch kein Szenekneipengänger, ich bin auch kein Arztgänger, nur Fußgänger. Genaugenommen hasse ich den Besuch von sogenannten Szenekneipen. Ich hatte ihn schon immer gehaßt. Zu dieser sogenannten Szene in dieser sogenannten Universitätsstadt in diesem sogenannten Land der Dichter und Denker fühlte ich mich naturgemäß schon wegen meiner österreichischen Staatsangehörigkeit, die seit meiner Geburt wie ein Stigma an mir haftet, nicht zugehörig; somit kann ich die ganze Hoffnungslosigkeit in dieser total heruntergekommenen Stadt Essen immer aus einer relativ neutralen Position heraus beobachten, so dachte ich jetzt auf meinem Weg mit Mathilde zu ihrer Wohnung. Dort war alles wie immer. Ich fütterte Sancho, der mich als Bezugsperson anerkannt hatte, Dulcinea kochte das Instantnudelgericht, nach dessen Verzehr legten wir uns nach dem obligatorischen Duschen ins Bett. Um fünf Uhr morgens nuckelte Mathilde/Dulcinea endlich an ihrem gewohnten Daumen, da ich vorher ihre Zigaretten versteckt hatte. In der restlichen Nacht träumte ich nicht von *Irmas Injektion.* Ich stand auf, um Mathildes Schreibtisch nach unbeschriebenem Papier zu durchsuchen. Ich fand ihr Tagebuch, genauer: Gradiva Jensens Tagebuch. Ich las einige Seiten, die in Altgriechisch abgefaßt waren. *Nomos agraphos,* ungeschriebenes Gesetz, ist, Tagebücher anderer Personen nicht zu lesen; ich tat es trotzdem. Die letzte Eintragung war zehn Jahre alt. Selbst für mich waren die Zustände, welche in der Rheinischen Landes- und Hochschulklinik für Psychiatrie herrschen, wie sie Mathilde beschrieb, völlig unfaßbare.

Fesseln, Auspeitschen, Wasserkuren sind alles Behandlungsmethoden, die laut Foucaults *Wahnsinn und Gesellschaft* schon seit längerer Zeit abgeschafft sein sollen. Soviel Leid läßt sich selbst auf altgriechisch nur schwer in Worte kleiden. Ich fand noch mehr Tagebücher, die sämtlich aus Schulheften bestanden. Ich riß die beschriebenen Seiten aus dem zuerst gefundenen Heft heraus, knüllte diese zusammen und steckte sie in meine Manteltasche. Auf diese Weise erhielt ich ein Schreibheft mit über fünfundzwanzig Seiten. Mathilde nuckelte weiterhin an ihrem Daumen, ich hatte freie Bahn. Ich begann meinen Bericht. In einer Art Fieberwahn, fast schon eruptiv, schrieb ich zuerst über den Tag, an dem wir stundenlang auf den Herrn Professor warten mußten, sehr präzise und detailverliebt. Ohne weiteres hatte ich das erste Heft gefüllt. Ich knickte es in der Mitte und stopfte es in meine andere Manteltasche. Es war bereits hell. Ich kroch noch schnell ins Bett, bevor Mathilde erwachte. Traumlos schlief ich eine knappe Stunde. Ich erwachte, da Sancho auf meiner Stirn saß, während Mathilde, den Geräuschen nach zu urteilen, duschte. Ich rappelte mich auf. Mathilde et al. betrat nur mit einem Badetuch bekleidet das Zimmer. Das sei ja wirklich sagenhaft, daß ich auch schon wach sei, so Mathilde, sie habe schon befürchtet, den Kaffee selbst kochen zu müssen. Ich kochte also Kaffee und schmierte Marmeladenbrote für Dulcinea und Sancho. Ich müßte mal irgendwann den Tierschutzverein fragen, ob Marmeladenbrote überhaupt eine artgerechte Ernährung für Ratten seien, so dachte ich jetzt am frühen Morgen. Dulcinea aß versehentlich auch noch Sanchos angebissenes Marmeladenbrot. Sancho beschwerte sich. Ich gab ihm meins. Ich hatte Marmeladenbrote schon immer gehaßt. Heute sei gewissermaßen mein letzter Tag in Freiheit, so Mathilde, einen wunden Punkt ansprechend, denn morgen beginne die Erstsemesterzernichtung, zu der ich mich freiwillig gemeldet hätte, was mir wirklich hoch anzurechnen sei, da unter normalen Umständen niemand diese Tätigkeit auf sich nehmen wolle, so Mathilde, die erste Zigarette des Tages zu Rauchringen perfekter Art verarbeitend. Wittgensteins *Das Blaue Buch – Eine philosophische Betrachtung (Das Braune Buch)* wies ein erhebliches Brandloch im Umschlag auf. Man müßte dieses von der sogenannten *Wiener Zensur* heimgesuchte Werk Wittgensteins ins Italienische übersetzen, falls es eine solche Ausgabe noch nicht geben sollte; aber immerhin gibt es eine Wiener Ausgabe. Wittgenstein hat sicherlich in seinem Cambridger Wirkungskreis seiner Wiener Zeit keine einzige Träne nachgeweint, so dachte ich, niemand weint einem unter welchen Umständen auch immer verlebten Aufenthalt in Wien, also einem Aufenthalt in dieser völlig erstarrten Hauptstadt Österreichs, irgendeine Träne nach; da spielt es keine Rolle, ob einen die Geburt dorthin, nach Wien, verschlagen hat, ein touristischer Grund oder etwa gar ein Engagement am dortigen Burgtheater. Wien – das ist der Prater, das Hotel Sacher, der Stephansdom, die Berggasse und auch der Tiergarten. Wien ist eine Auslöschung von Gedanken. Touristen besuchen in Wien grundsätzlich immer nur den Prater, um sich dortselbst das Geld aus der Tasche ziehen zu lassen; in den wirklich außergewöhnlichen Wiener Tiergarten geht jedoch normalerweise überhaupt kein Tourist, den allermeisten Touristen scheint die Existenz eines Tiergartens in Wien eine praktisch unbekannte zu sein. Selbst in der Hochsaison pflegt man im Wiener Tiergarten keine Touristen anzutreffen, der Wiener Tiergarten ist genaugenommen das ganze Jahr über touristenfrei. Dabei ist der Aufenthalt in Wiens Tiergarten ein so empfehlenswerter, der Tiergarten ist in Wien, wenn man intensiv nachdenkt, der einzig wirklich empfehlenswerte Aufenthaltsort, obwohl gerade der Wiener Tiergarten gar kein *Tiergarten,* sondern eine *Tieraufbewahrungsanstalt* ist. Wie viele Male bin ich während meiner Wiener Zeit mit Midland gemeinsam im dortigen Tiergarten gewesen, selbst Reger ist sehr oft mitgegangen, zum Schluß war Reger aber schon zu alt und klapprig, um sich noch dieser *Tiergartenstrapaze,* wie sich Reger immer ausdrückte, unterziehen zu können. Reger saß dann lieber auf der Bank im Bordone-Saal des Wiener Kunsthistorischen Museums, wo er stundenlang auf Tintorettos *Weißbärtigen Mann* starrte. Oft konnte man ihn, also Reger, auch im Kaffeehaus antreffen, ebenfalls Atzbacher. Ich dagegen war meistens mit Midland, wenn dieser aus Stilfs herüberkam, im Tiergarten, also im Wiener Tiergarten, anzutreffen. Midland bevorzugte den Besuch des Affenhauses, während ich lieber die sich im Schlamm suhlenden Hängebauchschweine aufsuchte. Stundenlang konnte ich auf der gegenüber dem Hängebauchschweinegehege aufgestellten Bank sitzen und die in ihrem Gehege sich im Schlamm suhlenden Hängebauchschweine beobachten. *Das ist Natur!,* so dachte ich dabei immer. Auch Midland, der oftmals, nachdem er einige Stunden im Affenhaus des Wiener Tiergartens verbracht hatte, noch für ein oder zwei Stunden zur Bank gegenüber dem Hängebauchschweinegehege kam, um sich dortselbst neben mich zu setzen, kam angesichts des *Naturschauspiels* der sich im Schlamm suhlenden Hängebauchschweine in dem Hängebauchschweinegehege zu der Erkenntnis, *nicht der Wissenschaftler, sondern einzig und allein der Dichter könne die Natur wirklich verstehen und diese adäquat erklären,* so Midland damals auf der Bank gegenüber dem Hängebauchschweinegehege im Wiener Tiergarten, so erinnerte ich mich jetzt hier an Mathildes Frühstückstisch. Ich war wohl wiederum eingeschlafen, da Mathilde mich wecken mußte, bevor wir zur Uni gehen konnten. Irgendwie sei ich heute etwas übermüdet, so Mathilde vermutend. Die Cafeteria der Universität war bei unserem Eintreffen bereits reichlich mit Kommilitonen aller Semester und dem üblichen Frühstückspublikum angefüllt. Nach dem Kauf von Käsebrötchen und Kaffee in Getränkepappbechern setzten wir uns zum Kulterer und zum Stimmenimitator. Auch der Erzbischof und Ödipa lungerten, wie man hier im Ruhrgebiet so sagt, an unserem Tisch herum. Spadolini war bereits wieder über und über mit Brötchenkrümeln bedeckt. Ödipa trug heute ein schwarzes Kleid aus Netzmaterial, darunter jedoch einen oxfordgrauen Plastikbody. Vor dem Kulterer auf dem Tisch sah ich ein Handy liegen. Er müsse stets erreichbar sein, so der Kulterer, da er jetzt nicht mehr für die Kulturseite der Tagespresse arbeite, weil es dort in letzter Zeit einige Differenzen gegeben habe, sondern nun bei einer großen, überregionalen Zeitung untergekommen sei, bei der man permanent auf dem Posten sein müsse. Dortselbst arbeite er allerdings nicht für die Kulturseite, da es dort eine solche gar nicht gebe, dafür sei er jedoch vor der Wiederholung des Husserl- oder Blochdesasters sicher, er habe jetzt jedenfalls keine Angst mehr davor, einen kulturell wirklich wichtigen Artikel bis zur Unkenntlichkeit zusammengestrichen zu bekommen, nur weil im örtlichen Kaninchenzüchterverein jemand mit dem Sparkasten getürmt sei, so der Kulterer wörtlich. Das Benefizfußballspiel habe ihm die Augen für die wirklich wichtigen Dinge des Lebens geöffnet, er habe bis dato immer zu geistbetont gelebt, zukünftig schreibe er für die Sportseiten einer überregionalen, Großbuchstaben verwendenden Zeitung, so der Kulterer, die Reaktion unsererseits auf die Ungeheuerlichkeit seiner Mitteilung abwartend. Keiner reagierte. Mathilde sagte nur, man habe gestern den Herrn Professor besucht. Nun reagierte prompt der Kulterer. Das sei ja wirklich unglaublich, niemand dürfe den Herrn Professor auf der Intensivstation besuchen, ausgenommen unsere Turteltäubchen. Mathilde hob ihr Kinn etwas an, um die Rauchringe besser aufsteigen zu lassen, und sagte anschließend in einem mit abgrundtiefer Verachtung angereicherten Tonfall, sie habe Handytypen schon immer gehaßt, und zwar bis aufs Blut. Der Stimmenimitator brach in schadenfrohes Gelächter aus, der Kulterer schmollte. Spadolini, der sich die ganze Zeit über mit Ödipa auf italienisch unterhalten hatte, eröffnete uns nun die Tatsache seiner baldigen Abreise. Er müsse mal wieder im Vatikan vorbeischauen, gestern sei er noch in Aachen gewesen, die Zustände dort hätten sich immer noch nicht gebessert, die dortige *'eilanstalt* habe dringend unserer Spende bedurft, so der Erzbischof, jetzt müsse er aber zum *'eiligen Stuhl* zurückkehren, der Generalvikar habe ihn bereits in den Morgenstunden via Autotelefon angerufen und seine baldige Rückkehr gefordert. Giovanni habe seinen Maserati für die Überführung nach *Roma* angemeldet, so Spadolini. Er versicherte uns noch mehrfach, wenn auch nicht unbedingt glaubwürdig, wie *'errlich* doch unser Land sei, das er am liebsten nie verlassen würde. Nach einer Weile stieß der Assistent zu uns. Er habe heute das vom Herrn Professor übernommene Seminar *Das Peter Weiss'sche Drama Die Verfolgung und Ermordung Jean Paul Marats dargestellt durch die Schauspielgruppe des Hospizes zu Charenton unter Anleitung des Herrn de Sade* gegeben. Zu dieser ersten Sitzung seien siebzig Interessierte gekommen, darunter zwanzig Seniorenstudenten, die vermutlich die Sadeschen Erstauflagen bei Erscheinen erstanden haben mußten, so der Assistent. Nach Nennung des Titels des Seminars hätten zehn Kommilitonen den Seminarraum wieder verlassen, da sie sich irrtümlich in seiner Veranstaltung aufhielten; sie wollten nicht ins Seminar *Das Peter Weiss'sche Drama Die Verfolgung und Ermordung Jean Paul Marats dargestellt durch die Schauspielgruppe des Hospizes zu Charenton unter Anleitung des Herrn de Sade,* sondern sie hätten beabsichtigt, das Seminar *Kants Versuch über die Krankheiten des Kopfes* zu besuchen, so der Assistent. Er selbst habe nach seiner Veranstaltung zuerst in der Suhrkamptheoriewerkausgabe nachsehen müssen, ob diese gerade erwähnte Schrift Kants überhaupt existiere; nachdem er Kants vorkritische Schrift *Versuch über die Krankheiten des Kopfes* in der Tat gefunden habe, habe er doch wissen wollen, welcher *kranke Geist* solch eine Veranstaltung anbiete. Zu seiner größten Überraschung habe er im Vorlesungsverzeichnis den Namen des Dekans hinter dem Titel dieses Seminars lesen müssen. Naturgemäß habe er schon den Seminartitel unseres Herrn Professors, *Das Peter Weiss'sche Drama Die Verfolgung und Ermordung Jean Paul Marats dargestellt durch die Schauspielgruppe des Hospizes zu Charenton unter Anleitung des Herrn de Sade,* für etwas zu abgedreht gehalten, aber der Seminartitel *Kants Versuch über die Krankheiten des Kopfes* schlage wirklich alles, so der Assistent, in seinem Joghurt rührend. Kant, und namentlich die Titel dessen Bücher und Aufsätze, habe er schon immer gehaßt, so der Stimmenimitator, besonders Kants *Die Grenzen der Religion innerhalb der Vernunft der Blöße* habe einmal ein komplettes Seminar zur Verzweiflung getrieben. *Die Vernunft innerhalb der Grenzen der bloßen Religion,* verbesserte der Kulterer. *Die Grenzen der Religion innerhalb der bloßen Vernunft,* verbesserte Mathilde. *Die Religion innerhalb der Grenzen der bloßen Vernunft,* verbesserte der Assistent. *Die Religion und die Vernunft in den Grenzen von neunzehn-*

hundertsiebenunddreißig, dachte ich, hier auf meinem Stuhl in dieser Cafeteria neben Mathilde sitzend. Der Kulterer verfügte inzwischen über ein beeindruckendes Brandloch in seinem Rollkragenpullover. Mathilde trug heute eine schwarze Nietenhose und einen engen schwarzen Pulli, um nicht immer angegafft zu werden, so Mathilde wörtlich am frühen Morgen. Als die Rede auf Kant kam, mußte ich wieder an Wien denken; wahrscheinlich führten mich meine Gedanken von Kant auf Königsberg, von Königsberg auf Schönberg, von Schönberg zu Reger, von Reger naturgemäß zum Wiener Kunsthistorischen Museum, um welches es jetzt aber nicht ging, sondern um den Wiener Tiergarten. Als ich einmal mit Midland dortselbst auf der Bank gegenüber dem Hängebauchschweinegehege, in dem sich gerade Hängebauchschweine im Schlamm suhlten, saß, wandte sich Midland mit einer Bitte an mich. Er wolle, so Midland, noch das Freudmuseum besuchen. Ich solle doch, ihn begleitend, mitkommen. Ich starrte ihn fassungslos an. Er verstehe durchaus, diese seine Bitte komme überraschend und sei vielleicht sogar etwas aufdringlich, aber wenn er schon eigens aus Stilfs herübergekommen sei, so wolle er auch die Gelegenheit wahrnehmen, das zu Ehren unseres Großmeisters eingerichtete Museum zu besichtigen, so Midland damals im Wiener Tiergarten auf der Bank gegenüber dem Hängebauchschweinegehege. Er wisse genau, seine Bitte sei jetzt unpassend, jedoch allein wolle er nicht ins Freudmuseum gehen. Das originale Freudmuseum befindet sich eben nicht hier in Wien, sondern in London, so sagte ich damals zu Midland, denn damals sprach ich noch. Midland ging darauf wortlos zum Affenhaus. Damals hatte ich ihn nicht verstanden: Midlands Bitte war offenbar, ihn nach London zu begleiten, um dortselbst das Freudmuseum aufzusuchen. Midland verfiel aufgrund meiner wenig durchdachten Reaktion in eine gewisse melancholische Grundstimmung, man könnte diese auch *einfache Seelenstörung* nennen, Midland war aber zu der Zeit, in der wir mehrmals den Wiener Tiergarten gemeinsam heimsuchten, nach meinem subjektiven Empfinden *kein* ausgesprochener Selbstmordkandidat; vermutlich war der Auslöser für Midlands Selbstmordversuch das sogenannte künstlerische Nachtmahl mit diesem Kunstpopanz von Burgschauspieler bei diesen unerträglichen Eheleuten Auersberger in der Wiener Gentzgasse, wo Thomas Bernhard den Abend zur Gänze fast schlafend auf diesem Ohrensessel zugebracht hatte, um uns zu belauschen. Dieser Abend mußte der Auslöser für Midlands Selbstmordversuch gewesen sein, nicht jedoch meine Ablehnung seiner Bitte, ihn ins Londoner Freudmuseum zu begleiten, da er seinen Selbstmordversuch zwei Tage nach dem erwähnten künstlerischen Nachtmahl unternahm, nicht jedoch zwei Tage nach Ablehnung seiner Bitte meinerseits, danach war er noch mehrmals, wie schon gesagt, ins Affenhaus des Wiener Tiergartens gegangen. Er hatte mir sogar anvertraut, er wolle jetzt wieder Darwin lesen. Welcher potentielle Selbstmörder plant denn, noch kurz vor seinem Selbstmordversuch Darwin zu lesen? Ich konnte mir einfach keine Vorwürfe machen. Ich hatte an Midlands Selbstmordversuch keine Schuld, sondern eher diese unerträglichen Eheleute Auersberger. Außerdem war Midland nach dem Zwischenfall auf der Bank gegenüber dem Hängebauchschweinegehege noch für ein paar Tage nach Salzburg gefahren, so kam mir nun ins Gedächtnis zurück. Bei der Rekonstruktion der damaligen Ereignisse *vor* Midlands Selbstmordversuch spielte somit auch sein Salzburger Aufenthalt eine nicht zu vernachlässigende Rolle. Mit dem Wort *Salzburg* assoziierte ich plötzlich Handke. Während unseres Besuchs in der Uniklinik hatten wir uns gar nicht nach Handkes Gesundheitszustand, der genaugenommen ein Krankheitszustand war, erkundigt, so dachte ich jetzt hier auf meinem Stuhl in dieser Cafeteria dieser Universität. Es ist doch immer wieder überwältigend, wie vergeßlich der menschliche Geist sein kann, so dachte ich. Scheinbar war ich hier auf meinem Stuhl wieder ein bißchen eingenickt, denn als ich aufwachte, waren alle gegangen, außer Mathilde, die nicht mehr von meiner Seite wich, um eine Standardformulierung aus Arztromanen zu verwenden. Mit mir sei ja heute überhaupt nichts los, so Mathilde empört feststellend, sie habe sich zwar zwischenzeitlich an meine permanente Sprachlosigkeit gewöhnen können, auch an meine allgemeine Initiativlosigkeit, aber nun müsse ich auch noch den ganzen Tag schlafend verbringen, ihr selbst reichten die täglichen drei Stunden Schlaf völlig aus, wer mehr brauche, sei doch nicht ganz normal. Durch mein andauerndes Schlafen hätte ich sogar die Abreise des Erzbischofs verpaßt; dieser habe uns die Adresse seines Büros gegeben, falls wir ihn mal irgendwann besuchen möchten, so Mathilde, mir eine kitschige Postkarte mit dem Konterfei des Erzbischofs in vollem Ornat an seinem prunkvollen Schreibtisch, auf dem ein altes Telefon und eine Madonnamitkindfigur standen, vor mein Gesicht haltend. Diese Bildchen benutze Spadolini als Autogrammkarten für die Gläubiger, so sagte er eben, er meinte sicher für die Gläubigen, so sagte Mathilde jetzt. Die Adresse Spadolinis interessierte mich nicht, wohl aber das Gemälde im Hintergrund des Bildes. Das Foto war zwar von irgendeinem verblödeten Postkartenmaler, wie sie schließlich nicht nur in Wien existieren, nachkoloriert worden, das Motiv trotzdem deutlich erkennbar: Es war Tintorettos *Weißbärtiger Mann*, der regulär im Bordone-Saal des Wiener Kunsthistorischen Museums zu hängen hat, so dachte ich jetzt hier im Erzbistum Essen. Mathilde bemerkte mein nachhaltiges Angaffen des Gemäldes im Hintergrund des Postkartenfotos von Spadolini und seiner beruflichen Wirkungsstätte. Über den Ölschinken auf dem Bild habe man sich schon während meines Mittagsschläfchens unterhalten; der Erzbischof habe steif und fest behauptet, in seinem Büro hänge das Original von Tintorettos *Weißbärtigem Mann* und nicht in Wien, er habe neulich noch die antike Kaufquittung in der Hand gehabt, im Vatikan bewahre man alles auf, so Spadolini eben vor seiner Abreise, so Mathilde jetzt. Sicherlich habe man das Wiener Kunsthistorische Museum mit einer Fälschung übervorteilt, das wäre ja nicht das erste Mal, da die sogenannten Wiener Kunstexperten grundsätzlich Originale und Kopien nicht voneinander unterscheiden könnten, besonders die sogenannten Kunstexperten des Wiener Kunsthistorischen Museums seien für ihre Inkompetenz weltbekannt; die meisten Besuchergruppen, die man in Wiener Museen antreffe, hätten doch nur Tausende von Kilometern zurückgelegt, um sich vor Ort von dem grottenhaft niedrigen Standard Wiener Kunstexpertentums durch persönliche Inaugenscheinnahme zu überzeugen, weshalb sonst solle jemand die über zweitausend Kilometer nach Wien fahren, so Mathilde, ihre kunsthistorischen Ausführungen beendend. Genie und Österreich vertragen sich nicht, so dachte ich, hier neben Mathilde sitzend, deshalb hatte ich Österreich, meiner Ansicht nach rechtzeitig, verlassen, um offensichtlich in einer neuerlichen, vor allem geistigen Sackgasse zu enden. Irgendwann werde ich bestimmt herausbekommen, ob Tintorettos *Weißbärtiger Mann*, der im Wiener Kunsthistorischen Museum besichtigt werden kann, echt ist oder der im Vatikan, in Spadolinis Büro hängende. Augenscheinlich, und das würde nur die Größe dieses *Alten Meisters* beweisen, sind beide echt, denn nur ein wirklicher Meister, wie etwa Tintoretto, ist in der Lage, zwei identische Bilder zu malen, so dachte ich jetzt. Mathilde rüttelte mich energisch am Arm. So gehe das nicht weiter, so Mathilde, ich sei schon wieder eingeschlafen. Das dürfe mir aber morgen bei den Erstis nicht passieren, so Mathilde, mir einen Kaffee in einem Getränkepappbecher servierend. Gerade heute habe sie einen erneuten Besuch des Cafés am Viehofer Platz eingeplant. Wir gingen aber doch nicht ins Café am Viehofer Platz und auch nicht in die Denkbar und selbstverständlich auch nicht ins Wiener Kunsthistorische Museum, von dem wir hier in der sicheren Entfernung von weit über fünfzehnhundert Kilometern Luftlinie lebten; ich hatte mich noch nie so sicher gefühlt. Mathilde rüttelte mich nochmals wach. Mit mir müsse man mal ein Aufbauprogramm durchführen, so Mathilde. Wir gingen also nicht aus, sondern zu Mathilde – eine blöde Formulierung. Diese liest sich so, als wären mehrere Personen, genaugenommen mehr als zwei, zu Mathilde gegangen. Falsch. Nur Mathilde et al. und ich gingen zu Mathilde. Es war alles wie immer, hier wird sich nie etwas ändern, so dachte ich, jetzt nur mit Mathilde et al. in ihrer Sitzecke auf mein Instantnudeltütengericht wartend. Für Kerzen war es noch viel zu hell, dennoch wurden diese von Mathilde in Brand gesetzt. Die Instantnudeln verzehrten wir in fast ungetrübter Helligkeit; wir würden somit heute früh schlafen gehen, so dachte ich. Umso besser, desto länger konnte ich nachts schreiben. Und in der Tat, bereits um drei Uhr schlummerte Mathilde, an ihrem Daumen lutschend. Ich stand sofort auf und suchte in ihrem Schreibtisch irgendein Heft, das ich zum weiteren Abfassen meines Berichts benutzen konnte. Ich wurde schnell fündig, ein weiteres Exemplar der Tagebücher Mathildes wurde zerrissen. Ich überarbeitete die gestrigen Passagen und fügte einige neue hinzu. So füllte ich die Seiten des zweiten Heftes mit grellsten Erfindungen, die dennoch Zitate sind, verstaute das Heft in meinem Rucksack und legte mich zur nuckelnden Gradiva, um noch ein paar Stunden zu schlafen, obwohl es bereits sechs Uhr war. Mir gingen immer noch Gedanken durch den Kopf. Das Leben barg eine unendliche Anzahl von Fragen. Warum gebrauchte Mathilde verschiedene Namen? Warum blieb der Herr Professor trotz mehrmaligen Zurufens unter einem fallenden Baum stehen? Warum stellte sich Handke ausgerechnet ins Tor? Was hatte Midland in Salzburg gewollt? Warum unternahm Hölderlin keinen Selbstmordversuch, um seine Existenz einem Ende zuzuführen? Was würde Mathilde jetzt tun, wenn ich der Moosbrugger wäre, so dachte ich, hier neben ihr liegend und langsam einschlafend. Nach meinem Empfinden nur wenige Minuten später wurde ich von Mathilde geweckt; sie war bereits angezogen, geschminkt, frisiert und hatte Kaffee gekocht, nun suchte sie ihre Zigaretten, die ich gestern nacht versteckt hatte, da ich Brandwunden an Körpern schon immer gehaßt habe. Mathilde bemängelte wiederum meine grundsätzliche Schläfrigkeit, heute sei schließlich ein anstrengender Tag, ich müsse vollständig fit sein, da die Grundkursvorlesung und die sich daran anschließende Erstsemesterabrichtung meinerseits zufällig heute begönnen, so Mathilde, endlich die ersten Rauchringe des Horrortages in die Luft blasend. Mathilde verschüttete versehentlich Kaffee über Wittgensteins *Das Blaue Buch – Eine philosophische Betrachtung (Das Braune Buch)*, während ich duschte. Ich mußte unter erheblichem Zeitdruck frühstücken, um noch rechtzeitig in die Universität zu kommen. Mathilde trug heute ein schwarzes Lederkleid, da es draußen laut Wetterbericht kälter als gestern sei, so Mathilde. Das schwarze Lederkleid war jedoch fast vollständig rückenfrei. Sie werde noch ihr schwarzes Sakko überwerfen, so Mathilde. Ich trug heute wieder Nietenhosen und ein Holzfällerhemd, falls es irgend jemanden interessieren sollte. Meine Holzfällerausrüstung – dicke Handschuhe, Axt, Bogensäge, Fuchsschwanz und Kerbeisen – nahm ich mit in die Universität, aber nicht, um diese meine Holzfällerausrüstung dort zu gebrauchen, sondern um dieselbe in einen Spind vor der Universitätsbibliothek zu sperren, da ich dieselbe in absehbarer Zeit vermutlich nicht gebrauchen werden kann und diese, also meine Holzfällerausrüstung, in Mathildes Wohnung nur unnötig Platz wegnahm, da dortselbst schon ihr eigenes Holzfällerwerkzeug aufbewahrt wurde. Ich schloß meine Holzfällerausrüstung also in einen Spind vor der Universitätsbibliothek ein, nicht ohne einen diskreten, fast schon verstohlenen Blick in den Papierkorb vor der Eingangstür zu werfen, ob sich darin eventuell ein Exemplar von Hegels *Phänomenologie des Geistes* verbarg; naturgemäß befand sich aber ein solches heute nicht im Papierkorb vor der Universitätsbibliothek. Normalerweise sollte sich Hegels *Phänomenologie des Geistes* auch in der UB befinden, nicht aber in dem Papierkorb davor, so dachte ich auf dem Weg zum Hörsaal, in dem die Grundkursvorlesung zelebriert werden sollte. Ich ging schleunigst wieder zum Spind zurück, um meine Manuskripte und die Überreste von Mathildes Tagebüchern ebenso dort zu verstauen, wodurch mein Mantel gleich bedeutend an Gewicht verlor. Nun mußte ich aber endgültig zum Hörsaal gehen, in dem sicherlich schon eine tobende Menge auf den Herrn Professor wartete, da diese sich außer Rand und Band befindliche Masse vermutlich vom Unfall des Herrn Professors und damit von dessen Unabkömmlichkeit noch keine Notiz genommen hatte, somit deshalb vom Auftritt des Assistenten mehr oder weniger überrascht sein würde, so dachte ich jetzt auf meinem Weg zum Hörsaal R 11 T 00 D 20. Dieser Hörsaal ist ein Betonklotz aus den Siebzigerjahren. Schätzungsweise über fünfhundert Erstsemester warteten dortselbst sitzend auf die Weihe der ersten Germanistikvorlesung ihres Lebens. Der Dekan erklärte mir noch vorgestern auf dem Flur unseres Fachbereichs, besonders Germanistikstudenten und auch Germanistikstudentinnen brächen zu einem hohen Prozentsatz ihr Studium vorzeitig ab, viele hielten erst gar nicht die Grundkursvorlesung bis zum bitteren Ende durch, ja erfahrungsgemäß seien auch immer einige Kreaturen dabei, die nicht nur ihrem Studium, sondern ebenso ihrem Leben ein vorzeitiges Ende setzten; diese würden also, um es mal *expressis verbis* zu sagen, Selbstmord begehen. Ich müsse mich deshalb nicht wundern, wenn ich bereits in der dritten Semesterwoche während der Erstsemesterunterrichtung vor leeren Reihen säße, so der Dekan zu mir auf dem Flur mit einem Handtuch überm Arm. Wenn nach ein paar Wochen keine Kunden mehr zu meiner Veranstaltung kämen, könne ich fast sofort nach *Triest* abreisen, so der Dekan, auf sein Betreiben hin habe man weitere Gelder loseisen können, sodaß die finanzielle Unterstützung für den Aufenthalt in *Triest* noch einmal angehoben werden konnte, außerdem gebe es jetzt zusätzlich einen zweiwöchigen Badeurlaub mit Vollpension und Leihwagen, ich könne auch jetzt sofort unterschreiben, dann könne ich morgen schon mit dem Italienischkurs beginnen, und hier, so der Dekan, unter seinem Handtuch kramend, er habe jetzt immer einen Stadtplan von *Triest* dabei, hier befinde sich die Universität, dort hinten erst der Hafen, man könne das Schlachtvieh *realiter* überhaupt nicht sehen, so der Dekan nicht lockerlassend. Ich schob ihn auch diesmal zur Seite. Der Dekan kommt mir inzwischen aufdringlicher als eine Boutiquenverkäuferin vor, nur vielleicht nicht ganz so dumm und arrogant, so dachte ich, jetzt hier im Hörsaal sitzend. Bis zu diesem Zeitpunkt war noch alles ruhig, aber die Vorlesung hatte ja noch nicht begonnen; wenngleich heute keine ernsten Zwischenfälle zu erwarten waren, da die erste Vorlesung hauptsächlich von den Vorstufen der Germanistik im Mittelalter handelte, eine Thematik, die im Gegensatz zur Vorlesung über die zeitgenössische Literatur in einer der nächsten Wochen kaum Anlaß zu Auseinandersetzungen bieten dürfte, so dachte ich jetzt hier im Hörsaal in der ersten Reihe sitzend, auf den Assistenten wartend. Nach drei Minuten trafen meine beiden Kolleginnen, die ebenfalls die Erstsemesterunterrichtung durchführten, ein. Es waren Isabella Di Marzio, die ich schon vom Ausflug mit Spadolini kannte, und Linda Whitehead, die zu meiner großen Überraschung ziemlich dunkelhäutig war. Sie komme aus Windhuk, dort spreche man Deutsch, und so habe sie sich schon immer für deutsche Literatur interessiert, sie habe bereits in Windhuk einen Studienabschluß in Germanistik gemacht, übrigens mit dem Thema *Hölderlins Hyperion,* und nun studiere sie seit dieser Woche hier. Der Dekan habe gemeint, sie sei für die Erstsemesterunterrichtung in besonderer Weise geeignet, da sie sich als Afrikanerin im Umgang mit wilden Tieren bestens auskenne, so der Dekan scherzend, so Linda Whitehead, die mich mit falschem Namen ansprach, da dieser auf der Liste völlig falsch geschrieben stand. Als zusätzliche Gemeinheit stand unter meinem falschen Namen zwar meine Adresse, aber Mathildes Telefonnummer mit einer Wiener Vorwahl! Irgendwo im Büro unseres Fachbereichs muß es wohl eine undichte Stelle geben, oder es war einfach nur Schlamperei. Genau wie im Fall Murau, so dachte ich jetzt, durch meine intensive Gedankentätigkeit das Eintreffen des Assistenten verpassend. Als ich erwachte, befand sich dieser schon am Rednerpult und erklärte der desinteressierten Masse, warum er die Vertretung für den Herrn Professor machen müsse. Praktisch niemand hörte zu. Ich hatte die Ansammlung von Massen schon immer gehaßt. Der Assistent begann nun mit der Vorlesung. Getragen, ohne Betonungen, ohne Engagement, eintönig, müde, fast wie ein Burgschauspieler, las der Assistent vom Blatt alles über die mittelalterliche Universität vor, denn es war eine *Vorlesung*. Nach und nach verließen einige Kommilitonen den Hörsaal, andere unterhielten sich, ein paar aßen. Einer führte gar ein Gespräch mittels Handy. Insgesamt gesehen blieb es ohne weitere Zwischenfälle ruhig. Fast schon zu ruhig. Möglicherweise war das nur die Ruhe vor dem Sturm, so dachte ich kurz vor dem Einschlafen. Wen juckt die Gründung der Universität Bologna, so dachte ich. Was sollte Luther mit dem wissenschaftlichen Fach Germanistik zu tun haben, so dachte ich, eifrig Notizen machend, um gleich einer Horde wildgewordener, bis zu den Zähnen bewaffneter Erstis diesen ganzen langweiligen, in jeder Hinsicht ohne Herz und Verstand vorgetragenen Sermon, um es mal gepflegt auszudrücken, nahebringen zu können. Am Ende der Vorlesung wies der Assistent noch auf die zusätzlich angebotene Erstsemesterunterrichtung hin, die nicht, so der Assistent den *Siebenkäs* ungeniert plündernd, von grauhaarigen und lederhäutigen Professoren abgehalten werden würde, sondern, so der Assistent Jean Paul fast wörtlich zitierend, von avancierten Studenten und Magisterkandidaten; und auch der Reader, der in seinem Büro abgeholt werden könne, sei wirklich wichtig, das wolle er noch ergänzend sagen, so der Assistent ergänzend sagend. Kiloschwer fiel nach Ende der Vorlesung die Anspannung von mir ab; es hatte keine Zwischenfälle gegeben, keine Verletzten, keine Toten, auch keine Selbstmorde, nicht einmal Selbstmordversuche, so dachte ich jetzt im sich leerenden Hörsaal erleichtert. Es war gar nicht so schlimm, wie ich angenommen hatte, so dachte ich jetzt, und ich sollte eines Besseren belehrt werden. Draußen vor der Tür erwartete mich ungeduldig Mathilde. Na, es sei doch gar nicht so gefährlich gewesen, aber erfahrungsgemäß seien diese Idioten in der ersten Woche immer die ruhigsten, so Mathilde. Gleich, bei der Erstsemesterabrichtung, könne alles schon ganz anders aussehen, so Mathilde. Wenig später unterrichtete ich die Erstis. Ich hatte seit Jahren keinen Seminarraum mehr betreten, aber auch hier hatte sich nichts geändert, hier wird sich nie etwas ändern, so dachte ich, an der Tür zum Seminarraum stehend. Ich hatte Seminarräume in erster Linie jahrelang wegen meiner ausgeprägten, von vielen Spezialisten als unheilbar klassifizierten *Klaustrophobie* gemieden. Erst Doktor Zuckerstätter hatte mich von diesem Leiden gründlich befreien können, so gründlich, daß ich anschließend unter einer allumgreifenden *Agoraphobie* litt. Doktor Zuckerstätter versicherte mir, ohne weiteres am gesellschaftlichen Leben teilnehmen zu können; ein Spruch, den er immer aufsagte. Ich half mir, indem ich die Tür des Seminarraums offenstehen ließ. Mein Seminarraum lag im sechsten Stock und verfügte über keine Fenster. Ich kannte solche fensterlosen Räume. Trotzdem betrat ich den Raum mit den wartenden Erstsemestern, stellte meinen Rucksack auf dem Pult vor der Tafel ab und blickte auf etwa zehn Erstis: Typen in zerrissenen T-Shirts mit Tätowierungen und Ziegenbärten, eine Frau mit meterlangen blonden Haaren, Türkinnen mit und ohne Kopftuch; also genau die Leute, die man auch auf Essener Straßen zu sehen bekommt; Erstsemester sind doch nicht so grauenhaft, wie immer gesagt wird, so dachte ich. Man starrte mich an. Ich sagte kein Wort. Ich schrieb meinen oder irgendeinen anderen Namen an die Tafel, was spontanes Gelächter hervorrief; ich jedoch hatte einen Trumpf in der Hand: Ich gab eine Liste herum, auf der sich alle Anwesenden mit Namen, Adresse und Studiengang eintragen mußten. Mal abwarten, wer hier zuletzt lacht, so dachte ich, ein Pokerface aufsetzend und immer noch kein Wort sprechend. Ich zog die *John-Cage-Silence-4'33"-Show* ab und sagte nichts. Ich sprach nicht, ich schwieg, von mir war kein Laut zu vernehmen. Nach knapp fünf Minuten änderte ich meine Sitzposition geringfügig. Das schien das Signal zu sein. Ein Kommilitone begann. Er bemängelte das Verursachen kollektiver Langeweile durch die Vorlesung, die er eben gehört habe. Eine Türkin sagte, sie habe überhaupt nichts verstanden, sie wisse nicht, was sie hier überhaupt solle. Ein dritter Kommilitone beteuerte, nur wegen seiner Eltern diese Studienfächer belegt zu haben, seine Mutter sei Lehrerin, sein Vater Richter, er habe zu Hause nichts zu lachen. Seinen Vater habe er schon immer gehaßt, sein Vater sei ein ewiger Spießer, und er habe Angst vor dem Augenblick, wo er selbst ein Spießer sein werde und seine Kinder ihm eben dieses vorwerfen würden, so der etwa zwanzigjährige Vorausdenkende. Die Kommilitonin mit den meterlangen Haaren bürstete diese derweil, sie war die einzige, die erst ihren Personalausweis aus der Tasche holen mußte, um ihre Adresse dortselbstheraus abzuschreiben. Er verstehe nicht, so der Kommilitone, der gerade gesprochen hatte, wie seine Mutter einen solch blöden Sack wie seinen Vater dauernd ertragen könne, seine Mutter sei nämlich wirklich in Ordnung, mit ihr könne man Pferde stehlen, sein Vater hingegen sei zu blöd, einen Kugelschreiber mit Werbeaufdruck mitgehen zu lassen. Nach anfänglicher Betroffenheit kam nun erstmals Heiterkeit auf. Ich sagte weiterhin nichts. Ich brauchte nichts zu sagen. Die Sache lief von selbst. Die Blondine mit den meterlangen Haaren striegelte sich weiterhin. Ein Typ im zerrissenen T-Shirt erwähnte, während er ein Polaroid seiner frischen, blutenden Tätowierung herumgab, seine Mutter meckere immer über seine zerrissenen T-Shirts. Sie, also seine Mutter, flicke diese immer sofort, er zerreiße diese wieder, sie flicke dieselben wieder, und so gehe es, in ständiger Wiederholung, immer und immer weiter; den ersten richtigen Knall habe es allerdings nicht wegen seiner zerrissenen T-Shirts mit seiner Mutter, sondern wegen des Ohrrings mit seinem Vater gegeben, also er meine, er habe den Ohrring getragen, sein Vater jedoch den Ärger gemacht, sein Vater habe ihn enterben wollen, dabei habe dieser außer dreckiger Unterwäsche, einer stinkigen Kaninchenzucht und einem uralten Ford Taunus, den er schon immer gehaßt habe, gar nichts zu vererben; jedenfalls habe er an jenem Tag seinen Vater, soweit er sich erinnere, zum ersten Mal geschlagen, sonst habe dieser immer ihn geschlagen. Die Blondine bürstete sich weiterhin. Auch die anderen Erstis berichteten nun bereitwillig über die Schläge, die sie von ihren Eltern erhalten hatten und die sie ihnen irgendwann zurückgaben. Eine junge Türkin erzählte nun nicht von den Schlägen, die sie von ihren Eltern erhalten hatte; da sie so viele Geschwister habe, hätten ihre Eltern nicht jeden regelmäßig schlagen können, sodaß die elterlichen Schläge eher unerheblich gewesen seien, sie habe nur gelegentlich in den Genuß elterlicher Schläge kommen können, aber trotzdem ihren Teil Schläge abbekommen, und zwar in den schulischen Lehranstalten. Dortselbst sei ihr besonders ein Deutschlehrer, ein ausgemachter Choleriker, in Erinnerung, der aktuell sein Dasein in einer Trinkerheilanstalt friste, so habe sie in der Denkbar gehört, so die Türkin. Dieser leicht gestörte Deutschlehrer habe ihr und ihren Mitschülerinnen den ganzen schulischen Kanon buchstäblich eingeprügelt. Mit Vorliebe habe dieser Lehrer bei Max Frisch zugeschlagen, aber auch bei Dürrenmatt oder Büchners Drama *Dantons Tod* habe man fortwährend mit Schlägen bei der geringsten Unaufmerksamkeit rechnen müssen. Mitten in der Lektüre von Droste-Hülshoffs *Die Judenbuche* habe sie der sogenannte Onkel Franz mit dem rosigen Bauerngesicht mit einem Schlüsselbund voll an der Stirn getroffen, man könne sogar noch die Narbe sehen, so die Türkin, auf eine Stelle unterhalb ihres Haaransatzes verweisend. Endlich waren wir beim Thema, so dachte ich, hier schweigend am Pult sitzend, endlich wurde über Literatur gesprochen. Die Blondine mit den meterlangen Haaren bürstete dieselben weiterhin ungerührt. Ein Kommilitone mit Piercings im Gesicht berichtete uns von seinen erhaltenen Schlägen im Rahmen des Lesens klassischer Literatur; namentlich die Lektüre der Werke Goethes, Schillers und Lessings hätten seinen Pauker, so der Kommilitone wörtlich, zur Austeilung von Kinnhaken angeregt. Er habe bei dieser durchtrainierten Lehrkraft fortwährend schlechteste Noten erhalten, wofür er zu Hause von seinen Eltern nochmals kräftig durchgeprügelt worden sei; er sei somit, und das spotte den Grundsätzen jeglichen Strafrechts eines Rechtsstaates, für ein und dieselbe Sache zweimal bestraft worden, zuerst in der Lehranstalt, anschließend im Elternhaus; er habe somit für Schillers *Don Carlos* erst in der Schule Schläge erhalten, dann habe er für Schillers *Don Carlos* auch noch zu Hause eine Packung bekommen, was für ihn aber kein Problem gewesen sei; Probleme habe es erst gegeben, als er sich piercen lassen habe. Ausgerechnet seine ewig prügelnden Eltern, die selbstverständlich jetzt nur noch seine kleineren Geschwister prügelten, da er selbst gewissermaßen dem Prügelalter entwachsen sei, hätten angesichts seiner Piercings von *körperlicher Selbstverstümmelung* gesprochen, dabei seien seine Eltern, und das sage er hundertprozentig zum ersten Mal in der Öffentlichkeit, schon immer *geistig verstümmelt* gewesen, so der gepiercte Kommilitone, in Tränen ausbrechend. Die Sache drohte zu eskalieren. Ich hätte meine Axt mitbringen sollen. Die Blondine mit den meterlangen Haaren striegelte sich weiterhin. Ein fast glatzköpfiger Student, der sich bis jetzt im Hintergrund gehalten hatte, kündigte lautstark das sofortige Zerreißen und Vernichten sämtlicher Reclamheftchen, die noch aus seiner Schulzeit stammten, an; wenn er gleich nach Hause komme, werde er diesem Goetheschillerlessinggesindel mal zeigen, wo es langgehe, er werde diese Autoren der völligen Vernichtung preisgeben, er werde sie in kleine Stücke reißen, er werde sie auf dem Scheiterhaufen verbrennen, er werde dieses Goetheschillerlessingpack auslöschen, niemand könne sich vorstellen, wie stark er Goetheschillerlessing hasse, so der fast glatzköpfige Kommilitone, nach diesem Wutausbruch erschöpft in den Hintergrund zurücktretend und dort in eine *Somnolenz* verfallend. Nun ertönte das hysterische Geschrei einer Frau mit *crew cut.* Später erfuhr ich, nicht meine Erstsemesterunterrichtung hatte die Studentin zu ihrer Überreaktion veranlaßt, sondern ein Brief, den sie in der Sitzung geöffnet und gelesen hatte; ein Brief, in dem ihr Freund ihr seinen geplanten Selbstmord schilderte, die Tagespresse berichtete darüber ausführlich. Lesen ist nicht immer ein pures Vergnügen, so dachte ich später, jetzt dachte ich nur daran, hier ohne größere Schäden hinauszukommen. Aber die Luft war raus, die meisten Erstis hatten sich völlig verausgabt, sie hatten sich bis zur physischen Erschöpfung mit dem Fach Germanistik auseinandergesetzt. Die Unterrichtszeit war kurz darauf abgelaufen, ich war wieder frei. Ich packte meinen Rucksack, was als Zeichen zum allgemeinen Aufbruch verstanden wurde. *Man kann nicht nicht kommunizieren,* wie berühmte Nervenärzte einmal formulierten, so dachte ich jetzt. Ich hatte, ohne etwas sagen zu müssen, diese meine erste Erstsemesterunterrichtung hinter mich gebracht. Der Raum leerte sich schnell, nur die Blondine mit den meterlangen Haaren blieb zurück. Sie hatte das Bürsten ihres Haars momentan eingestellt, kam mit ihrem bodenlangen Kleid, unter dem ein noch längerer Unterrock hervorlugte, den Fußboden fegend auf mich zu, um mich zu fragen, ob ich ihre Zimmerdecke anstreichen könne. Ich schüttelte den Kopf und ließ sie wortlos stehen. Glücklicherweise, denn vor der Tür lauerte schon Mathilde. Der ganze Raum sehe ziemlich derangiert aus, das sei wohl kein Strohfeuer trunkener Augenblicksbegeisterung, das sei eher ein lärmender Ausbruch ungesunder Massenhysterie gewesen, so Mathilde diagnostizierend. Wir gingen naturgemäß umgehend in die Cafeteria, woselbst an unserem Tisch bereits der Kulterer mit seinem Handy, der Stimmenimitator mit einer Flasche Pils und der Assistent mit versteinertem Gesicht saßen, da der ebenfalls anwesende Kommissar, der wieder über und über mit Brötchenkrümeln bedeckt war, diesem, also dem Assistenten, gerade eröffnete, er habe die Exhumierung des Leichnams Franz Josef Muraus in die Wege leiten müssen, er habe keine andere Wahl gehabt, Vorschrift sei Vorschrift, Gesetz sei Gesetz, und diese seien auch für Akademiker gültig. Er habe Muraus Witwe diese Anordnung der Staatsanwaltschaft, die Exhumierung der Leiche ihres Gatten betreffend, möglichst schonend beigebracht, trotzdem sei diese sofort bewußtlos zusammengebrochen. Er habe den Notarzt herbeitelefonieren müssen, um die bemitleidenswerte Witwe in die Uniklinik bringen lassen zu können. Der Fall Murau entwickle sich immer mehr zu einem Rätsel, so der Kommissar, er habe sich gemeinsam mit dem Staatsanwalt Peter Greenaways Film *Der Koch, sein Liebhaber, undsoweiter,* er werde diesen Filmtitel nie behalten können, angesehen, da dort dieser Nebenbuhler, der Bücher regelrecht verschlinge, auf die gleiche Art *ermordet* werde, wie Murau seinen angeblichen *Selbstmord* inszeniert habe. Der Staatsanwalt sei völlig außer sich gewesen, ob denn niemand diesen Film, der selbst im Fernsehen andauernd wiederholt werde, gekannt habe, scheinbar sei seit *Ben Hur* niemand mehr ins Kino gegangen, und welcher Vollidiot denn diesen Totenschein ausgestellt habe, *Todesursache: Überfüttern mit Buchseiten,* so der tobende Staatsanwalt, so der Kommissar. Trotz der fast unleserlichen Unterschrift habe man den Namen durch Anwendung modernster kriminalistischer und erkennungsdienstlicher Methoden dennoch entziffern und identifizieren können. Und jetzt komme der Hammer, so der Kommissar, bedächtig einen Schluck Kaffee nehmend, um den Spannungsbogen zu überdehnen. Unterschrieben habe das Dokument, und da müsse man sich wirklich festhalten, so der Kommissar, *der stadtbekannte Irrenarzt Doktor Zuckerstätter!* Diese Nachricht schlug in der Tat ein wie eine Bombe. Der Assistent wurde bleich. Der Kulterer wurde bleich. Der Stimmenimitator wurde bleich. Mathilde wurde bleich. Ich wurde bleich. Das sei aber noch nicht die volle Wahrheit, so der Kommissar, er könne noch einen draufsetzen. Doktor Zuckerstätter sei selbstverständlich nicht der Unterzeichner des Murauschen Totenscheins, er könne es gar nicht sein, da Murau erst vor zwei Jahren verstarb, Doktor Zuckerstätter sich jedoch vor fünf Jahren mit einer Schrotflinte die Birne weggeputzt habe, so der Kommissar lachend. Wir starrten ihn fassungslos an. Man habe offenbar nicht verstanden, so der Kommissar, dieser Doktor Zuckerstätter habe bereits vor fünf Jahren seiner Existenz mittels einer Handfeuerwaffe ein Ende bereitet, er habe Selbstmord begangen, falls diese Ausdrucksweise deutlicher sei; er selbst habe mit Kollegen von der Spurensicherung Teile Doktor Zuckerstätters mit Löffeln von den Wänden schaben müssen, um diese Überbleibsel in kleine Plastikbeutel verpakken zu können, so der Kommissar grinsend. Wir waren in unserem ganzen Sein erschüttert. Der Assistent begann zu zittern. Der Stimmenimitator ließ seine Flasche Pils fallen, die auf dem Steinfußboden zerschellte. Der Kulterer hustete. Mathilde litt wohl unter Hitzestau, da sie sich, ohne es aufzuknöpfen, ihr Sakko vom Leib riß. Meine Brandwunde schmerzte plötzlich. Wenn Doktor Zuckerstätter seit Jahren tot ist, *wem* haben wir denn immer das Geld für die Behandlungen in den Briefkasten geworfen, und vor allem, *wer hatte uns denn überhaupt behandelt?*, so dachte ich völlig irritiert. Der Assistent zitterte mittlerweile am ganzen Körper. Es wurde zusehends schlimmer. Bestimmt eine Grippe, so der Kommissar, aber er sei ja kein Arzt, genaugenommen sei er nicht einmal Arztgänger; wenn es dem Herrn Doktor schlecht gehe, solle man lieber einen Arzt rufen. Gerade mit Grippe solle man nicht spaßen, diese könne sich schnell zu einer Lungenentzündung ausweiten, so habe er gehört, so der Kommissar. Der Assistent wollte umgehend nach Hause gebracht werden. Der Kommissar mußte zum Kommissariat, der Kulterer mußte zur Sportredaktion, der Stimmenimitator beklagte eine stark blutende Schnittwunde, die er sich beim Aufheben der zersplitterten Pilsflasche zugezogen hatte, blieben somit nur Mathilde und ich, um den Assistenten nach Hause zu begleiten. Wir hakten den Assistenten rechts und links unter und verließen die Cafeteria. Draußen drückte mir der Schwerleidende seinen Maseratischlüssel in die Hand; ich müsse ihn die dreihundert Meter fahren, Mathilde habe keine Fahrerlaubnis, jedenfalls jetzt nicht mehr, so der Assistent. Ich war seit etwa zehn Jahren nicht mehr eigenhändig mit einem Automobil gefahren, seit ich damals Wiens Straßen mit einem zweifarbig in Doverweiß und Paradeiserrot lackierten Borgward Arabella unsicher gemacht hatte, und mein Führerschein war in Deutschland nicht gültig, so dachte ich hier auf dem Weg zum Parkhaus. Wir verfrachteten den zitternden Assistenten in seinem schwarzen Mantel auf den Beifahrersitz, Mathilde setzte sich in den Fond. Wir hatten in der Eile die Handtücher vergessen, wir mußten uns somit ohne Schutz auf den Echtlederpolstersitzen des Maserati niederlassen. Sie habe eh ein Lederkleid an, so Mathilde. Hinterm Lenkrad sitzend, stand ich Todesängste aus. Anlassen, dachte ich. Oder erst den Leerlauf finden, ist besser, dachte ich, dann anlassen. Schlüssel umdrehen, dachte ich. Der Maseratimotor heulte gequält auf. Zu viel Gas, so der Assistent. Ich rührte auf der Suche nach dem Rückwärtsgang im Getriebe herum, nach drei, vier Versuchen hatte ich ihn. Mit quietschenden Reifen schoß der Maserati nach hinten, nach einer Notbremsung schaltete ich versehentlich in den falschen Vorwärtsgang, eine Aktion, die der Sportwagen mit störrischem Bocken quittierte. Das sei ein Maserati und kein Golf GTI, so einen Maserati müsse man mit Gefühl fahren, nörgelte die führerscheinlose Mathilde auf der echtlederbezogenen Maseratirücksitzbank. Nachdem wir endlich die Parkhausausfahrt erreicht hatten, schaltete der Assistent die Satellitennavigationsanlage ein. Seine Adresse sei als Fahrtziel schon eingegeben, ich müsse jetzt nur noch den Pfeilen folgen, die ich auf dem Monitor sehen könne. Eine Computerstimme informierte mich über die Länge der Wegstrecke, die empfohlene Geschwindigkeit und die voraussichtliche Fahrtzeit. Ein Wunderwerk der Technik. Ich legte die dreihundert Meter zur Wohnung des Assistenten zurück, ohne mich zu verfahren. In die Garage schoben wir das Automobil lieber, da diese Garage, wahrscheinlich ein sogenannter Schwarzbau, nicht in dem elektronischen Stadtplan vorhanden war. Wir packten unseren Patienten, der keinen Arzt sehen wollte, da er kein Arztgänger sei, ins Bett und verließen ihn, da er einschlief. Auf dem Weg zu ihrem Logis gab Mathilde zu, seit Jahren bei Doktor Zuckerstätter in Behandlung gewesen zu sein, auch in den letzten fünf Jahren; das sei schon wirklich ein herber Schlag, da Doktor Zuckerstätter seit eben fünf Jahren nicht mehr existiere, sie sei praktisch von einem Geist, von einer *Nichtexistenz* behandelt worden, und das über Jahre hinweg. Der *Tic* mit der Gegensprechanlage sei ihr zwar schon immer suspekt oder spanisch vorgekommen, aber weder der Kulterer noch der Stimmenimitator hätten über diese Behandlungsmethode gemeckert, auch der Assistent und *last but not least* der Herr Professor seien mit Doktor Zuckerstätter immer zufrieden gewesen. Wenn sie daran denke, wieviel Geld sie in den Briefkasten geworfen habe, wieviel Geld sie damit zum Fenster hinausgeschmissen habe, das sei wirklich kaum nachvollziehbar, und wie viele Stunden sie vor allem im Winter frierend auf der Couch vor der Tür der Praxis Doktor Zuckerstätters zugebracht habe, obwohl Doktor Zuckerstätters Behandlung trotz allem immer geholfen habe; sie wisse praktisch gar nicht, wo sie fortan hingehen solle. Wir gingen jetzt zuerst zum Billiganbieter und kauften dortselbst neue Instantnudelgerichttüten, billigen Rotwein, Kerzen, eine Stange Zigaretten und Marmelade. Sie könne eigentlich meine Holzfällerhemden nicht mehr sehen, so Mathilde, ich solle lieber Uni tragen, vielleicht am besten *Schwarz*. Sie selbst habe ausschließlich während des Zeitraumes ihrer Pubertät schwarze Kleidung getragen, weder davor noch danach, so beichtete Mathilde mir, Rauchringe in die Luft blasend und wie immer vollständig schwarz gekleidet. Für mich war jetzt die Grenze völligen Nichtverstehens markiert. Neben mir ging eine fast dreißigjährige Frau, die nun behauptete, nur während ihrer Pubertät schwarze Kleidung getragen zu haben, die aber in Wirklichkeit nur schwarze Sachen anzog und sogar nur schwarze Kleidung besaß, wie mir ein Blick in ihren Kleiderschrank offenbarte. Entweder befand sich diese Fastdreißigjährige immer noch in der Pubertät, oder sie war geistig jung geblieben, wenngleich wohl kaum eine Geistigjunggebliebene zum Frühstück Wittgensteins *Das Blaue Buch – Eine philosophische Betrachtung (Das Braune Buch)* lesen wird, so dachte ich. Die junge Schizophrene achtete sicherlich nur nicht darauf, was sie sagte, so dachte ich vor Mathildes Wohnungstür, die gerade von ihr aufgeschlossen wurde. Das Telefon läutete bereits. Mathilde rannte zum Apparat und hob ab. *Dulcinea,* sagte Mathilde. Nein, das sei schon korrekt, sie melde sich am Telefon immer mit ihrem richtigen Namen. Im Laufe des Gesprächs verfinsterten sich Mathildes Gesichtszüge im Eilverfahren. Kopfschüttelnd notierte sie sich etwas auf einem Zettel. Mathilde fragte mehrmals ungläubig nach, ob der Titel denn wirklich zutreffe. Mathilde legte auf. Das sei Schwester Barbara gewesen. Der Herr Professor sei von der Intensiven in ein normales Krankenzimmer verlegt worden; wir könnten ihn morgen besuchen. Er habe sich ein Buch gewünscht, das wir ihm mitbringen möchten. Mit einem kaum das tiefe Entsetzen verbergenden Blick überreichte mir Mathilde den Zettel. *Konsaliks Kinderstation* konnte ich darauf lesen. Es war hoffnungslos. Unser Herr Professor, eine absolut unangefochtene Koryphäe der germanistischen Literaturwissenschaft, ausgezeichnet mit dem Sigmund-Freud-Preis, Absolvent der Sorbonne, mit allen akademischen Weihen bedacht, diese Geisteskraft ersten Ranges wünschte sich nun Konsaliks *Kinderstation,* was eine Geisteskatastrophe bisher unbekannten Ausmaßes andeutete, da gerade dieses üble Machwerk in seiner totalen Trivialität den Geist in einer pervers gemeinen Weise ständig verhöhnt, ja sämtlichen Geist während der Lektüre genaugenommen nicht nur verhöhnt, sondern beschädigt, zersetzt und mit der Zeit vollständig auslöscht, obgleich dieser literarische Dreck von ungeschulten Geistern gerne rezipiert wird, so dachte ich mit unverhohlenem Grauen. Konsaliks *Kinderstation* ist eine Overkillwaffe zur Geistesvernichtung, so dachte ich. Konsaliks *Kinderstation* ist, ebenso wie Konsaliks *Männerstation,* pure Geistfeindlichkeit, eine in Buchstaben gefaßte Geistesschwäche, wenn nicht sogar Geistesstörung, so dachte ich. Ausgerechnet unser Herr Professor, eine Geisteskapazität unbestrittener Größe, möchte dieses Stück ausgesprochener Schundliteratur lesen, wenn auch nur im Krankenbett einer Krankenanstalt. Aber das heißt ja nichts, ob der Herr Professor Konsaliks *Kinderstation* in seinem Büro, auf dem Abort oder in der Oxforder Universitätsbibliothek lesen würde, der Sachverhalt bliebe derselbe; der Herr Professor würde mit der Lektüre dieses Haufens bedruckten Papieres seine Geisteszerstörung betreiben. Derselbe Herr Professor, der noch vor zwei Monaten in einem anderthalbstündigen Vortrag über fünfhundert logische Denkfehler in Hegels *Phänomenologie des Geistes* hatte nachweisen können, wollte jetzt ein für infantile Vollidioten bestimmtes Buch lesen, wenn auch im Krankenbett einer Krankenanstalt, so dachte ich völlig fassungslos. Selbst unter ärztlicher Aufsicht ist eine Konsaliklektüre für einen geschulten Geist die gefährlichste, da sie den Geist erst einschläfert und zermürbt, dann aber in seiner Gänze vernichtet. Das Opfer ist nach der Lektüre mehrerer Konsaliks so hypnotisiert, daß es völlig willenlos seine eigene vollständige Geistesvernichtung bis zum totalen Geistesausfall betreibt und nicht mehr über ein Geistesleben verfügt, ähnlich wie nach dem Lesen der Werke Erich Loests, so dachte ich. Mathilde suchte inzwischen ihre schwarze Sonnenbrille, die sie morgen zum Kauf von Konsaliks *Kinderstation* aufsetzen wolle, um nicht erkannt zu werden, so Mathilde, wenn sie in der Buchhandlung Irrsigler, in der sie sonst nie Bücher kaufe, nach Konsaliks *Kinderstation* fragen werde. Falls morgen dort in der Buchhandlung Irrsigler irgend jemand von der Universität sich aufhalte, und sei es auch nur der Hausmeister, werde sie die Buchhandlung Irrsigler sofort wieder verlassen, so Mathilde. Denn falls ihr Kauf von Konsaliks *Kinderstation* innerhalb der Universität bekannt würde, wäre ihre Karriere als Geisteskraft beendet, bevor sie begonnen hätte, so Mathilde, niemand würde ihr glauben, sie kaufe Konsaliks *Kinderstation* ausgerechnet für unseren Herrn Professor, das würde sie selbst ja auch niemandem glauben, das glaube sie genaugenommen nicht einmal sich selbst, so Mathilde. Der Herr Professor als Konsalikleser, das sei ein Kulturschock, das sei eine wahrhaft allumfassende Geisteskatastrophe. Mathilde brach in heftiges Schluchzen aus. Weshalb war der Herr Professor nur trotz mehrfachen Zurufens unter dieser verdammten fallenden Blutbuche stehengeblieben, dachte ich. Vielleicht aus reiner Gedankenlosigkeit. Dulcinea kochte unser tägliches Instantnudelgericht für unser Kerzenscheinmahl. Sancho aß jetzt auch schon abends nur noch Marmeladenbrote. Der billige Rotwein schmeckte heute, nach diesem ereignisreichen Tag mit der Erstsemesterzerrüttung, dem Anfall des Assistenten und der höchst beunruhigenden Lektüreauswahl des Herrn Professors besonders gut. Wir öffneten noch eine zweite Flasche. Danach gingen wir schlafen. Um drei Uhr nachts, als Mathilde wieder, an ihrem Daumen lutschend, eingeschlafen war, setzte ich mich an ihren Schreibtisch, um diesen meinen Bericht fortzuführen. Ich entnahm dem Schreibtisch ein nur halb gefülltes Heft, einen weiteren Band der Tagebücher Gradivas. Ich riß die mit griechischen Buchstaben versehenen Seiten heraus und stopfte sie in meine Manteltasche. Manisch schrieb ich heute nur zwei Stunden lang, da ich vollkommen übermüdet war. Mit letzter Kraft versteckte ich meinen angefertigten Bericht in meinem Rucksack und legte mich ins Bett, wo Mathilde immer noch zufrieden nuckelte. Meine Gedankentätigkeit, und also auch meine Schreibtätigkeit, laugt mich total aus, so dachte ich während des sofort erfolgten Einschlafens. Mein Schlaf war kurz und traumlos. Ich dachte nichts. Am nächsten Morgen war ich fast nur noch mit körperlicher Gewalt von der Matratze zu trennen. Vor dem Gang zur Universität suchten wir in der Kreuzeskirchstraße die Buchhandlung Irrsigler, die im Gegensatz zu den akademischen Buchhandlungen auch minderwertigste Literatur führt, auf. Der Kauf von Konsaliks *Kinderstation* verursachte keinerlei Schwierigkeiten, da dieses triviale Machwerk stapelweise in der Ausführung einer billigen Taschenbuchausgabe vorrätig war. Man packte uns das Buch sogar noch ein, weil Mathilde, obwohl sich kein bekanntes Gesicht in der Buchhandlung Irrsigler, die scheinbar nur von älteren Damen frequentiert wird, befand, erwähnte, sie wolle Konsaliks *Kinderstation* einem schwachsinnigen Bekannten zum Geburtstag schenken. Unerkannt verließen wir das Trivialitätendepot Irrsigler, begaben uns in die Universität und dortselbst in die Cafeteria. An unserem Tisch saßen bereits der Kulterer, der Stimmenimitator und der Kommissar. Dieser informierte uns über seine unmittelbar bevorstehende Dienstreise im Fall Murau, genauer: im Fall der Exhumierung der Leiche Muraus. Dieser habe nämlich, so der Kommissar, in der totesten Stadt überhaupt beigesetzt werden wollen, und letztendlich habe seine Witwe diesem seinen, also Muraus, letztem Wunsch oder Willen entsprochen. Bis nach Bonn ist es von hier aus nicht weit, so dachte ich, mich mit einem Käsebrötchen und einem Kaffee in einem Getränkepappbecher auf meinen Stuhl setzend. Er müsse deshalb gleich am heutigen Nachmittag nach Wien fahren, so der Kommissar, wo sich Muraus sterbliche Überreste auf dem dortigen Zentralfriedhof befinden sollen. Wiens Zentralfriedhof solle der größte der Welt sein, so habe er gehört, so der Kommissar, auf diesem riesigen Friedhofsareal sollen jedenfalls mehr Leichen verscharrt sein, als Wien lebende Einwohner habe. Wahrscheinlich werde man große Mühe haben, Muraus Grab auf diesem in seiner Ausdehnung alle Dimensionen sprengenden Massengräberfeld überhaupt zu finden, so habe er von den österreichischen Behörden, die er um Amtshilfe ersucht habe, gehört, so der Kommissar. Er reise quasi nur als Beobachter nach Wien, er selbst könne dort sein Amt als Kommissar nicht ausüben, da Wien nicht zu Deutschland gehöre. Er sei übrigens noch nie in Wien gewesen, er könne sich Wien an sich gar nicht vorstellen, er werde vermutlich nicht einmal diese dort gesprochene Sprache verstehen, so der Kommissar besorgt. Er habe zwar schon immer Wien besuchen wollen, aber nicht zu einem so traurigen Anlaß. Falls noch Zeit bleibe, werde er sicher dort den Prater, einen Heurigen oder das Burgtheater aufsuchen, so der Kommissar. Er benötige noch Reiselektüre für die stundenlange Zugfahrt, was könnten ihm die hier anwesenden Literaturwissenschaftler denn empfehlen? Konsaliks

Kinderstation, antwortete Mathilde, ohne eine Sekunde lang nachzudenken. Dankbar nahm der Kommissar diesen Buchtip zum Trip auf. Der Stimmenimitator schüttelte den Kopf, der Kulterer setzte uns von der Krankmeldung des Assistenten in Kenntnis. Der Herr Doktor habe gestern aber auch wirklich schlecht ausgesehen, so der Kommissar. Der Assistent sieht immer so aus, dachte ich hier auf meinem Stuhl. Wenn er aus Wien zurückkomme, werde er sofort den Professor befragen müssen, falls dieser bis dahin die Intensivstation verlassen haben sollte, so der Kommissar. Mathilde verschwieg ihm die bereits erfolgte Verlegung des Herrn Professors. Der Kommissar verabschiedete sich, wies uns jedoch darauf hin, daß wir uns bei einem beabsichtigten Verlassen des Standortes Deutschland im Kommissariat abmelden müßten. Mathilde und ich ließen den wegen des Konsalikzwischenfalles verwirrten Stimmenimitator und den mit seinem Handy auf einen Anruf der Sportredaktion wartenden Kulterer zurück, um den Herrn Professor zu besuchen. Auf unserer Wanderung zur Hufelandstraße passierten wir den Annette-von-Droste-Hülshoff-Weg. Kurzentschlossen eine weitere Katastrophe vermeidend, lenkte ich Mathilde ab; diese hatte jedoch aufgrund ihrer starken Kurzsichtigkeit von dem Straßenschild keinerlei Notiz genommen. In der Uniklinik teilte der Herr Professor ein Zimmer mit zwei Leidensgenossen, die ebenfalls ans Bett gefesselt waren. Der Krankensaal roch nach Urin, gebrauchten Verbänden und Karbol. Verwelkte Blumen, die in Vasen mit fauligem Wasser standen, verpesteten die Luft. Mathilde begrüßte den Herrn Professor, der zwar noch in einige Verbände gewickelt, aber nicht mehr an lebenserhaltende medizinische Apparaturen angeschlossen war. Mathilde stellte mich vor, wenngleich sie nicht meinen, sondern irgendeinen Namen nannte. Der Herr Professor begrüßte uns mit übertriebener Freundlichkeit. Er nannte Dulcinea *hochwohlgeborene Dame* und mich *Euer Durchlaucht*. Als Mathilde, diese Anrede für einen Scherz haltend, unserem Herrn Professor den verpackten Band übergab, warf dieser das Buch laut fluchend in die äußerste Krankenzimmerecke zu Füßen des an die Wand gedübelten, dort ewig leidenden Herrn Jesus. Der Erlöser erbebte durch den harten Aufprall von Konsaliks *Kinderstation* auf dem zerkratzten Linoleumboden. Bedingt durch das Geschenkpapier hatte der Herr Professor den Buchtitel nicht entziffern können, seine Reaktion war somit eine unverständliche. Er bat uns, Platz zu nehmen. Wir plazierten uns auf schäbigen Holzstühlen aus den Sechzigerjahren. Der Herr Professor ergriff ein Blatt Papier, einen Füllhalter und begann zu schreiben. Nach vielleicht dreißig Sekunden händigte er Mathilde den Zettel aus. Es war ein Gedicht. *Der Frühling* lautete der Titel. *Zarte Blütenknospen sich entfalten / Die Natur wird alles neu gestalten / Wir wandern durch Gras und Ried / Und jeder Baum singt ein Lied / den 20. Jänner 1789, ergebenst Ihr Scardanelli,* so lautete der Text. Das klinge nach Hölderlin, so Mathilde ergriffen. Nach dem späten, wenn nicht sogar nach dem sehr späten, so dachte ich zutiefst verwirrt hier in der Uniklinik. Der Gesundungsprozeß des Herrn Professors verlief augenscheinlich nicht in erwarteter steiler Progression, zumindest geistig schien der Herr Professor sich nicht auf dem Wege der Besserung zu befinden, sondern eher auf einem Holzweg. Der Herr Professor erklärte unseren Besuch rasch für beendet, da er jetzt mit Godot, der in ein paar Minuten vorbeischauen wolle, sprechen müsse. Besorgt zogen wir uns zurück. Beim Schließen der Krankenzimmertür vernahmen wir einige *Pallaksch!-Pallaksch!-Rufe*. Wir konsultierten den Oberarzt Doktor Brinkmann. Über seinen Namen, so der gerade namentlich erwähnte Mediziner, seien schon viele Witze gemacht worden, aber er könne damit leben, sein Name sei leider sehr häufig, so Doktor Brinkmann. Der Professor jedenfalls, der stecke gesundheitlich in der Krise. Jedes Gehirn sei asymmetrisch aufgebaut, es bestehe somit aus zwei verschieden arbeitenden Hälften, so der Oberarzt, wie zu Kleinkindern zu uns sprechend. Man nenne dieses Phänomen *funktionelle Hemisphärenasymmetrie des menschlichen Gehirns,* was praktisch eine Arbeitsteilung des Gehirns bezeichne, da sich die linke Gehirnhälfte mit zunehmendem Lebensalter auf die sprachlich vermittelten Funktionen spezialisiere, während die rechte Hemisphäre für die Perzeption nonverbalen Materials und für die Erfassung räumlicher Beziehungen zuständig sei. *Pathogene sprachliche Erscheinungen,* wie sie beim vorliegenden Patienten auftreten, rührten in diesem Alter normalerweise von Schädigungen der linken Hirnhemisphäre her. Nun müsse man sich diese Röntgenaufnahmen ansehen, so Doktor Brinkmann. Man sehe ja gar nichts, so Mathilde. Sie denken ja mit!, so Doktor Brinkmann begeistert, es gebe auch nichts zu sehen, das Hirn sei eindeutig ohne Befund. Der Patient leide aber trotzdem unter ausgeprägten *Aphasie-,* ja vermutlich sogar *Schizophasiesymptomen,* so Doktor Brinkmann diagnostizierend. Sobald die Frakturen, die man im OP ordentlich zusammengenagelt habe, verheilt seien, müsse man den Rekonvaleszenten an einen Spezialisten überweisen, hier könne man für Geistesbeschädigte nicht alles Notwendige tun, ein neurologisches Institut könne da sicherlich bessere Hilfe leisten, um den Heilungsprozeß dieses Falles in die richtigen Bahnen zu lenken, so der Mediziner. Später, in der Cafeteria der Uniklinik, fragte mich Mathilde, ob sie die Ausführungen Doktor Brinkmanns dahingehend richtig interpretiere, daß die Einweisung des Herrn Professors in eine Heilanstalt, ja praktisch in eine Irrenanstalt, unmittelbar bevorstehe? Ich zog die Schultern hoch. Ich sage aber auch scheinbar zu gar keinem Thema irgend etwas, so Mathilde. Ihr falle in diesem Moment gerade auf, daß ich ihr nie Komplimente mache, so Mathilde sich beschwerend. Du bist so schön wie ein Grab, so dachte ich, ohne den Gesichtsausdruck zu verändern. Ob ich mich wenigstens zum Watten mit ihr herablassen könnte, so Mathilde, das Kartenspiel aus ihrem schwarzen Mantel holend. Ich nickte. Wir watteten also. Der Herr Professor mache ihr wirklich zunehmend ernsthafte Sorgen, so Mathilde beim Watten mit der Zigarette im Mundwinkel. Erst Konsaliks *Kinderstation,* dann diese *Hölderlinmasche,* wohin das noch führen werde, so Mathilde beim Watten. Man müsse mal wieder irgend etwas machen, so Mathilde beim Watten, sich mal wieder richtig bewegen, seit der Schließung des Holzplatzes komme man gar nicht mehr an die frische Luft. Sie fühle sich praktisch zur Betätigungslosigkeit verurteilt, seit man nicht mehr zum Holzplatz gehen könne, immer nur Bücher, Bücher, Bücher. Manchmal habe sie große Lust, statt zweier Kerzen zu einer Mahlzeit lieber zwei Bücher anzuzünden. Als erstes Wittgensteins *Das Blaue Buch – Eine philosophische Betrachtung (Das Braune Buch),* da sie dieses schon so oft gelesen habe, und dazu könnte sie vielleicht Max Raphaels *Die Farbe Schwarz* den Flammen überantworten, sie trage ja keine schwarze Kleidung mehr, so Mathilde, wie üblich vollständig in Schwarz gekleidet. Das Lesen von Büchern könne einen regelrecht verrückt machen, so Mathilde beim Watten. Vorhin in der Buchhandlung Irrsigler habe sie noch gedacht, wenn einer dieser Verrückten mal auf die Idee kommen sollte, den Stapel von Konsaliks *Kinderstation* einfach anzustecken, welche *Unmasse* gedruckter Wörter dadurch vollständig vernichtet würde. Und das Problem Konsalik wäre damit auch gelöst: Wenn nämlich die von Konsalik geschriebenen Wörter der Vernichtung anheimfallen würden, könnten diese den menschlichen Geist nicht mehr zerrütten, so Mathilde beim Watten. Spinnerei, dachte ich, wenn man Konsaliks Bücher verbrennt, wird ein noch größerer Idiot kommen. Mathilde verstieg sich immer mehr in die Idee des Brandschatzens. Gleich als erstes werde sie Max Frischs *Biedermann und die Brandstifter* anstecken, so Mathilde beim Watten. Vielleicht sollten wir besser in die Badeanstalt gehen, so dachte ich beim Watten. Zum Abendessen zündete Mathilde dann doch wieder gewohnheitsmäßig zwei Kerzen an, nicht etwa Wittgensteins *Das Blaue Buch – Eine philosophische Betrachtung (Das Braune Buch),* auch nicht Max Raphaels *Die Farbe Schwarz,* und schon gar nicht Max Frischs *Biedermann und die Brandstifter,* das sie anscheinend überhaupt nicht besaß. Der Grass'sche Roman *Die Rättin* hingegen wies ein enormes Brandloch auf. Es dauerte eine ganze Zeit, bis Mathilde heute eingeschlafen war und endlich am Daumen lutschte, sodaß ich, an ihrem Schreibtisch Platz nehmend, weiter an meinem hier vorliegenden Bericht arbeiten konnte. Geeignetes Schreibmaterial war wiederum ein Exemplar von Gradivas Tagebüchern. Die letzte mitleiderregende Eintragung war über acht Jahre alt, ich riß alle beschriebenen Seiten heraus und stopfte diese in meinen Mantel, dann schrieb ich wie im Wahn. In einer Stunde füllte ich über vierzig Seiten, alles mußte heraus, es war wie ein Erbrechen. Nach meiner geistigen Entleerung versteckte ich die neuproduzierten Seiten meines Berichts in meinem Rucksack und legte mich zu Gradiva. Diese fragte mich, wo ihre Zigaretten seien. Ich erschrak. Hatte sie etwas bemerkt? Nein, ihre Augen waren fest geschlossen, sie hatte nur im Schlaf gesprochen. In dieser Nacht hatte ich einen neuen Traum; ich träumte, Schriftsteller zu sein. Ich verabredete mich mit Konsalik zum Degenduell. Dieser mißachtete die Duellregeln unter Gentlemen und schickte als Stellvertreterin Schwester Barbara, die mich mit einer Smith & Wesson über den Haufen schoß. Ich polterte zu Boden und war tot. Trotzdem wurde ich wach. Mathilde zerrte an mir herum, sie hatte mich aus dem Bett geworfen und schrie mich an. Die ganze Nacht über habe ich im Schlaf *Konsalik! Konsalik!* gerufen, das sei total unmöglich, wie könne man nur wegen eines so minderwertigen Literaten einen solchen Aufruhr veranstalten, so Mathilde, außerdem könne sie wieder nirgends ihre Zigaretten finden. Ich kramte sie aus meinem Rucksack hervor, beinahe wären dabei die letzten Seiten meines Berichts in Mathildes Hände gefallen. In den nächsten Wochen gab es kaum nennenswerte Ereignisse, ich füllte höchstens fünfhundert weitere Seiten. Das Sommersemester lief auch ohne die Mitwirkung des Herrn Professors. Ich führte einmal wöchentlich die Erstis in die Geheimnisse der Germanistik ein. Dazu bildete ich praktisch einen Gesprächskreis. Die Kommilitoninnen und Kommilitonen setzten sich im Halbkreis um mich, sodaß wir ungefähr das Tableau der Gesprächstherapieszenen des Films *Einer flog über das Kuckucksnest* nachbildeten. Auf mein Zeichen hin durfte jeder über seine persönlichen Probleme mit der deutschsprachigen Literatur oder über andere Probleme reden, ich selbst sprach jedoch kein einziges Wort. Die Probleme waren vielfältig. Ein Student war Legastheniker und hatte deshalb mehrere Selbstmordversuche unternommen; eine Türkin berichtete voller Stolz, jetzt nun endlich ihren Vater geschlagen zu haben, der sich aber seitdem nicht mehr aus dem Haus traue; ein Kommilitone im zerrissenen

T-Shirt strebte die Belegung eines Nähkurses an, um seiner Mutter nicht mehr so viel Arbeit zu machen; der Typ mit der Fastglatze saß zwischenzeitlich in U-Haft, da er in einer Buchhandlung Werke Goethes, Schillers und Lessings abgefackelt hatte; die Blondine, die sich immerzu ihre meterlangen Haare bürstete, fragte mich nach der dritten Sitzung, ob ich ihr nicht vielleicht doch die Zimmerdecke anstriche, wenn ich sie nach getaner Arbeit etwas auspeitschen dürfte. Kurzum, es befanden sich fast alle auf dem Wege der Besserung; nur nicht der Assistent, der sein Waterloo während der vierten Vorlesung durchzustehen hatte. *Ein durchgestrichenes Wort Kafkas hat mehr Wert als alle Ihre geschriebenen Texte!*, so der Assistent, frei nach Jean Paul, in der absolut irrigen Annahme, Kafka stünde bei Studenten gerade hoch im Kurs. Tumulte waren die Folge. Jeder warf den Gegenstand, den er gerade zur Hand hatte; *die Zuhandenheit des Zeug* eben, so dachte ich, einen vom Kurs abgekommenen Paradeiser von meinen Unterlagen entfernend. Der Assistent erlitt nur wenige Volltreffer. Intellektuelle Kommilitonen fragten nach der Vorlesung, warum man denn überhaupt irgend etwas schreiben solle, wenn dieses grundsätzlich *keinen Wert* habe. Auch meine Patienten waren nach diesem in die Universitätsgeschichte eingegangenem Kafka-Chaos unruhiger als sonst. Viele wollten ihr Studium jetzt sofort abbrechen, da sie namentlich Kafka schon immer gehaßt hätten, so viele Kunden meiner Erstsemestererstversorgung offen bekennend. Kafka sei *alter Kram und kalter Kaffee,* so hörte ich mehrfach. Die eingetretene Krise wurde nach der fünften Vorlesung auch für den Dümmsten offensichtlich, da Isabella Di Marzio sich nach dieser in einer Badewanne des Studentenwohnheimes in der Universitätsstraße die Pulsadern aufschnitt. Nur aufgrund der Geistesgegenwart ihrer Mitbewohnerin konnte ihr

Leben durch einen sofortigen Transport zur Uniklinik gerettet werden. Für uns alle war dieser Vorfall ein zur Gänze völlig unverständlicher. Der Dekan informierte mich später mit Zahnputzutensilien in der Hand auf dem Flur unseres Fachbereichs, wo noch immer das zweite ärztliche Bulletin zum Gesundheitszustand unseres Herrn Professors hing, daß *sowas,* wie er schon gesagt habe, öfter vorkomme. Der Herr Professor schrieb mittlerweile für jeden Besucher, also für Mathilde und mich, Gedichte über den Frühling. Es war ein Abstieg ins Nichts. Der Stimmenimitator trank in der Cafeteria eine Flasche Pils nach der anderen, der Kulterer wartete weiterhin auf einen Anruf der Sportredaktion, der Assistent warf Kafkas Werke in einen Altpapiercontainer. Mathilde fand mich zunehmend fader. Ich bekam fast gar keinen Schlaf mehr. Selbst in der Cafeteria war an Schlaf kaum zu denken. Mathilde weckte mich, wenigstens noch anfänglich, andauernd auf. In dieser Woche jedoch ließ sie mich mehrfach schlafend in der Cafeteria zurück. Ich ortete einige Brandlöcher in meinem Mantel. In der sechsten Semesterwoche kam es zur letztendlich langerwarteten Katastrophe: Mathilde entdeckte meine nächtlichen Ausflüge in die Welt der Literatur. Sie hatte sich, während ich fieberhaft schrieb, geräuschlos von hinten genähert, um mich kraftvoll ins Ohr zu beißen. Also deshalb sei ich in letzter Zeit nicht mehr so leistungsfähig und am Tage immer so verschlafen, weil ich nämlich zu diesen elenden Skribenten gehöre, so Mathilde entsetzt. Sie habe sich immer gewundert, warum sie ihre Zigaretten suchen müsse, warum ihr Schreibtisch permanent durchwühlt sei und warum ich immer so müde sei – aber darauf wäre sie nie gekommen, obwohl, wer nie etwas sage, der müsse eben schreiben, das sei einleuchtend. Sie sah sich meinen Text näher an. Sie begann zu lesen. Das sei ja *Deutsch.* Das sei ja unglaublich! Ausgerechnet diese arhythmische und hohl klingende Sprache! Sie hätte nie von mir erwartet, daß ich diese in jeder Hinsicht verabscheuenswürdige, diese abgrundtief niveaulose, diese in jeder Beziehung verrottete, diese lächerlich wirkende, diese total unbrauchbare Hilfssprache zum Verfassen eines ernsthaften literarischen Werkes benutzen würde. Zum Beweis ihrer Ansicht übersetzte Mathilde spontan einen Abschnitt meines Berichts zuerst ins Italienische, danach naturgemäß ins Spanische, darauf ins Französische, letztendlich ins Griechische, genauer: ins Altgriechische. Ich war erledigt. Meine durch langes Nachdenken ausgeklügelten *deutschen* Formulierungen wirkten plötzlich wie eine zufällige Ansammlung von Buchstabensperrmüll. Meine Schriftstellerkarriere war beendet, bevor sie begonnen hatte. Ich benutzte das falsche sprachliche Register zum Abfassen meines Berichts. Ein wirklich über alle Maßen unverzeihlicher *faux pas.* Mathilde war völlig außer sich vor Wut. Nicht nur hätte ich ihr Vertrauen in höchstem Maße mißbraucht, ihren Schreibtisch durchgeschnüffelt, angeblich ihre Intimitäten und universitäre Interna einer breiten Öffentlichkeit zugänglich gemacht, nein, ich hätte meine bedauernswerten literarischen Versuche auch noch in einer völlig ungeeigneten, sämtliches literarisches Bestreben nur verhöhnenden und deshalb von vornherein sich selbst disqualifizierenden Sprache ausgeführt, was eine allergrößte Geschmacklosigkeit vorstelle; und außerdem hätte ich immer ihre Zigaretten versteckt und das Bad stark verschmutzt hinterlassen. Mathilde legte mir nahe, einfach meine Sachen zu nehmen und zu verschwinden. Ich könne ja mal anrufen, wenn ich etwas nachgedacht hätte. Sie wußte, ich würde sie nie anrufen. Mathilde verlassen habend, wanderte ich mit meinem Rucksack und den geretteten Manuskripten, den Kopf voller romanhafter Ideen, zu meiner Wohnung, wo ich schon länger nicht gewesen war. In der Zwischenzeit hatten sich dort eine Menge Staub und eine Menge Post angesammelt. Ein Brief war vom Landesamt für Besoldung und Versorgung gekommen und enthielt die Abrechnung für meine sogenannte Lehrtätigkeit für den Zeitraum der ersten vier Wochen, der zweite Brief stammte von der Universitätsleitung höchstselbst. In einem Schreiben mit Siegel des Rektors der Universität teilte mir der Kanzler derselben im Auftrage des Vorgenannten meine sofortige Suspendierung von der Erstsemesterunterrichtung mit. Mehrere Eltern von Erstsemestern hätten Beschwerden gegen meine Art des Unterrichts vorgebracht; ihm, also dem Kanzler der Universität, lägen ärztliche Gutachten dreier Elternteile vor, die auf meine Anweisung während der Erstsemesterunterrichtung von ihren Kindern geschlagen worden seien, so der Kanzler schriftlich. Diesen Satz mußte ich noch mehrmals vom Anfang bis zum Ende lesen, um den Sinn zu eruieren. Ich hatte somit zwanzigjährige Kinder in der Universität unterrichtet, und diese hatten während meines Unterrichts auf meine Anweisung hin ihre Eltern geschlagen. Ich holte die Teilnehmerliste hervor und mußte feststellen, ausgerechnet die Fastglatze mit ihrem ausgeprägten Goetheschillerlessinghaß trug denselben Nachnamen wie der Kanzler; ich war tatsächlich angeschwärzt worden, und zwar an höchster Stelle. Gerade die letzte Sitzung war wirklich sehr gut verlaufen. Kollektiv hatten die anwesenden Kommilitoninnen und Kommilitonen Reclamheftchen mit Annette von Droste-Hülshoffs *Die Judenbuche* in kleine Fetzen verwandelt und dabei *Merseburger Zaubersprüche* aufgesagt. Letztendlich hatte die Fastglatze skandiert, ihrem Vater nochmals ein paar hinter die Löffel, so die Fastglatze wörtlich, geben zu wollen, und jetzt hatte *ich* einen Brief im Namen des

Vaters bekommen. Die anderen Eltern hatten sich aber vermutlich schon vorher beschwert, oder das Datum des Briefes war falsch. Ich spürte jedenfalls heute kein gesteigertes Interesse, die Cafeteria unserer Universität zu betreten. Ich beschloß, erst dem Herrn Professor einen Besuch abzustatten und danach kurz in die Cafeteria der Uniklinik zu gehen. Auf meinem Weg zur Hufelandstraße hielt plötzlich ein Automobil neben mir an. Am Steuer saß überraschenderweise Schwester Barbara, also *Krankenschwester* Barbara. Ich könne einsteigen, falls ich auch zur Uniklinik wolle, so die gutaussehende Schwester. Dieses Automobil habe sie nicht käuflich erworben, sondern bei der letztjährigen vorweihnachtlichen Münsterlotterie gewonnen, bei der insgesamt drei FIAT Punto verlost worden seien. Sie habe auf ihren Losabschnitt gewohnheitsmäßig den Namen *Schwester Barbara* geschrieben, weshalb man fast fünf Monate benötigt habe, ihre Identität zu ermitteln, um ihr ihren Gewinn überreichen zu können, denn sie heiße selbstverständlich nicht Schwester Barbara, sie heiße ja nicht einmal Barbara, so Schwester Barbara auf dem Weg zur Uniklinik im FIAT Punto. Jetzt geht dieser Unfug mit den falschen Namen schon wieder los, so dachte ich hier, ohne Handtuch auf den nagelneuen Stoffpolstern des verlosten FIAT sitzend. Sie heiße in Wirklichkeit Diotima, aber *Schwester Diotima* höre sich unmöglich an, zumal jeder den Namen falsch ausspreche, so Schwester Barbara. Jetzt reicht's!, so dachte ich vor den Toren der Uniklinik. Hier trennten sich unsere Wege, da die Schwester erst einen Platz zum Parkieren ihres Automobils suchen mußte, ich dagegen die Uniklinik schon umgehend betreten konnte. Als ich im Krankenzimmer des Herrn Professors erschien, war dieser bereits dichterisch tätig. Er verfaßte gerade seinen hundertsten gereimten Vierzeiler mit dem immergleichen Titel *Der*

Frühling. Der Herr Professor machte sich nicht einmal die Mühe, die verschiedenen Frühlingspoeme durchzunumerieren, so dachte ich, hier am Krankenbett der einstmaligen Koryphäe sitzend. Der Herr Professor redete mich heute mit *Hochwürden* und *Ehrwürdiger Vater* an, umrahmt von einigen halbfranzösischen Flüchen und dem üblichen, ständig wiederholten *Pallaksch! Pallaksch!* Inzwischen war ich der einzige, der den Herrn Professor überhaupt noch besuchte, alle anderen hatten ihn vergessen oder versuchten, ihn zu vergessen. Die Tragödie der sich hier abspielenden Geisteskatastrophe war die entsetzlichste. Ich wurde von schwärzester Melancholie ergriffen. Mir kamen die Tränen. Ich hatte das letzte Mal im Zuge der Lektüre von Goethes *Werther* so geweint, aber damals wurde viel geweint. In der Zeit meines hemmungslosen Schluchzens produzierte der Herr Professor noch acht weitere gereimte Vierzeiler namens *Der Frühling.* Manche unterschrieb er mit *Scardanelli,* andere mit *Sinclair,* nur wenige mit *Er.* Ich erspare mir hier an dieser Stelle das Zitieren von Frühlingsgedichten des Herrn Professors, denn ich selbst habe Gedichte schon immer gehaßt, vor allem aber das in der Tat geistesgestörte Auswendiglernenmüssen derselben. Bevor der erkrankte Herr Professor mir eine Bettpfanne hinterherwerfen konnte, verließ ich seinen Elfenbeinturm, um zur Erholung eine Weile in der Cafeteria der Uniklinik zu verbringen. Ich setzte mich an Doktor Bobs Tisch, der gerade ein opulentes Mahl, bestehend aus Pizzabrötchen, Fleischsalat, Wiener Würstel, Zwetschgentorte mit viel Schlagobers, Kaffee und Cognac, verzehrte. Wo ich denn meine leptosome Freundin gelassen hätte, so Doktor Bob zwischen zwei Löffeln Fleischsalat fragend. Ich zog die Schultern hoch. Ich aß mein Käsebrötchen und trank meinen Kaffee aus meinem Getränkepappbecher, obschon ich eher Appetit auf einen Fogosch mit Kren und vielleicht einen Vogerlsalat verspürte. Er persönlich stehe mehr auf Rubensmodelle, so Doktor Bob, weiterhin vollmundig das Gespräch suchend, auch mache es ihm als Chirurgen viel mehr Spaß, eine richtig fette Speckschicht aufzuschneiden als diese dünnen Dinger, so der Mediziner bei der Kaffeejause. Er würde sich gern noch weiter unterhalten, aber er müsse heute noch den einen oder anderen Kunden etwas auftrennen, so Doktor Bob, den Cognac herunterstürzend; und was meine leptosome Freundin angehe, diese sehe krank aus, vielleicht *Bulimie* oder *Anorexie?* Doktor Bob verabschiedete sich, ohne seinen Tisch selbst abzuräumen. Auf dem Flur, der zum Ausgang führt, traf ich Schwester Barbara, die momentan ihr Haar zu zwei Zöpfen geflochten trug; sie wimmelte mich ab, da sie auf der Intensiven gerade eine *Amputation* und eine *Notoperation* versorgen mußte. In der Cafeteria der Universität war ich in den nächsten Tagen nicht mehr so oft anzutreffen, da ich dort nicht mehr gern denkend saß, obgleich sich dortselbst rein äußerlich überhaupt nichts geändert hatte, dort wird sich nie etwas ändern, auch in vierzig Jahen nicht, so dachte ich. Meiner ehemaligen Stammtischclique ging ich nun aus dem Weg, sodaß ich meine Käsebrötchen fortan immer am anderen Ende der Cafeteria einnahm. Von weitem beobachtete ich Mathildes Rauchringe, die, je weiter sie zur Decke strebten, immer mehr an Kontur verloren, bis sie sich völlig auflösten. Aus großer Entfernung beobachtete ich die Benutzung des Handys durch den Kulterer, das Heben einer Flasche Pils zum Mund durch den Stimmenimitator, sowie kreisende Bewegungen des rechten Armes des Assistenten in Tischhöhe, der vermutlich in seinem Joghurt rührte. Ich beobachtete das Verlassen des Tisches durch den Kulterer mit seinem Handy. Er trug jetzt statt der üblichen

Nietenhosen Basketballsporthosen. Ich beobachtete das leichte Anheben des Kinns durch Mathilde, eine Bewegung, die sie immer vollzog, um den Rauchringen ungehinderte Fluchtmöglichkeiten zu geben. Ich beobachtete die Rückkehr des Kulterers, dann den Schatten des Körpers des Kulterers, der von der Tischlampe auf die dahinter befindliche Wand projiziert wurde. Ich beobachtete diese Krankheitserreger fünf Tage lang. In dieser Zeit wurde der Kulterer dreimal angerufen, der Stimmenimitator trank siebzehn Flaschen Pils, der Assistent rührte in zweiundzwanzig verschiedenen Joghurts, und Mathilde rauchte genau einhundertundzweiundsiebzig Zigaretten. Ich schrieb weiterhin an diesem Bericht. Nachts schlief ich meistens in der UB. Täglich besuchte ich den Herrn Professor, der kurz vor seinem Abtransport stand, wie mir Schwester Barbara hinter vorgehaltener Hand zuflüsterte. Nicht nur die Zukunft meiner Existenz verlor sich im Ungewissen, auch die des Herrn Professor wurde zusehends und zunehmend eine unvorhersehbare, deren Aussichtslosigkeit nicht nur den Geisteswissenschaftler erschrekken dürfte. Meine Brandwunde schmerzte jetzt nicht mehr nur, sondern eiterte auch noch zusätzlich. Erst konnte ich Mathildes Trennung von mir ganz gut verarbeiten, am dreizehnten Tag danach überkam mich jedoch die totale Sehnsucht nach Dulcinea. Auslöser hierfür war das erste Frühlingsgedicht unseres Herrn Professors, das dieser auf einen Zettel geschrieben hatte, um es Mathilde zu überreichen, die es an mich weitergab, und das, wie ich bei der Korrektur dieses Berichtes feststellen mußte, fatalerweise bis auf den Zusatz von *Hegel* stammt. In diesem bereits weiter oben zitierten Gedicht vermutete ich die Lösung des Rätsels, warum der Herr Professor trotz mehrfachen Zurufens unter dem fallenden Baum stehengeblieben war. Ich setzte mich stundenlang mit diesem Vierzeiler auseinander; ich schrieb eine Interpretation nach der anderen, bis ich nach intensivstem Nachdenken auf die Lösung kam. Ich hatte verschiedenste Interpretationsverfahren angewandt, um den zweiten Sinn hinter diesen Versen zu extrahieren, womit ich auf der falschen Spur war, ich hatte Holzwege betreten. Die Lösung schien aus den Versen selbst heraus auf, so erhellte ich. Das Gedicht ist ein Phänomen, so erkannte ich. Diese Rätsellösung mußte ich sofort Mathilde erläutern, so dachte ich, und vielleicht könnte ich bei dieser Gelegenheit auch gleich ein versöhnliches Gespräch mit der Schizophrenen führen, so dachte ich weiter. Ich zog meinen Mantel über und machte mich angefüllt mit Erkenntnis auf den Weg zu Mathildes Wohnung. Es war bereits dunkel. Ich freute mich schon auf das Wiedersehen mit Mathilde, denn eigentlich hatten wir uns stets gut verstanden. Dachte ich. Beim Erreichen der Behausung Mathildes lösten die zwei davor parkierten Maseratis und der ebenfalls vor dem Haus parkierte FIAT Punto in mir eine intensive Irritation aus. Es waren die Maseratis von Erzbischof Spadolini und dem Autisten. Spadolini sollte sich im Vatikan befinden, der Autist sollte dessen Maserati zum Essener Hauptbahnhof gebracht haben. Der Punto gehörte Schwester Barbara, da an der Windschutzscheibe ein Parkberechtigungsschein für den Parkplatz der Uniklinik, ausgestellt auf ihren Namen, *Diotima G****, prangte. Intuitiv betätigte ich nicht den Klingelknopf an Mathildes Wohnungstür, sondern ging um das Haus herum, zu den Fenstern. Die Jalousien waren nicht richtig hinuntergelassen. Ich konnte, da innen alles schwach beleuchtet war, draußen aber Dunkelheit herrschte, die Schatten der Körper Mathildes, Schwester Barbaras, Erzbischof Spadolinis und des Autisten erkennen. Alle vier schienen sich, hinter den Fenstern stehend, für den

Beobachter hinter einer Art *spanischen Wand* aufzuhalten. Die Schatten der Körper wurden wegen der nicht korrekt geschlossenen Jalousienlamellen horizontal fragmentiert an die Zimmerwand projiziert. So konnte ich die Schatten vierer sich gerade ausziehender Personen beobachten. Ich sah, wie der Schatten eines Pullovers den Schatten des sehr konvex geformten Oberkörpers Schwester Barbaras freigab; die Schatten ihrer beiden Zöpfe mischten sich einen Augenblick lang mit dem Schatten des rundlichen Kopfes des Autisten. Ich sah die Schatten der Finger der Hände der Arme Mathildes, wie diese rechts und links unter die Schatten der Träger des Schattens ihres Kleides griffen und in einer routinierten Bewegung nach unten den Schatten eines eher leptosomen Körpers vom Schatten des Kleides befreiten. Auch die Schatten der Körper des Erzbischofs und des Autisten waren jetzt völlig konturiert, also von den sie umhüllenden Schatten ihrer unförmigen Kleidung gelöst, zu sehen. Der Schatten des Goldkreuzes des Erzbischofs wurde in Übergröße, verstärkt durch die draußen existierende Lichtquelle, eine Straßenlaterne, an die Wand geworfen. Der Schatten des Körpers Mathildes verschmolz nun mit dem Schatten des Körpers Schwester Barbaras. Der rundliche Schatten des Körpers des Autisten näherte sich den Schatten der beide gerade erwähnten Körper von hinten, der Schatten des Körpers des Erzbischofs näherte sich den drei Schatten von der anderen Seite. Im vorderen unteren Teil des Schattens des Körpers des Gottesmannes konnte man den Schatten eines Stabes sehen; der Schatten eines Geschlechtswerkzeuges, so vermutete ich. Dieser, und ich kann hier nur andeuten, dieser stabförmige längliche Schatten, der wie alle Schatten horizontal fragmentiert war, näherte sich einem nicht deutlich erkennbaren Schatten. Der Schatten einer Hand Mathildes strich nun über die konvexen Schatten im oberen Bereich des Schattens Schwester Barbaras. Der Schatten einer Peitsche war zu erkennen. Ich rannte fort. Meine Existenz war wie ausgelöscht. Die ganze Nacht hindurch verbrachte ich heulend vor Selbstmitleid. Ich war gescheitert, fast über Nacht war ich zu einer sogenannten *gescheiterten Existenz* verkommen. Vom hoffnungsfrohen Nachwuchswissenschaftler war ich zu einem hoffnungslosen Selbstmordkandidaten geworden, sogar zu einem unnützen, zu keinerlei Geistesprodukt mehr fähigen Wrack regelrecht heruntergekommen. Mein Bewußtsein befand sich in der Tat plötzlich in seiner totalsten geisteswissenschaftlichen Leere, ich befand mich am Nullpunkt des Seins, mein Gehirn war ausgebrannt, ich wäre nicht imstande gewesen, Konsaliks *Kinderstation* zu lesen, ohne mich daran geistig zu Tode zu arbeiten, so dachte ich, verzweifelt in meinem Bett liegend. Nachbeben dieses eben geschilderten oder nur angedeuteten Vorgangs in Mathildes Wohnung, der in meiner bisherigen Erfahrungs- und Geistesgeschichte ohne Vorläufer dastand, erschütterten meinen Geist noch in den frühen Morgenstunden. Erst nach dem Trinken einiger Liter starken Kaffees wurde aus mir wieder ein Geistesmensch. Ich würde nicht aus Kummer Selbstmord begehen, dafür bin ich zu geistesgeschult. Zuerst mußte ich einen neuen Denkort finden, um nicht einer Geistesstörung zum Opfer zu fallen. Hier von diesem Denkort gingen keine Impulse mehr für meine Gedankentätigkeit aus; *das war auch Irmas Meinung.* Nach Wien wollte ich keinesfalls zurück; ich hatte kein Interesse, wieder täglich auf der Bank vor dem Hängebauchschweinegehege im Wiener Tiergarten, der ansonsten wirklich zu empfehlen ist, zu sitzen oder etwa diesen unerträglichen Eheleuten Auersberger in den widerlichen Straßen Wiens, beispielsweise in der Kärntner

Straße, Spiegelgasse, Wollzeile oder gar in der Berggasse, zu begegnen. Auch die Wiener Kaffeehäuser hatte ich satt. Den Prater hatte ich immer gehaßt, genau wie ich den ekelerregenden architektonischen Stilmischmasch des Stephansdoms schon immer gehaßt hatte. Wien ist eine Totenstadt, kein Denkort, keine Kulturmetropole, Wien ist eine *urbane Geistesvernichtungsmaschinerie,* für mich gab es Wien nicht mehr, ich hatte Wien aus meinem Gedächtnis vollständig ausgelöscht, so dachte ich auf dem Weg zur Essener Universität. Ich setzte mich allerdings nicht wieder in die Cafeteria, sondern suchte sofort das Büro des Dekans auf, das naturgemäß verschlossen war. Ich trat mit den Füßen gegen die Bürotür, sodaß ich wenigstens die Sekretärin Jenny auf mich aufmerksam machen konnte. Der Dekan wohne nicht mehr hier, er verbringe gerade eine gewisse Zeit denkend in Italien, in der *Toscana,* aber, so Jenny, der Dekan habe extra für mich diesen Vertrag hiergelassen, den ich nur unterzeichnen müsse; er, der Dekan, habe gewußt, daß ich kommen würde; dieser Vertrag schließe auch einen Italienischintensivkurs für Kommilitonen, die des Italienischen nicht mächtig seien, ein, so Jenny. Ich war des Italienischen mächtig, hatte nur seit längerem kein italienisches Wort mehr von mir gegeben. Ich unterschrieb für einen fast unbegrenzten Studienaufenthalt an der Universität *Triest* mit Stipendium, für einen zweiwöchigen Gratisbadeurlaub mit Vollpension und Leihwagen an der Adria sowie für eine kostenlose Unterkunft in *Triest.* Bis zur Abfahrt hatte ich knappe zehn Tage, um alles zu regeln. Während des Hardcoreitalienischkurses lernte ich wieder frei sprechen, wenn auch nur in italienischer Sprache, die deutsche benutzte ich weiterhin nicht mündlich. Ich löste meinen Haushalt auf und ließ meinen Personalausweis verlängern. Die Wohnung war das kleinste Problem. Ich kündigte den Mietvertrag *schriftlich* und holte mir beim städtischen Entsorgungsamt eine Postkarte, mit der ich die städtische Sperrmüllabfuhr bestellte. Ich räumte fast alles, was in meiner Wohnung war, auf die Straße. Die Verlängerung meines Passes barg mehr Probleme. Ich mußte zur österreichischen Botschaft in dieser halbtoten Exhauptstadt fahren, wofür ich mir erst festes Schuhwerk kaufte, da dortselbst viele Straßen unbefestigt sein sollen, wie ich hörte. Stundenlang mußte ich in Bonn in der Botschaft warten. Stundenlang mußte ich auf *Tintorettos Weißbärtigen Mann* blicken, der scheinbar nicht nur im Wiener Kunsthistorischen Museum und im Büro dieses Vatikansexmaniacs Spadolini im Original existiert, sondern auch in der Bonner Vertretung meines sogenannten Heimatlandes, so dachte ich, hier in der österreichischen Botschaft auf einem weichen, aber häßlichen k. u. k.-Sessel sitzend, während mein Fall geprüft wurde. Irgendein Generalsekretär oder Attaché entschuldigte sich nach meiner stundenlangen Wartezeit, die ich viel besser hätte nutzen können, für dieselbige, also für die Wartezeit. Er habe zuerst meine Personalien genauestens prüfen müssen, da mein Ausweis schon seit Ewigkeiten abgelaufen sei, so der Attaché. Er könne sich auch kaum die Umstände vorstellen, unter denen ich damals in die BRD eingereist sei, mit dermaßen lange abgelaufenen Papieren. Idiotischerweise, und sicherlich charakteristisch für mein sogenanntes Heimatland, händigte man mir einen österreichischen Diplomatenpaß aus. Ich verließ diese meine Botschaft mit einem gewissen Gefühl der Unantastbarkeit, der Unbesiegbarkeit. Jetzt konnte nichts mehr mißlingen. Es konnte nur *eines* geben. Zurück in dieser bereits viel zu oft erwähnten sogenannten Universitätsstadt in diesem sogenannten Land der Dichter und Denker, eine jede wahrhaftige Geistestätigkeit in ihren Grundfesten verhöhnende Etikettierung, begann ich mit der Erledigung der letzten wirklich wichtigen Dinge in diesem Land. Zuerst erstand ich in der Buchhandlung Irrsigler fünf Exemplare von Annette von Droste-Hülshoffs *Die Judenbuche.* Diese Reclamheftchen packte ich jeweils einzeln in an Mathilde adressierte Briefumschläge. Drei Tage, bevor ich nach *Triest* abreiste, steckte ich diese, mit häßlichen deutschen Briefmarken frankiert, in verschiedene Briefkästen mit unterschiedlichen Leerungszeiten, sodaß Mathilde diese Liebesbriefe an verschiedenen, aufeinanderfolgenden Tagen erhalten würde. Daraufhin rief ich die Hotline der italienischen Steuerfahndung, *il numero centodiciassette,* an, um Erzbischof Spadolini der massiven Steuerhinterziehung zu bezichtigen. Sein Maserati war schließlich in Rom angemeldet, nicht im Vatikan. Letztendlich nahm ich die Axt meiner Holzfällerausrüstung und zertrümmerte damit den FIAT Punto Schwester Barbaras auf dem Parkplatz der Uniklinik und den Maserati des Autisten, den ich zufällig in der nahegelegenen Virchowstraße entdeckte. Meine Zerstörungswut war ungebremst. Nächstes Ziel war Doktor Zuckerstätter, dieser Halsabschneider, der das Geld der Bedürftigen, die unter einfachsten Seelenstörungen litten und immer noch leiden, selbst Jahre nach seinem Tod immer noch genommen hat, ohne dafür eine Gegenleistung zu erbringen. Zu Beginn zerstörte ich mit einigen gut plazierten Axthieben die unheilvolle Gegensprechanlage, dann zerschlug ich die Haustür. Ich kämpfte mich umgehend zu den Praxisräumen vor. Auch hier hinterließ ich eine Spur der Verwüstung. Nichts hielt meinen Axthieben stand. Bücher, Vitrinen, medizinische Geräte, eine Zwangsjacke, Schreibtische, die obligatorische Couch, alles zerstörte ich mit meiner Axt, alles zerlegte ich in seine Einzelteile, bis nur noch Fragmente von Fragmenten übrigblieben. Ich vernichtete Türrahmen, Türblätter, Kästen mit Patientenkarteien und die von der deutschen Polizei vor fünf Jahren angebrachten Siegel. Ausradierung, totale Zerstörung, und damit auch Auslöschung, ist die einzig anschlagende Therapie für Doktor Zuckerstätter, so dachte ich, jetzt wie besinnungslos selbst auf die immer noch mit eingetrocknetem Blut befleckten Wände der Praxisräume Doktor Zuckerstätters eindreschend. Unter gezielten Schlägen führte ich die hinter Glas befindlichen, an der Wand hängenden Diplome Doktor Zuckerstätters von der Wiener Universität in den Zustand der Bruchstückhaftigkeit über; zum krönenden Abschluß zerstörte ich den Spiegel, mittels dessen mir Doktor Zuckerstätter bei meinem Antrittsbesuch seinerzeit mein zerrissenes Ich als fraktales Subjekt anhand der fragmentarischen Abbildungsmöglichkeit meines Körpers als unvollständiges Spiegelbild demonstriert hatte. Jetzt war selbst der Spiegel fragmentär. Nach dieser völligen Vernichtung Doktor Zuckerstätters fühlte ich mich besser, ich konnte wieder ohne weiteres am gesellschaftlichen Leben teilnehmen, so dachte ich. Diese Auslöschungsaktion hätte ich schon viel eher durchführen müssen, anstatt in purer Gedankenlosigkeit über einen langen Zeitraum hinweg Geld in diesen toten Briefkasten zu werfen. Doktor Zuckerstätter muß noch im Jenseits sehr gut verdient haben, so dachte ich, jetzt die völlig verwüsteten Praxisräume dieses auch noch nach seinem Tod mit hoher krimineller Energie agierenden Seelenklempners, dieses neuen Doktor Mabuse, in Richtung meiner Wohnung verlassend. Dortselbst, in meiner größtenteils ausgeräumten Unterkunft, verbrachte ich eine unruhige Nacht: Ich träumte dreimal hintereinander *Irmas Injektion* in der Originalversion, erst dann träumte ich Abwandlungen dieses klassischen Traumes. In der letzten Fassung träumte ich, wie Doktor Zuckerstätter mit einer Axt auf die mit einem schwarzen Lederkleid ausstaffierte Irma einholzte, diese aber unverletzt blieb, während der kriminelle Seelenheiler in tausend Teile zersplitterte. Gleich am frühen Morgen wanderte ich zur Universität, um zum letzten Mal vor meiner Abreise, nicht Flucht, nach *Triest* den ganzen Tag in der Cafeteria zu verbringen. Zuerst verstaute ich jedoch meine Axt im Spind vor der Universitätsbibliothek neben meiner restlichen Holzfällerausrüstung, die ich in Italien nicht brauchen würde, da dort unten das Holzfällen in Akademikerkreisen eine eher unbekannte Beschäftigung darstellt. Mir wäre auch keine stringente Erklärung für das Mitführen von Holzfällerwerkzeug auf einem Linienflug eingefallen, so dachte ich, einen diskreten Blick in den Papierkorb vor der UB werfend. In der Cafeteria saßen bereits wiederum der Assistent, der Stimmenimitator, der Kulterer und Mathilde, sich angeregt unterhaltend. Ich setzte mich jedoch naturgemäß, nachdem ich mein vielleicht letztes Käsebrötchen und meinen vielleicht letzten Kaffee im Getränkepappbecher erstanden hatte, nicht an deren Tisch, sondern in eine entlegene Ecke dieser Cafeteria, von der aus ich einen guten Blick auf den Tisch, an dem ich bis vor wenigen Tagen auch immer gesessen war, hatte. Mathilde trug heute einen hochgeschlossenen schwarzen Pullover und die schwarze Sonnenbrille, die sie zum Kauf von Konsaliks *Kinderstation* in der Buchhandlung Irrsigler aufgesetzt hatte. Auf eine Bemerkung des Assistenten hin rang sich Mathilde ein gequältes Lächeln ab, nach zwei Rauchringen mußte sie heftigst husten, sonst bemerkte ich nichts Auffälliges; meine Liebesbriefe, die von ganzem Herzen kamen, hatte sie scheinbar noch nicht erhalten. Der Stimmenimitator führte eine Flasche Pils zum Mund, so beobachtete ich. Der Kulterer vollzog mit dem rechten Zeigefinger eine drehende Bewegung an der rechten Schläfe seines Kopfes, so konnte ich beobachten. Mathilde lachte, hielt sich dann aber mit schmerzverzerrtem Gesicht die linke Seite. Der Assistent schüttelte energisch den Kopf und warf einen Stapel Schreibmaschinenblätter auf den Fußboden. Ich habe heute noch das Geräusch des Aufschlagens der Blätter auf dem Steinfußboden in meinen Ohren. Überraschenderweise setzte sich der Kommissar, den ich in der Tat gar nicht bemerkt hatte, weil ich wieder in Gedanken versunken war, urplötzlich an meinen Tisch. Er habe gehört, ich würde morgen abreisen, so der Kommissar einleitend. Ich nickte. Neuigkeiten scheinen sich hier wie ein Lauffeuer zu verbreiten, so dachte ich. Er brauche noch meinen Namen und meine neue Adresse, falls er noch irgendwelche Fragen an mich habe, so der Kommissar. Ich gab ihm einen Zettel mit meinem neuen Namen und der Adresse einer Triester Hundevernichtungsanstalt. *Freumbichler, Johannes Freumbichler,* dieser Name komme ihm irgendwie bekannt vor, so der Kommissar, in seinem Gedächtnis die aktuellen Fahndungslisten durchgehend. Er sei übrigens im Fall Murau keinen Schritt weitergekommen, selbst in Wien nicht. Wien sei zwar eine sehr schöne Stadt, sehr beeindruckend, vor allem der Petersdom, wirklich sehr beeindruckend. *Stephansdom,* dachte ich korrigierend. Er habe auch den Prater und eine Vorstellung des Burgtheaters, die ihm allerdings nicht sonderlich gefallen habe, er sei schlußendlich doch kein Kunstmensch, besucht, so der Kommissar weiter. Man habe *Die Wildente* von Strindberg gegeben. *Von Ibsen,* dachte ich korrigierend. Den österreichischen Behörden, so der Kommissar fortfahrend, habe es jedoch an der nötigen Kooperationsbereitschaft gemangelt. Behördlicherseits habe man zumindest behauptet, Muraus Grab sei auf dem riesigen Gelände des Wiener Zentralfriedhofs nicht zu finden, man habe nur Lagepläne von Prominentengräbern angefertigt, jedoch keine von den der Öffentlichkeit unbekannten Wissenschaftlern. Zum Beweis habe man ihm eine ganze Reihe uralter Skizzen und Verzeichnisse vorgelegt und ihn einen vollen Tag lang in einem Elektrokarren, wie man ihn aus dem Golfsport kenne, auf dem Wiener Zentralfriedhof herumgefahren. Man habe naturgemäß Muraus Grabmal nicht finden können. Im Kaffeehaus in der Nähe des Wiener Zentralfriedhofs hätten ihm nach Abbruch jener völlig ergebnislosen Suche die österreichischen Behördenvertreter zur sofortigen Abreise geraten. Daraufhin habe er am nächsten Tag große Teile des Wiener Zentralfriedhofs zu Fuß und auf eigene Faust inspiziert; naturgemäß habe er Muraus letzte Ruhestätte nicht entdecken können, außerdem habe er sich in diesem wirklich riesenhaft ausgedehnten Totenpark völlig verlaufen, er habe das Haupttor erst nach Einbruch der Dunkelheit wiederfinden können, das Tor sei naturgemäß verschlossen gewesen; so habe er unter Todesangst die Nacht unter Millionen von Leichen zubringen müssen, da dieser Wiener Zentralfriedhof ausbruchssicher sei, so der Kommissar. Ich mußte fast spontan an eine ähnliche Situation denken; als ich doch einmal auf der Bank gegenüber dem Hängebauchschweinegehege im Wiener Tiergarten eingenickt war und erst in der bereits hereingebrochenen Abenddämmerung wieder erwachte. Auch der Wiener Tiergarten war schon total abgeriegelt, naturgemäß ist auch der Wiener Tiergarten, nicht nur der Wiener Zentralfriedhof, ausbruchssicher; ich mußte somit die Nacht zur Gänze unter wilden Tieren verbringen, ich zog mich ins Affenhaus zurück, da es mir dort am wärmsten zu sein schien, so erinnerte ich mich jetzt an meine Wiener Zeit. Der Kommissar war inzwischen mit seinem Bericht fortgefahren. Glücklicherweise, so der Kriminalist, habe um sieben Uhr morgens wenigstens das Kaffeehaus in der Nähe des Wiener Zentralfriedhofs geöffnet, wo er kurz vor dem Erfrieren, denn in Wien sei es Ende Mai nachts noch eiskalt, drei oder vier Schalen heißen Kaffee getrunken habe. Das Kaffeehaus in der Nähe des Wiener Zentralfriedhofs sei zur selben Stunde des Aufschließens des Haupttores bereits geöffnet, er habe es auch erst nicht glauben können. Er habe dortselbst, im Kaffeehaus in der Nähe des Wiener Zentralfriedhofs, mit einigen Gärtnern, also mit Friedhofsgärtnern, sprechen können, er sei schon in seiner Kindheit immer viel lieber mit Gärtnern zusammengesessen als beispielsweise mit Jägern, so der Kommissar, immer lieber mit Gärtnern. Jene Gärtner dort im Kaffeehaus in der Nähe des Wiener Zentralfriedhofs hätten ihm von der Existenz eines Areals mit Gräbern der sogenannten Namenlosen an der Peripherie der Stadt berichtet. Dorthin müsse man aber nicht gehen, wenn man eine namentlich bekannte Person suche, da an den Gräbern der Namenlosen naturgemäß keine Namen stünden, so ein Gärtner beziehungsweise Friedhofsgärtner mit einer gewissen Redundanz erklärend, so der Kommissar. Er habe daraufhin die Suche nach Muraus Grab aufgegeben, er hätte schließlich auch keine Exhumierung auf eigene Faust durchführen können, die österreichischen Behörden seien jedenfalls zu keiner ihn unterstützenden Zusammenarbeit bereit gewesen, man habe ihn praktisch aus Wien herausdrängeln wollen, sicherlich habe man dortselbst irgend etwas zu vertuschen gehabt, so der Kommissar vermutend. Prinzipiell habe er sich auf die Exhumierung der Leiche Franz-Josef Muraus nicht unbedingt gefreut, aber Ordnung müsse sein, so der Kommissar; Murau habe gewissermaßen beim Eintritt in den Orkus keine verwertbaren Spuren hinterlassen, so der Kriminalist, wieder über und über mit Brötchenkrümeln bedeckt. Er saß mit dem Rücken zum Tisch, an dem ich sonst immer gesessen war, den ich aber momentan nur beobachtete. Vom Kommissar wegen seiner Sitzposition unbemerkt, tat sich dortselbst nun einiges. Der Autist, der heute trotz geschlossener Wolkendecke eine tiefschwarze Sonnenbrille trug, kam aufgebracht in die Cafeteria gerannt, um sofort zu dem observierten Tisch zu stürzen. Mit den großen Gesten eines waschechten Italieners erklärte er dem verdutzten Assistenten, ohne Mathilde eines Blickes zu würdigen, sein Maserati sei *kaputt.* Sein Repertoire an Gesten war größer als das des gesamten Burgtheaterensembles zusammengenommen; und diese Gesten besagten alle dasselbe: Er würde den Killer seines Maserati sehr ideenreich und vor allem sehr langsam *kalt machen.* Aufgewühlt verließ die gesamte Gruppe den Stammtisch in Richtung Parkhaus. Mathilde humpelte stark, als sie die Cafeteria von ihrer Anwesenheit befreite. Der Kommissar hingegen redete ungezwungen weiterhin über seine Dienstreise nach Wien. Er habe sich dortselbst, nachdem er im Fall Murau keinen Millimeter weitergekommen sei, die Stadt, also genaugenommen Wien, angesehen, so der Kommissar. Der redet schon genauso umständlich wie ein Wiener, so dachte ich hier in der Cafeteria dieser Universität, es ist doch wirklich völlig selbstverständlich, und deshalb auch in keiner Weise unbedingt erwähnenswert, darauf hinzuweisen, man habe sich in Wien die Stadt Wien angesehen, wenn man in Wien gewesen ist, und nicht etwa Wuppertal oder Wladiwostok, so dachte ich. Er habe dortselbst in Wien sogar mehrere Kaffeehäuser und selbst das Hotel Sacher, das es nur dort in Wien im Original zu sehen gebe, besucht, so der Kommissar, meine Geduld bis zur äußersten Grenze strapazierend. Ich hatte schließlich über zwanzig Jahre in dieser verkommenen sogenannten

Kulturmetropole leben müssen, und zwar in der Taubstummengasse, ich kenne Wien wie kein zweiter, wie man so sagt. Der Kommissar erwähnte nun den hoffnungslosen Zustand der Wiener Aborte. Ausgerechnet auf dem Abort des Hotel Sacher habe es gestunken, so der Kommissar, sodaß ihm die originale Sachertorte im Café des Hotel Sacher fast nicht mehr geschmeckt habe, ja ihn habe sogar ein gewisses Würgen befallen, er habe den unappetitlichen Abort des Cafés des Hotel Sacher nach dem Verzehr eines Stückes originaler Sachertorte zum zweiten Mal aufsuchen müssen, diesmal in höchster Not, um dortselbst das Stück originaler Sachertorte wieder aus seinem Körper zu entlassen; er habe somit von diesem doch recht teuren Stückchen originaler Sachertorte überhaupt nichts gehabt, so der Kommissar. Er habe nach diesem zweifelhaften Hochgenuß zwei Tage mit akuten Magenbeschwerden auf seinem Hotelzimmer bleiben müssen, wo er Konsaliks *Kinderstation* gelesen habe, was ihm sehr gefallen habe. In den darauffolgenden Tagen habe er sich bei seinen Erkundungen Wiens sehr oft verlaufen, ihm falle die Orientierung in einer so großen Stadt doch eher schwer; wenn er Wien nochmals einen Besuch abstatten sollte, werde er lieber einen Führer mitnehmen; also jemanden, der sich in Wien auskenne. Und übrigens habe man Wittgensteins Neffen wieder auf freien Fuß setzen müssen, so der Kommissar, endlich aufbrechend. Er wünschte mir noch eine gute Fahrt nach *Triest,* und so weiter. Ödipa, die nun ihr Haar nicht mehr paradeiserrot, sondern pomeranzengelb mit giftgrünen Strähnchen trug, setzt sich kurz zu mir an den Tisch. Sie beneide mich um meinen Studienaufenthalt in Italien, sie selbst sei jetzt schon seit achteinhalb Wochen nicht mehr in Italien gewesen, sie vermisse Italien sehr. Wir unterhielten uns in italienischer Sprache, ich sprach überhaupt das erste

Mal in dieser Cafeteria mit irgend jemandem, so dachte ich auf italienisch während des Gesprächs mit Ödipa, die über nur wenig Zeit verfügte, da sie noch zu einem Kantseminar mit einem sehr irren Titel, so Ödipa wörtlich, aber auf italienich, gehen wollte. Ich ließ sie ziehen und verbrachte die letzten zwei Stunden allein in dieser Cafeteria dieser Universität. Ein bißchen Wehmut, etwas Sentimentalität überfiel mich nun doch. Ich war fast den Tränen nahe; ich konnte mich jedoch damit trösten, daß, falls ich in vielleicht zwanzig, dreißig oder gar vierzig Jahren wieder in diese sogenannten Universitätsstadt in diesem sogenannten Land der Dichter und Denker zurückkehren würde, eine Vorstellung, die in ihrer absoluten Absurdität in den Bereich des Undenkbaren führt, hier in dieser Cafeteria alles genauso wie heute, einen Tag vor meiner Abreise nach *Triest,* aussehen würde. Hier wird sich nie etwas ändern, hier ist alles zu Beton erstarrt, ich würde hier in vierzig Jahren, falls ich zu jenem Zeitpunkt noch existieren sollte, einfach in diese Cafeteria hineingehen und alles in dem exakt gleichen, dem heutigen, Zustand vorfinden, bis zu dem Schema der Aufstellung von Tischen und Stühlen, die naturgemäß dieselben sein werden, wird sich in vierzig Jahren alles haargenau mit dem jetzigen *status quo* in vollster Übereinstimmung befinden, so dachte ich, jetzt hier zum letzten, sogar allerletzten Mal in dieser Cafeteria dieser Universität sitzend. Hier hatte ich unzählige Stunden verbracht, allein die Stunden, die wir immer auf den Herrn Professor gewartet hatten, könnten sich zu Tausenden summieren. Aber ich hatte hier nichts mehr verloren, ich mußte meine Gedankentätigkeit an diesem Denkort einstellen, um diese meine Gedankentätigkeit an einem denkbar besseren fortsetzen zu können; hier an diesem Denkort wäre ich in kürzester Zeit zu einer Geistesniete verkommen, mein Geist wäre zernichtet worden, ich wäre hier an diesem sogenannten Denkort in Gedankenlosigkeit versunken, sogar versumpft. So hatte ich mich eigenhändig aus diesem Sumpf herausgezogen, indem ich studierend nach Italien ging, ein Land, in dem *Denken an sich* nur möglich ist, da man vom Ballast dieser unerträglich umständlichen deutschen Sprache befreit ist. Man kann genaugenommen auf deutsch überhaupt nicht denken, so dachte ich konträr zu Heidegger. Deutsch und Nachdenken, das verträgt sich nicht, so dachte ich, hier in der Cafeteria mein letztes sogenanntes deutsches Brötchen verzehrend. Es half alles nichts, ich mußte diesen Raum, ja sogar diesen Sprachraum, jetzt endgültig verlassen, ich mußte von diesem deutsch-österreichisch-katholisch-nationalsozialistischen in den italienisch-römisch-katholisch-faschistischen wechseln, so dachte ich, zum letzten, sogar allerletzten Mal einen Abort der Universität aufsuchend. *Hitler war ein Nazi!*, so las ich vor dem Urinbecken stehend. *Liebe Dein Symptom wie Dich selbst!*, las ich an der Wand neben dem verdreckten Handwaschbecken. Eigentlich hatte ich dieses Land schon immer gehaßt, so dachte ich jetzt auf dem Weg zur Hufelandstraße, wo ich mich vom Herrn Professor verabschieden wollte. Auf dem Parkplatz der Uniklinik sah ich schon aus weiter Entfernung Schwester Barbara, die leicht an ihren Zöpfen zu erkennen war, obwohl sie sich heute mittels einer vollverspiegelten Sonnenbrille, die doch ihren Typ sehr veränderte, tarnte. Schwester Barbara, also Krankenschwester Barbara, die nicht Barbara heißt, redete gerade wild gestikulierend auf eine Streifenwagenbesatzung ein, um die völlige Zerstörung ihres Münsterlotteriegewinnes zur Anzeige zu bringen. Sie hielt einen abgerissenen Außenspiegel in der Hand, mit dem sie auf das bis zur Unkenntlichkeit zertrümmerte Automobil hinwies. Ich ging schnell zum Eingang der Uniklinik, um nicht gesehen zu werden. Im Krankenzimmer des Rekonvaleszenten fand ich dessen Bett leer und abgeräumt vor. Seine persönlichen Sachen waren nicht mehr vorhanden. Ein Zimmergenosse verriet mir, der arme Poet sei heute frühmorgens von zwei Wärtern abtransportiert worden, wohin, habe man nicht gesagt. Ich wagte es nicht, jemanden zu fragen. Jeder Ort ohne die Möglichkeit zum akademischen Diskurs, jeder Ort ohne wissenschaftliche Literatur, jeder Ort ohne Anregung zur Gedankentätigkeit mußte für unseren Herrn Professor der Ort der totalen Vernichtung sein, so dachte ich, in der Cafeteria der Uniklinik sitzend, wo sich wieder ein Idiot die Kanüle seines Tropfs herausriß, weil er über einen dort abgestellten Zementsack gefallen war. Doktor Bob setzte sich mit einem gut gefüllten Tablett zu mir an den Tisch. Während er zwei Wiener Würstel ihrem Endzweck zuführte, fragte er mich, ob ich heute schon Schwester Barbara gesehen hätte. Ich verneinte gestisch. Diese, also Schwester Barbara, schaue heute wieder schlecht aus, wie verprügelt, weshalb sie auch trotz des ewig trüben Wetters mit einer Sonnenbrille herumlaufe, wie übrigens schon seit über einer Woche. Sie habe auch Striemen an den Armen und Beinen, was man deutlich wegen der knappen Schwesterntracht sehen könne, seiner Ansicht nach stimme da irgend etwas nicht. Ich zog die Schultern hoch. Und eben, so Doktor Bob zwischen zwei Löffeln des hier sogenannten Kartoffelsalats hervorbringend, habe Schwester Barbara die Polizei verständigen müssen, da ihr Automobil von Vandalen zerstört worden sei, was sie erst heute morgen bemerkt habe, da sie den Nachtdienst habe absolvieren müssen. Irgendein Neider habe sich sicherlich über das fabriksneue Automobil geärgert, so Doktor Bob, kurz vor dem Trinken seines Cognacs diagnostizierend. Aus heiterem Himmel betrat Schwester Barbara die Cafeteria der Uniklinik, holte sich einen Kaffee in einem Getränkepappbecher und setzte sich, für mich unverhoffterweise, zu Doktor Bob und mir an den Tisch. Schwester Barbara war heute in Zivil, das heißt sie trug Nietenhosen, einen hochgeschlossenen Pullover und eben die vollverspiegelte Sonnenbrille. In ihrem Gesicht war eine sich bereits ablösende Blutkruste oberhalb des rechten Mundwinkels auszumachen, an ihren beiden Handgelenken zeichneten sich Striemen von Fesseln ab. Sie sei die Kellertreppe hinuntergefallen, so die falsche Schlange auf meinen scheinbar total fassungslos wirkenden Gesichtsausdruck reagierend. Sie sei jetzt völlig außer sich, so Schlampe Barbara weiter, da irgendwelche Geistesgestörten ihr schönes Automobil in Schutt und Asche gelegt hätten. Falsche Metapher, dachte ich, denn das Automobil wurde ja nicht angezündet. Sie wisse auch noch gar nicht, ob die Versicherung Ersatz leisten werde, da sie ihr Automobil eben nicht käuflich erworben, sondern gewonnen habe. Gleich werde sie mit ihrem Versicherungsvertreter sprechen müssen, obwohl sie namentlich Versicherungsvertreter schon immer gehaßt habe, so Schwester Barbara. Sogar Doktor Bob gab zu, eigentlich kein Experte in Sachen Schadenregulierung zu sein, so Doktor Bob, die Cafeteria nach seinem Abschlußcognac in Richtung OP verlassend. Peinlicherweise saß ich nun mit Schwester Barbara allein am Tisch. Munter lud sie mich doch allen Ernstes zum Essen ein; am besten passe es ihr am Wochenende, dann habe sie dienstfrei und deshalb Langeweile. Diese Essener Eröffnung kam mir bekannt vor. Ich sagte Schlampe Barbara auf italienisch, ich hätte keine Zeit für irgendwelche Treffen, da ich morgen nach Italien abreisen werde. Schwester Barbara rang sich eine überraschte Miene ab; sie hatte mich noch nie sprechen gehört und war der italienischen Sprache nicht mächtig.

Ich reichte ihr einen Zettel mit dem Wort *nein!;* Schwester Barbara machte doch tatsächlich daraufhin ein beleidigtes Gesicht, falls man dieses trotz der störenden Sonnenbrille überhaupt richtig deuten konnte. Niemand gebe ihr einen Korb, so die gutaussehende Krankenschwester beharrend. Ich zeigte ihr mein Flugticket, endlich verstand sie. Nun wollte sie meine Triester Adresse haben. Ich gab ihr meinen neuen Namen aus meinem neuen Paß und die Anschrift einer Triester Hundevernichtungsanstalt. Schwester Barbara ließ sich durch kein Argument von einer Verabredung mit mir abbringen, so mußte ich mit ihr ins Café am Viehofer Platz gehen. Die Exzessive schien trotz ihrer verschlossen wirkenden Aufmachung aufgrund ihres fabelhaften Aussehens und ihrer Zöpfe auf die dort sitzenden Jünger des Szenekults großen Eindruck zu machen. Nachdem wir auf den jeden Orthopäden zu Schreikrämpfen animierenden Eichenstühlen, die sicherlich aus den Sakristeien katholischer Kapellen stammten, Platz genommen hatten, orderte ich durch Handzeichen zwei *Grabbe,* um die aufdringliche Schönheit möglichst umgehend wieder loszuwerden. Wie sich schnell herausstellte, war Schwester Barbara, im Gegensatz zu praktisch allen anderen Bewohnern Essens, das professionelle Trinken nicht gewohnt. Beim ersten *Grabbe* erzählte sie mir unappetitliche Einzelheiten aus dem Uniklinikalltag, beim zweiten erwähnte sie ihre schwere Kindheit, sie habe mit ihrem Lehrer geschlafen, um die Werke Kotzebues oder Klopstocks nicht auswendig lernen zu müssen, beim dritten versuchte mir die inzwischen Schwerangeschlagene plausibel zu machen, wie man sich aus Versehen mit einer Hundepeitsche selbst auspeitschen könne, während man die Kellertreppe herunterfalle. Mit unkoordinierten Bewegungen zog sie sich ihren Pulli hoch, um mir eine ganze Reihe blauer Flecken vorzuführen. Der Wirt warf uns hochkantig hinaus und sprach ein lebenslanges Lokalverbot gegen uns aus. Schwester Barbara war vollständigst betrunken und einem körperlichen Totalausfall nahe; geistig war da sowieso nichts. Sie kam allein nicht mehr zurecht, ich mußte sie mit nach Hause nehmen. Streckenweise mußte ich die süße Last tragen. In meiner fast vollständig ausgeräumten Wohnung wickelte ich Schwester Barbara in eine Decke und brachte sie in eine stabile Seitenlage, damit sie, falls ihr übel werden sollte, nicht an ihrem Erbrochenen ersticken konnte. Sie schlief sofort unter lautstarkem Schnarchen ein. Es war gegen fünf Uhr morgens. Für fünfzehn Uhr war meine Abfahrt zum teilweise ausgebrannten Düsseldorfer Flughafen anberaumt. Ich stellte meinen Wecker und legte mich auf den Fußboden, meine Reisetasche als Kopfkissend nutzend. Um zwölf Uhr mittags aß ich ein Frühstück, das aus Keksen bestand, Kaffee gab es nicht; Schwester Barbara befand sich immer noch in einem tiefen *Sopor.* Es wird Monate dauern bis diese Krankenschwester wieder ein vollwertiges Mitglied dieser Gesellschaft sein wird, so dachte ich, jetzt auf ihre blaugeschlagenen Augenpartien blikkend, nachdem ich ihr die Sonnenbrille abgenommen hatte. Um ungefähr dreizehn Uhr wollte ich meine Wohnung endgültig verlassen. In der allerletzten Korrespondenz befand sich ein Brief der österreichischen Botschaft. Man schickte mir einen normalen Personalausweis, der das Foto eines anderen enthielt, aber meinen Namen, wenn auch in falscher Buchstabierung. Man wolle, so der Botschafter, morgen gegen sechzehn Uhr den versehentlich ausgestellten Diplomatenpaß wieder abholen, ich solle mich zum genannten Zeitpunkt an meinem Wohnsitz bereithalten, so *Seine Exzellenz.* Bedaure! Naturgemäß, so dachte ich, werde ich mich dann schon in meiner neuen Wohnung aufhalten. Ich packte noch das Bibliotheksexemplar von Jacques Lacans *Écrits* und mein Manuskript, das ich mittels eines Hermes Baby Typewriters in eine leserliche Version überführt hatte, in meine Reisetasche. Über fünftausend Seiten meines Berichts hatte ich auf dieser antiken Schreibmaschine geschrieben; auf Drängen des Lektorats mußte ich meinen Bericht jedoch zu dem hier vorliegenden kümmerlichen Rest verkürzen. Beim Anblick des Hermes Baby Typewriters, den ich ebenfalls in meiner Reisetasche verstaute, erinnerte ich mich an Kittler. Dieser spielt doch viel besser Saxophon als Fußball, so dachte ich. Nun erneuerte ich die stabile Seitenlage der noch immer soporösen Schwester Barbara und nahm meine Reisetasche, um nicht nur diesen Wohnraum, sondern auch diesen Sprachraum, den ich schon immer haßte, zu verlassen. Viele werden mir eine leichte Tendenz zum Eskapismus vorwerfen, zumal ich damals in Wien nach meinem völligen geistigen und körperlichen Zusammenbruch, der mich ins Wiener Allgemeine Krankenhaus und fast sogar ins Wiener Psychiatrische Krankenhaus an der Baumgartner Höhe gebracht hatte, in der praktisch gleichen Weise handelte. Ich verließ Wien für immer, um hier im Ruhrgebiet meine Studien zu einem einstweiligen Abschluß zu bringen. Es war ein unverzeihlicher Fehler, hierhin zu kommen, so dachte ich. Mein Gedankengebäude war eingestürzt. Aber es war eine gute Idee, dieser sogenannten österreichischen Kulturmetropole den Rücken zuzukehren, so dachte ich. Selbst Midland war nach seinem Selbstmordversuch nie wieder nach Wien zurückgekehrt. Meine Hoffnung auf eine allumfassende Geisteserneuerung meinerseits stellte jetzt Italien dar. Große Geister haben eine Italienreise immer geschätzt, so beispielsweise Goethe, Wagner, Nietzsche, Freud und de Sade. Selbst Jacques Lacan hielt sich häufig in Italien auf. Ich setzte mit meiner Reise nach Italien eine große Tradition fort, so dachte ich. Ein gesunder Geist kann nur in einem gesunden Land existieren, so der Herr Professor immer. Der noch sehr schwer soporösen Schwester Barbara legte ich einen Zettel hin: *Cara Barbarella, sono a Trieste!* Einen Namen schrieb ich nicht unter diese Mitteilung, es war zwecklos. Als ich gerade zur Tür hinausgehen wollte, wurde ich durch das Schellen des W-48-Telefons aus meiner Gedankenwelt gerissen. Ich meldete mich auf italienisch, da ich diesen Sprachraum hier geistig bereits verlassen hatte. Am anderen Ende der Leitung war der Assistent, der mir nun seinerseits in italienischer Sprache mitteilte, er habe seine Hölderlinstudien unterbrechen müssen, weil etwas Fürchterliches passiert sei. Man sei wie immer in der Cafeteria der Universität gesessen, nur diesmal habe Mathilde mehrere an sie adressierte Briefumschläge mitgebracht, die sie dann dortselbst, *al bar dell'università,* geöffnet habe. In jedem Umschlag habe sich ein Exemplar von Annette von Droste-Hülshoffs *Die Judenbuche* befunden; ich könne mir lebhaft vorstellen, was eben deswegen geschehen sei. Man werde vermutlich sogar die Cafeteria der Universität renovieren müssen, so der Assistent auf italienisch. Er könne sich nicht erklären, warum Mathilde an diesem Tag eine Axt mit sich geführt habe, Holzfällen sei doch aufgrund der Schließung des Holzplatzes gar nicht geplant gewesen; jedenfalls habe Mathilde unter hysterischen Schreikrämpfen mit ihrer Axt zahlreiche Tische und Stühle der Cafeteria zu Kleinholz verarbeitet und angesteckt. Erst mehrere Hausmeister der Universität hätten Mathilde schließlich überwältigen und unschädlich machen können. Man habe Mathilde nach diesem Anfall, der eigentlich ein Rückfall sei, in die *Uniklinik* bringen müssen. Bei der Gelegenheit habe er die Abwesenheit unseres geschätzten Herrn Professors dortselbst überraschenderweise feststellen müssen, so der Assistent. Ich beschimpfte den Assistenten wortgewaltig auf italienisch und warf den Hörer auf die Gabel. Das scheint alles irgendwie zusammenzuhängen, *Uni und Uniklinik.* Es wurde Zeit. Ich mußte weg. Ich mußte endlich diese verdammte *Universität,* diese verdammte *Uniklinik,* diese ganze verdammte Stadt, diese Scherzhauserfeldsiedlung gigantischen Ausmaßes, verlassen, *para siempre.* Diese verdammte Universitätsstraße, Hufelandstraße, Viehofer Straße, Limbecker Straße, Kettwiger Straße, Frau-Bertha-Krupp-Straße, Alfried-Krupp-Straße, Adolf-Krupp-Straße. Ich mußte *Essen* verlassen, wie ich damals *Wien* verlassen hatte, nämlich *für immer.* Ich ging nun mit meiner Reisetasche, den volltrunkenen weiblichen Zombie in meiner leergeräumten Wohnung zurücklassend, in Richtung Fußgängerzone, um zum Hauptbahnhof zu gelangen, nicht ohne aber vorher meinen mit Brandlöchern versehenen schwarzen Mantel einem Altkleidersammelcontainer zu überantworten. Dieses Kapitel war nun abgeschlossen; ich trug fortan eine schwarze, italienische Designerlederjacke, die ich in einer Herrenboutique bei einer dummen, arroganten und aufdringlichen Verkäuferin erstanden hatte. Am Ende der Fußgängerzone fand ein Kinderflohmarkt statt. Achtjährige boten auf Decken altes Spielzeug, Kinderbücher und sonstigen Trödel an. Auf einem mottenzerfressenen Laken entdeckte ich ein Exemplar von Hegels *Phänomenologie des Geistes.* Ich bezahlte sofort, ohne zu feilschen, den geforderten Preis von ein paar Groschen, denn billiger kann man nicht an Hegels *Phänomenologie des Geistes* kommen, außer man findet diese in einem Papierkorb, so dachte ich. In dem von Taubenkot total verschmutzten Essener Hauptbahnhof versuchte ich, eine italienische Tageszeitung zu erstehen, die es an dem dortigen Zeitungskiosk naturgemäß nicht zu kaufen gab, sondern nur türkische. Vielleicht ist der Herr Professor in seiner jetzigen Situation an seinem jetzigen Ort der Glücklichste von uns allen, so dachte ich, hier auf dem staubigen Polster einer S-Bahn sitzend, die mich zu den angekokelten Ruinen des Düsseldorfer Flughafens bringen sollte. Als ich auf den Bahnsteig sah, winkte mir dort die für mich namenlos gebliebene Studentin mit den toupierten Haaren, die damals, also erst vor wenigen Wochen, an dem Ausflug mit Erzschurke Spadolini teilgenommen hatte, mit einem offenen Lachen zu. Ich ignorierte sie. Ich war nicht mehr hier, jedenfalls geistig nicht. Mit meiner Abreise, nicht Flucht, nach Italien war ich noch einmal der vorzeitigen *Auslöschung meiner Existenz* entgangen, so dachte ich, hier in einer Dauerprovisoriumshalle des Düsseldorfer Flughafens auf den Aufruf meines Tyrolean-Fluges nach *Triest,* wie ich dachte, wartend. *Triest*, und namentlich die dortige Universität, war für mich ja genaugenommen kein Fluchtpunkt, meine Abreise nach Italien war ja genaugenommen keine überstürzte. Mein Aufenthalt in *Triest,* und naturgemäß der Aufenthalt an der dortigen Universität, diente einzig und allein nur der Fortsetzung meiner Studien und damit der weitergeführten Schulung meines Geistes mit anderen Mitteln, so dachte ich, hier angeschnallt in der startbereiten Tyrolean-Super-Constellation mit Blick auf die verkohlten Reste der Terminals sitzend. Ich mußte aus rein geistigen Gründen dieses völlig erstarrte Land verlassen. Wäre ich hiergeblieben, wäre mein Geist zu einer nicht mehr meßbaren Größe zusammengeschrumpft, mein Geist wäre zur Gänze weiterhin einem völlig schwachsinnigen Umfeld sozusagen täglich, also fortwährend immer, schutzlos ausgeliefert gewesen. Eine Nation, die den zweihundertsten Geburtstag Annette von Droste-Hülshoffs feiert, kann nur grundsätzlich krank sein, so dachte ich im Tyrolean-Jet, bei dem es sich scheinbar doch um keine Super-Constellation handelte, das Fischgericht auswählend, obgleich ich nicht mit dem Servieren eines Fogoschs rechnen konnte. Ich mußte diese Pseudorepublik verlassen; ein Land, in dem es tatsächlich eine Stadt namens *Schweinfurt* gibt, so erinnerte ich mich jetzt, auf mein Fischgericht wartend. Ich mußte diese verfluchte Essener Universität, die noch immer jeden innovativen Geist in einen totalen *Stupor* überführt hatte, umgehend verlassen, und dies geschah am besten auf dem Luftwege, somit mußte ich nicht stundenlang auf diesen Reichsautobahnen fahren. Ich mußte die schizophrene Mathilde genauso zurücklassen wie die soporöse Schwester Barbara, ich mußte diese Idiotenclique verlassen, ich mußte den Herrn Professor in seinem persönlichen Galizien im Stich lassen; ich würde Spadolini vielleicht einmal im Gefängnis in Italien, möglicherweise in der Regina Coeli zu Rom, besuchen, so dachte ich, im mysteriös aussehenden Fischgericht stochernd und auf die Frage einer verwirrten Stewardeß, ob jemand Arzt sei oder ein Flugzeug fliegen könne, wartend. Wir landeten jedoch nicht in *Triest,* sondern in *Salzburg.* Ich hatte in meiner grenzenlosen Euphorie, dieses debile Deutschland endlich verlassen zu können, völlig übersehen, daß das Flugticket nur bis Salzburg galt, sich daran tatsächlich ein Bustransfer nach *Triest* anschloß. Auf den Bus mußte ich stundenlang warten, eine normalerweise vertane Zeit, die ich ausnahmsweise sinnvoll zur Abgabe dieses meines Manuskripts nutzte; endlich konnte ich wieder eine *richtige Sprache* benutzen, nicht mehr nur diese unakzentuierten deutschen Hilfslaute, so dachte ich, während meiner Busfahrt mit Ziel *Triest* auf dem Landwege in den italienischen Sprachraum eindringend. Mein Aufenthalt in *Triest,* also meine Triester Zeit, war *entsetzlich.*